太陽的痕跡
2

CONTENT
目錄

✦ 第一章 ✦

反轉

鄭利善與史賢一同吃晚餐。原本以為史賢獨自走出圖書館會自行回家，結果當鄭利善走出圖書館大門時，便看到外頭的座車，他猶豫幾秒後還是上車了。

司機一如往常地不發一語，就連史賢也格外安靜，整輛車靜悄悄地，其實他們很少在車上交談，再加上鄭利善已經習慣沉默，不過今天車內的氣氛實在太過沉重，使他不由得盯著窗外發呆。

車子抵達餐廳，在整座被包下的餐廳內，鄭利善坐在史賢的旁邊吃著晚餐，他一點胃口也沒有，所以刻意點了口感柔軟的燉飯。但即使熱騰騰的燉飯在眼前冒著蒸氣，鄭利善只是拿著湯匙不停攪弄食物。

在圖書館做的噩夢已經忘得差不多了，雖然他從來沒有在乎過史賢的臉色，但現在的氣氛跟以往截然不同，讓鄭利善不由得察覺異樣。史賢總是掛著的笑容消失不見，冷漠且陰森的表情看起來頗有距離感。

他從不認為自己與史賢關係親近，但那張失去笑容的臉太過陌生，即使每次史賢的笑容在他看來都有幾分虛假，以往史賢每次都會看著他說話，可是現在眼前這張毫無表情的臉龐宛如冰霜難以接近，兩人自從離開圖書館到現在都沒有交談，也不看對方一眼。

史賢沒有用餐，只是將身子靠在椅背上，他拿起桌上的紅酒杯，當他們不小心四目相交時，鄭利善尷尬地率先迴避了視線，然後史賢也毫不在乎地繼續盯著酒紅色的液體，態度冷漠無比。

史賢似乎在思索著什麼，沉默不語，鄭利善有些鬱悶。

「……」

鄭利善知道史賢總是想掌控情況，他突然想到總是處於不穩定狀態的自己說不定會被丟

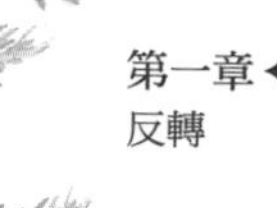

棄。Chord在沒有修復師的情況下應該也可以成功清除S級的副本，雖然修復能力可以使隊員輕鬆進入副本，但如果他不在掌控之中，那麼有可能會被視為變數進而被拋棄。

即使鄭利善知道會長的祕密，但其實真正握有主導權的人是史賢，這一點讓鄭利善感到心煩意亂，同時也有些悶悶不樂，所以就連平常不會喝的紅酒也胡亂吞了好幾口，最後甚至喝光了。

不過有個問題，那就是鄭利善一點也不會飲酒，明明只喝了兩杯就有些意識不清，雖然沒有喝醉，但有些恍惚，他的雙頰沒有發紅，眼神卻很明顯地開始飄忽不定，史賢意外地看著他。

史賢的眼神透露著「既然不會喝酒，那為什麼要勉強自己」的訊息，但又沒有開口詢問，最後兩個人直到用完餐仍然沒有交談。

他們回到車上時，鄭利善有些踉蹌不穩，他沒有看清門檻，稍微失去重心，史賢伸出手抓住他的手臂，鄭利善身軀震了一下，冷漠的聲音自上方落下。

「你這個年紀怎麼可能不會喝酒……」

「……」

「即使酒量差還是執意灌酒，心情有好一些嗎？」

史賢的語氣平和，一點也沒有挑釁的意味，但鄭利善無法回答，因為他仍感受到那股距離感，也想不出該怎麼回應，如果說是因為鬱悶才喝的，感覺會被追究責任。當他低頭思考許久後，抬頭望向史賢，那雙漆黑的眼珠盯著他，上下仔細端詳，然後無情地瞥向他處。

鄭利善回家後，坐在沙發好一陣子才起身走向浴室，他已經在這間空曠的家住了許多天，但今天格外被這片寂靜壓得喘不過氣，剛到家時還有些許醉意，所以對一室寂靜並沒有太大的感覺，不過隨著時間過去，意識逐漸清晰，終於感到越來越空虛。

他用冷水洗臉，消除最後一絲醉意。鄭利善突然覺得滿腹委屈，噩夢並不是自由意志可以控制的事物，史賢冷漠的對待讓他想起那個噩夢的內容。

既可笑又悲傷的事實是，鄭利善其實是第一次夢見高中時期的他們，那個夢根據記憶所構成，鄭利善慢慢想起夢的片段。可能因為身處圖書館，所以讓他想起以前的事情，雖然那是個噩夢，但世上能證明鄭利善曾經活著的證據也只有他們了，鄭利善用水拍打雙頰，細細思索那個夢。

鄭利善稍微沉澱心情後，走出浴室，當他換好衣服正要走到寢室時，客廳傳來聲響。叩叩，他好像聽見緩慢的敲擊聲，鄭利善遲疑片刻，朝客廳走去。

史賢靜靜地坐在客廳，一隻手放在沙發扶手上，大拇指敲打椅面，那是他思考時特有的習慣之一。

客廳沒有任何的燈光，漆黑無比，身處黑暗的史賢卻不突兀，他就像天生隸屬黑暗的一部分。史賢的腳邊灑落微弱的月光，鄭利善猶豫片刻後，走向他，小心翼翼地問：「……你怎麼過來了？」

「我在想，我切入的方式似乎不對。」

「……什麼？」

那是相當柔和的聲音，至少比起傍晚在圖書館聽到的語調柔和了許多。不過鄭利善卻對能發現這項差異的自己感到有些落寞，因為這代表他們確實親近了不少，他帶著有點苦澀的心情，坐在史賢旁邊的沙發上。

當鄭利善的眼睛熟悉黑暗後，他望向史賢的臉頰。史賢歪頭凝視鄭利善，用緩慢的語調說道：「我用盡方法想讓你開心，結果都失敗了。」

「啊……」

「我稍微調查一下你的朋友，聽說有一位的興趣是烤麵包，所以上次才會說喜歡烤麵包的香氣吧？」

「……」

「這次在圖書館也做了那種夢……」

史賢朝無法回答的鄭利善伸出手，尚未吹乾的頭髮帶著濕氣，水珠滴落下來，史賢想確認他臉頰上的水珠是不是淚水。鄭利善急忙說自己沒有哭，但那雙手沒有離去。鄭利善用冷水洗臉，冰冷的濕氣覆蓋皮膚表層，當手的溫度觸碰臉龐時，鄭利善不由得震了一下。

史賢用拇指撫過鄭利善的臉，再緩緩揉著眼角，確認有無淚水。鄭利善有些顫抖地再次告訴他自己沒有哭，但史賢不為所動。

「為了讓你不去想那些屍體，我刻意讓你遠離他們，也替你買了新衣服；你說你會孤單，所以將你帶到人多的地方，但似乎總是回到原點。」

「……」

「就算我跟你說了我不會死，但只要一有差錯，建立好的秩序還是會崩塌，我感覺似乎被困住了。」

低沉的聲音繚繞在安靜的空間，鄭利善僅是沉默地眨眼，史賢輕撫著他的臉頰，然後歪頭笑了。那是從離開圖書館後就沒看過的笑容，鄭利善不自覺地呆呆看著那副笑容。

「打從一開始你就沒打算擺脫那種狀態吧？感覺你完全沒有想脫離過去的決心，總是將思緒牽掛在他們身上，這件事本身就是一場騙局。」

這道溫柔的聲音講述著傷人的內容，徹底看穿鄭利善的史賢，雙眼堅定地盯著發楞的鄭利善，所謂的罪惡感會以這樣的方式在人類的身上作用。史賢的口氣雖然溫和，卻帶有顯著的距離感。

史賢漆黑的雙眼直視鄭利善。

「可惜我需要你的能力。」

聽到這句話，鄭利善剎那間感到一絲心安，但隨即一股奇怪的不安竄升。可以繼續進入副本讓人感到慶幸，但那雙手突然變得既陌生又柔軟，不，不僅是單純的柔軟……

「明天馬上就是第四輪副本了，但你今天還是因為過往的事情而哭泣。」

史賢在黑暗中湊近，鄭利善察覺到眼前的黑暗更加漆黑，溫柔的手勢來到上方，撫摸他的瀏海。

「所以我查了可以快速恢復心情的方法。」

在冰冷的髮絲間，體溫特別明顯，這樣的溫差使得鄭利善發抖。史賢與他四目相交，帶著微笑說道：「利善，要不要做愛？」

鄭利善瞬間停止思考，那句話猶如另一個世界的語言，他兩眼發直驚嚇地往後退縮。他差一點就要跌在沙發上，趕緊逃亡似地跳起身，史賢則是悠哉地跟著他。

「你、你、你在說什麼？」

「有三個方法可以快速轉換心情——酒精、毒品、性。」

鄭利善不停後退，史賢泰然自若地解釋，用手指親切數出這三項選擇。

「吸食毒品不可行，而你不會喝酒，所以最後一項就是性。」

史賢一副理所當然的語氣，擺出數到最後一項的手指。

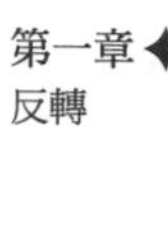

鄭利善急忙喊出「等等、等等」。

這間房子明明寬敞得不得了，但他的背卻碰到堅硬的牆壁，失去脫逃空間的鄭利善，伸出手擋在前方，他因為太過慌張，甚至發出嗚咽聲，他不知道該怎麼面對眼前的情況。

「我、我寧願喝酒。」

「你明明知道酒精沒有效果，為什麼要選酒精呢？」

史賢溫柔回應，然後站在鄭利善前面。鄭利善不知所措，感覺當場就會哭出來，史賢歪頭，嘴角勾起弧度，鄭利善驚慌地說自己明天一定會成功修復，不會造成任何問題。

「利善，為什麼擺出這副表情呢？」

「聽、聽到那種話當然……」

「你不用這麼驚惶，我不是要求性交。」

就在鄭利善因為無法理解而露出困惑的表情時，史賢緩緩跪下，即使在月光薄弱的空間內，他的行動依然清晰可見。

那個史賢竟然面向自己跪在地上，然後抬起頭凝視著他，這一連串衝擊的行動烙印在鄭利善的雙眼。

鄭利善無法呼吸，整個人僵直在原地，史賢露出笑容。

「我的意思是，我來服務你。」

▲

鄭利善完全無法辨別眼前的情況，他感覺意識飄浮在遠處，整個人頭暈目眩，但當刺激一鑽進腦海的瞬間，他全身起雞皮疙瘩，真實無比的現實感包圍著自己。他的意識猛然拉回現實，此刻的他多麼希望自己是因為喝醉所以在做夢，雖然夢見這種事有點痛苦，但總比在現實生活裡遇到來得好。

「啊，呃……等等……」

他緊咬嘴唇，極力壓抑聲音，但忍不住自齒縫間流瀉出哀號。鄭利善用顫抖的雙手想推開對方的肩膀，然而對方絲毫不為所動，反而當鄭利善出手反抗時會加劇動作，讓鄭利善大呼著氣。

當史賢跪在面前時，他應該當機立斷逃跑才對，不過想必馬上就會被抓到。

鄭利善委屈地回想前幾秒的畫面，在他反應過來前，下半身的褲子就被退去，那雙手也早已按在內褲上，他只能發出驚呼聲。

鄭利善雖然跟所謂的性愛很難沾上邊，但他也和六名青少年一起同住過七年，就算再怎麼不在乎這方面的事，依然知道相關的知識。

朋友們常調侃很少自慰的他是不是性冷感，然而現在鄭利善發自內心祈禱自己是個性冷感的人。

當史賢的手觸碰到那個地方時，鄭利善嚇了一大跳，他從未想過會有他人觸碰自己的生殖器，那雙細長的手指甚至還很自然地握住那裡。鄭利善雖然想反抗，但當重要部位被他人握住時，反而讓人失去反抗能力。在緩慢又熟練地撫摸之下，他感覺大腿有些緊繃，血液逐漸匯聚，頭部有些發疼，好像全身的體溫都衝往下半身。

可悲的是鄭利善是個活生生的人類，對於下體初次迎來的刺激，他失去抵抗能力，頭昏眼花的他只覺得眼前一片漆黑。

「我原本擔心你不會有反應，看來利善的下半身很正常。」

史賢語調溫柔，臉上浮現笑容，雖然語氣柔和，但卻充滿毛骨悚然的壓迫感。現在眼前的一切都難以理解。

「那個」史賢跪在面前盯著自己的不和諧感太過鮮明，鄭利善覺得好像變成一臺故障的機器，他多想將臉上的灼熱怪罪給紅酒。

但接下來的情況讓他更加衝擊，光是下體被史賢握住就已經很難以置信了，史賢的臉卻逐漸靠近……

「啊，哼呃，呃，真是瘋了……」

史賢的嘴含住鄭利善的那個地方，他用舌頭舔弄厚實的前端，然後將前半段含進嘴裡，並且頭部往前，將整個根部含進口腔。濕潤的液體包覆重要部位，鄭利善感覺快要失去意識，只能喘著氣。

自認識以來，史賢總是擺出冰冷的態度，沒想到會在這種時候，從他身上感受到那股難以招架的熱浪。

鄭利善用手抵住牆壁，想捉住什麼，「啊嗯」，他發出呻吟，另一手嘗試抓史賢的肩膀，空氣中傳來黑色襯衫被撕開的聲音。

即使如此，史賢僅是稍微將頭往後縮，然後又再度嘬起嘴唇吸吮性器，他熟練地調節力道，用舌頭按壓圓潤的頂端。口腔內上顎的鮮明觸感讓鄭利善恍恍惚惚，全身被熱氣包覆，呼吸急促，只能發出斷斷續續的呻吟聲，明明跪在地上的人是史賢，但受折磨的人卻是自己，好像他才是要乞求原諒的人。

「我、我錯了，呃……嗚……」

「做錯、什麼了？」

他多希望史賢能在說話時稍微放過自己，但史賢完全沒有這個打算，他依然含住下體，那股開合感所帶來的刺激使鄭利善暈眩，熾熱的蠟油好像直接滴在大腦內部。

「利善，好像，沒有……做錯事……」

龜頭觸碰上顎的堅硬觸感非常鮮明，似乎偶爾還有牙齒的觸感，此時史賢好像在自言自語，說著雖然有事前研究但沒有實際練習過。

這些話彷彿就此掃過鄭利善的腦海，沒有留下蹤跡。

啾嗚、啾。滿溢的液體不知道是唾液還是從龜頭流出來的，吸吮吞嚥的聲響讓人更加全身發顫。

史賢抬起頭，舔弄起肉棒的兩側，他斜舔側邊與下方，每當舌頭的觸感接觸皮膚時，鄭利善感覺全身血管都在震動，雖然他不想低頭看下面，但只要史賢一抬頭，他就會嚇得不禁往下一看。

即使酒意已經完全消除，但他感覺自己還處在恍惚狀態，不知道是不是真的有蠟油滴在頭上，席捲全身的熱浪不見消退，靠在牆上的雙腿不停發抖，感覺隨時都會跌倒，但史賢的手阻止他的掙扎。史賢用手緊緊固定鄭利善的骨盆，使之貼在牆壁上，鄭利善抽泣似地忍住呼吸，史賢絲毫不知道下體肌膚所感受到的刺激，對鄭利善來說猶如極刑似地痛苦。

「效果似乎比想像中來得好，感覺你無法多想其他的事情。」

史賢的話一點也無法停留在腦海，鄭利善的大腦迎來畢生從未經歷過的刺激，一切機能停止運作，他只能起伏胸膛，呼出反拍的紊亂氣息，他的雙腿彷彿隨時會失去力氣。史賢再度含住下體，開啟另一階段的攻勢。

之前他僅是用舌頭包覆性器，然後慢慢挑逗鄭利善，現在史賢開始推動頭部。鄭利善受到截然不同的刺激，不由得發出驚呼，全身肌肉緊繃，當喉嚨內柔嫩的肌肉觸碰肉棒時，那道觸感讓人戰慄不已，他感覺下半身的溫度高得要爆炸。

彷彿性器要被連根拔起，史賢深深含進後又快速抽離的動作讓鄭利善近乎昏厥，偶爾舌頭的按壓動作更是讓他失去理智，摩擦的液體聲相當露骨，鄭利善上氣不接下氣，感覺隨時都會瘋掉。

「啊——」

突然，他感覺下面極度緊繃，雖然射精的經驗不多，但他下意識地知道這是生理反應的前兆，鄭利善慌張地想推開史賢，但史賢不為所動。

鄭利善不停掙扎，一心只想推開他，然後輕輕抓住他的頭髮，哽咽地哀嚎。

「呃，好像、好像要出來……呃，哼呃。」

他用盡全力想推開對方，在這種情況下他仍需要說服自己，絕對不是在打對方或是傷害對方，就在他欲奮力推開史賢的剎那間，直到目前為止累積起的刺激在瞬間爆發，頓時覆蓋大腦的高潮讓他意識模糊。

鄭利善慢了好幾拍才回神，他大口吸氣，一顫一顫的性器頂端流出白色的液體，史賢的臉上也噴濺了幾滴，在漆黑的空間裡，乳白色液體在臉頰上的痕跡格外鮮明。

鄭利善臉色蒼白，他太過慌張，顫抖地向史賢伸出手，但史賢卻毫不在乎地用手背擦去液體。史賢望著僵直在原地的鄭利善，冷靜地開口，語氣冷淡到讓人無法置信他才剛做完一連串驚人的舉動。

「嗯……心情怎麼樣？」

「啊、啊？我，那個……呃……」

「嗯，不過好像不需要回答。」

面對突如其來的問題，鄭利善驚慌地吞吞吐吐，史賢笑了出來，那是道滿意現狀的笑容，他掛著這副笑容，再次輕柔抓住鄭利善的骨盆。

「以你現在的表情，任誰都看得出來你的心情很好。」

對於史賢再次含住下體的行動，鄭利善完全無法吭聲，那短暫停止的高潮又再度襲來，融化他的大腦。

掌控夜晚的黑暗相當漫長。

七大突擊戰的第四輪副本來臨。

截至目前為止，副本通常都在下午三、四點時開啟，但今天的前兆卻較晚才出現。即使前兆出現，也需要等上一個小時後入口才會開啟，他們大約等到晚上九點，才接到獵人協會通知前兆已經出現，因此他們勢必將在接近半夜才能進入副本。

Chord通常會待在HN公會內等待通知，一旦接到通知就馬上出發。

其實今天只是出發時間較晚並無其他異樣，但唯獨鄭利善感到坐立難安。他一點也不想看到某人，然而視線總是往那裡飄，隨即又慌張地轉往天空看去，不斷反覆。天空沒有一點雨，能見度很高，但他的心情卻烏雲密布，像是在漆黑大海裡遇見暴風雨的小船。

他望著夜空，深吸一口氣，差點與前方的獵人相撞，要不是後方突然伸出的手抓住他，鄭利善一定會摔倒。

有些受驚的鄭利善多希望不是那個人救了自己，趕緊轉頭望去，但就在他看清楚前，那人低聲說道：「好好看路。」

「喔，好……」

鄭利善無法與漆黑的瞳孔對視，慌張地轉動眼珠，短暫瞥見的眼神雖然很正常，但他一下子就想到奇怪的地方，所幸兩人今天沒有一起上班，而且就算在辦公室，鄭利善也刻意閃避史賢，沒想到會在這裡以這種方式對話，雖然明知不可能隔絕一切接觸，但鄭利善想盡可能地避免碰面。鄭利善支支吾吾地說因為夜空太美，所以才沒有注意距離，史賢露出笑容。

「看來前一天的事會讓你魂不守舍，不過至少你好像睡得不錯。」

史賢相當冷靜地分析，仔細端詳他的狀態，面對那道視線鄭利善真心想要逃跑，但如果現在轉頭過去，只會讓自己的處境更可笑，而且他在乘坐電梯時就已經透過玻璃窗看到底下的攝影機，電視臺會從公會大樓就開始拍攝他們進入副本的模樣。

鄭利善最後只好緊抿雙唇，雖然他很不甘願，但是史賢最後一句話是正確的，昨晚的那件事情反覆上演了三次，最後他近乎昏厥似地睡著，而且是什麼夢也沒做，直接進入深度的睡眠，起床後他在床上發呆許久才抱著頭陷入自責。

但是即使腦子一片混亂，身體卻格外輕盈，讓他最不甘心的是現在的身體狀況幾乎是一年多以來的最佳狀態，鄭利善雖然懷疑自己的腦子是不是出現異常，但事情已經發生，而且他的確也逐漸脫離一直以來侵蝕大腦的憂鬱想法，那項衝擊式的療法果真有效。

以往他總是帶著必須要送走朋友的心情進入副本，但今天一次都沒有想起，確切來說是完全沒有心思去想，鄭利善將視線飄向另一處，繼續低著頭或是無故抬頭看著天空，就是不望向史賢，站在一旁的史賢輕輕笑了。

「出發吧。」

史賢習慣性地拍拍肩膀走在前方，鄭利善躊躇片刻，乖乖跟在後頭，他思索著為什麼史賢可以這麼淡然處之，遲一拍才想起史賢本來就是無法用常理判斷的人類，心想至此他嘆了一口氣。

晚上十點，副本終於開啟，推估距離爆炸還有八十小時。

Chord 全員帶著從容的心情進入副本，前面幾座副本皆在十小時以內就清除完畢，因此對於充裕的時間感到游刃有餘。

只不過這次副本的樣貌有別於以往，副本裡的天空大多是赭紅色，沒有一絲陽光，但這座副本完全陷入漆黑，若說副本也有時間的話，現在看來正是午夜時分。再度進入第三輪副本時雖然也是午夜，卻也不如現在般漆黑，這次的昏暗是伸手不見五指的程度。

隨著夜越黑史賢的能力就越強，獵人們雖然對此感到放心，但眼前的夜色使他們寸步難行，再加上一般的副本自入口處便會出現通道，但這次一進副本就來到森林的深處。

「要、要點火嗎？」

奇株奕害怕地詢問，陰森的樹林甚至還會發出奇怪聲響，不時拂上的涼風將樹林吹得沙沙作響，史賢不知道是不是能在黑暗中發揮夜視能力，他仔細地左顧右盼後點頭同意。雖然事前已討論好這次副本要減少使用火焰，但他們還不算真正進入神廟，為了確保大家行走的安全，先照亮前路比較重要。

「請以最微弱的火光照亮道路。」

「哇，天哪……這是恐怖片嗎……」

他們站在陰幽森林的正中間，周圍樹木茂密成蔭，形狀相當奇異，樹枝彎成不自然的角度，樹葉滿是瘡孔，風一吹就會發出簌簌聲，明明僅是風吹過樹葉的聲響，聽來卻像某人的哭聲，再加上樹幹還流淌著深紅色的液體，平凡的樹液現在看來就像被塗滿血水。

「我、我、我可以出去嗎？」

奇株奕全身發顫，他說自己真的很怕恐怖的東西，抽泣地說著感覺隨時會昏厥，最後他被韓峨璘抓著後頸往前拖著走。

在茂密的林木間隱約能看見前方有座東倒西歪的神廟，以往一進入副本就要修復道路，看來這次需要先穿越森林才會看到通往神廟的路。通常在抵達副本的特定範圍後次級怪物才會湧現，但現在只在森林走了幾步路，怪物就陸續現身。

森林裡的怪物果真長得跟野獸一樣，雖然有著動物的外型，但手臂的型態奇形怪狀，眼睛也超過兩顆以上，只長了三顆還算正常的怪物，還有許多怪物硬是長了六顆眼睛，血紅色的眼珠發出駭人的光芒，緩慢靠近的模樣就足以使人嚇破膽。

「啊、呃啊！哇啊！呃嗯！」

「閉嘴。」

奇株奕一大叫，就被申智按迅速地摀住嘴巴，韓峨璘在一旁警告他安靜，但奇株奕已經哭了出來。

在他哀號的同時，怪物緩緩接近，但奇怪的是，大部分的怪物僅在樹林之間發出怪聲，假使怪物發動攻擊，他們還可以俐落地解決，但怪物們僅是壓低身子緩慢靠近，讓獵人只好繃緊神經呈現守備狀態，再這樣下去可能會因為過度戒備而消耗體力。

「唉唷，這太過分了吧……」

站在鄭利善附近的羅建佑也搖搖頭，他稍微輕拍一旁的鄭利善，詢問他的狀態，因為森林已經夠漆黑了，再加上鄭利善緊戴兜帽，羅建佑看不清楚他的表情。

「利善修復師膽子比較大嗎？」

「啊……對，好像還可以接受……」

鄭利善個性較不容易大驚小怪，從以前就屬於膽子大的類型，羅建佑看到他冷靜的反應，露出慶幸的笑容，然後向史賢提議。

「要不要使用加速技，不是火焰屬性的魔法應該不要緊……」

「雖然從一開始就大量消耗魔力不是好選擇，但是……」

陷入思考的史賢再次確認獵人們的狀態，雖然奇株奕有些反應過度，但這座陰森的森林飄散著不尋常的氣氛，就連作戰經驗豐富的獵人們也顯現出緊張的神色，史賢評估過後點頭同意。

「請使用加速技能，看來趕緊離開森林比較好。」

「了解。」

史賢點頭後，羅建佑來到隊伍中央，獵人們注意到他的動作，臉上露出一絲安心，就在鄭利善感到困惑時，羅建佑舉起法杖，頂端呈現圓球形的木製法杖產生些許的震幅。

滋滋滋，藍綠色的光暈自法杖的頂端發散。羅建佑將法杖佇立於地面後，地面顯現半徑五公尺左右的魔法陣，光暈在地上一筆一筆地描繪出魔法陣，宛如童話般的場景讓鄭利善讚歎不已。

在被點亮的森林裡獵人們動作變得輕快，原本只待在樹叢後的怪物看到光線紛紛起身攻擊，但獵人們的速度更快，他們迅速移動，一邊消滅怪物一邊朝前方邁進。

因為施加了加速技，眾人的腳步加快，鄭利善驚呼於自己的移動速度，訝異地看著雙腿，然後不知何時史賢來到身邊，帶著滿盈的笑容問道：「你很開心嗎？」

「……」

一聽到這番話，鄭利善的表情隨即沉了下來，因為一下子的衝擊讓他收起原有的表情。他突然想起昨晚的事，一句話也說不出口，史賢僅是笑著然後推了下他的肩膀。

他們很快就擺脫森林，來到通往神廟的道路，地上全是碎裂的磁磚，兩側是紅黑色的草原，第三輪副本時也出現過類似的草原，只要踩進的瞬間就會啟動陷阱，雙腳被綑綁。

鄭利善先修復神廟前的柱子，他彎下腰用手撐住地板，望向前方的殘垣，很快地，散落在草原上的磁磚碎瓦全都浮在空中，在整座漆黑的空間裡，金色粉塵更加鮮明可見，這是他使用隱藏能力時會出現的現象，彷彿時光的碎片在空中發亮。

「哇……」

奇株奕這才冷靜下來，自後方發出驚歎聲，獵人們也稍微鬆了一口氣。

鄭利善專注地盯著浮在空中的殘垣，聚精會神，浮在空中的磚瓦開始移動。

他們已經進入怪物有可能發動攻擊的場域，所以要盡快結束才行。強風颳起，殘垣們一一拼湊，連接成平面，猶如拼圖似地每塊磚瓦都找到屬於自己的位置，數十、甚至數百片的殘垣在空中來回穿梭，但沒有一塊碎片發生碰撞，全都依序鋪設成道路，猶如水彩畫般暈染出一條平坦的道路。

鄭利善展現了更加優秀的修復能力，他快速修復道路後又修復了神廟的前方，這裡距離神廟還有一段距離，凝視遠方的鄭利善稍微瞇起雙眼，在眉頭鬆開後，神廟前的階梯轉眼就修復完畢，以四個方向通往中央的階梯修復得既整齊又方正，當他雙眼使力的瞬間，前側的柱子就已經歸位完畢。

上次修復時是將柱子往一旁傾倒再立起，現在則是輕鬆地豎立整根柱子後再放在相對位置。此時怪物從兩側發出怪異的咆哮聲衝了過來，由於獵人們的注意力放在眼前的事物，怪物趁機衝向他們。

不過就在怪物想攻擊鄭利善的瞬間就被史賢所擊飛，其實他僅是輕輕舉起短刃，但怪物好像被什麼東西大力擊中般，碰地一聲飛到地上。鄭利善有些驚慌，轉頭看著死去的怪物，他抬頭不小心與史賢四目相交，嚇得趕緊別過頭去。

雖然出現小插曲，不過鄭利善的修復作業仍順利結束，獵人們反射性地鼓掌叫好，奇株奕也發出歡呼聲，他慢一拍才發現鄭利善複雜的神情。修復結束後鄭利善站起身，望著修復好的路面與神廟的前側，神情有些奇怪。感覺很不自在，奇株奕來回看著鄭利善與其成果，躊躇幾秒後發出「哇！」的聲音。

「哇！修復師，你修復得比上次還好耶。」

一聽見奇株奕的稱讚，讓鄭利善的表情更加沉重，以前無論再怎麼集中精神，頂多只能修復至百分之七十，下雨時降低至百分之六十，上次在副作用期間再度進入副本時僅能修復百分之三十至四十左右，如果排除副作用的因素，這次修復的程度可謂大幅進步，這讓鄭利善非常難為情。

這次的修復完成度幾乎來到百分之八十。

就在鄭利善盯著前方時，一道平靜的聲音響起。

「辛苦了。」

史賢從後方輕拍他的肩膀，鄭利善知道史賢一定看得出來這次修復程度的大幅進步，史賢朝神情複雜的鄭利善露出微笑。

「看來效果很好。」

雖然是短暫的念頭，不過鄭利善真的很希望逃離副本。

在那之後進入副本的路比在森林裡還要順利，雖然兩旁的怪物會發出怪聲靠近他們，但奇怪的是不會直接衝過來，就算有一兩隻衝上前，但在被獵人攻擊後就會快速退至後方。

奇株奕受不了怪物詭異的外型，高舉法杖大聲喝斥。

「乾脆一點攻擊啊！怕了嗎！」

就在此時一頭怪物逼近，偏偏是長得最可怕的怪物衝了過來，奇株奕嚇得大聲尖叫，逃到後方，申智按抓住衝過來的怪物脖頸，一下子就往地上摔。韓峨璘大力打著奇株奕的背要他安靜一點，奇株奕不停抽泣，史賢叫了聲他的名字，奇株奕以哀求的眼神望向隊長。

「請閉上嘴巴。」

聽見史賢輕聲的警告，奇株奕只好緊抿雙唇點點頭。就算在一片漆黑之中，史賢的笑容仍然清晰可見，其他獵人也稍稍改變姿勢，收起恐懼，挺起胸膛。在那之後他們安靜地邁向神廟，而羅建佑也不時施加加速技。

但就在他們踏入神廟時，羅建佑所持的法杖失去了光暈。

「喔，輔助技消失了……」

宛如燭火被吹熄，黑色的氣息壟罩眾人，法杖的光暈消失，剎那間陰森的冷風拂上，就在奇株奕下意識想大叫時他用雙手摀住嘴巴，可能想起了史賢的警告，他瞄了一眼史賢的臉色繼續前進，呼吸聲鑽出指縫，幸好史賢沒有盯著他看。

進入神廟後，鄭利善又修復了內部，不過怪聲一直存在，有刮牆壁的聲音，還有抽泣聲。雖然在鄭利善修復牆面和梁柱後似乎比較安靜，但仍能聽見微弱的聲響。

神廟裡一點燭火或是燈光也沒有，和外頭一樣漆黑。

「還是不行……」

「不用再消耗魔力了。」

羅建佑想再次施行加速技，但光暈隨即消散，再加上每當他使用技能時會發出嗡嗡的聲音，使得整座空間產生回音，回音反而還越來越大聲，韓峨璘發出輕微的嘆息。

「好……需要有人告訴我，我們現在不是在玩鬼屋探險。」

獵人們聽到這句話，不由得憋住聲音笑了起來，有幾位還說哪有這麼雄偉的鬼屋，不過講到一半時被突然颳進建築物內的強風嚇得閉上嘴巴，那道強風自外頭吹進，掃過梁柱，風聲尖銳刺耳，好像尖叫聲在耳邊躁動，也像搔刮牆壁般的嘎吱聲。

「上面。」

史賢的聲音劃破空氣，獵人們一同抬頭望去，怪物們自天花板爬下來，奇株奕幾乎快要暈厥過去。

地上的影子蒙上一層黑，如同海浪般襲來壓制怪物，迅速爬到地上的怪物被影子捲入，發出悲鳴，然後摔落在地。由於這裡一片漆黑，加強了史賢的能力，影子不僅將怪物抓到地面，還牢牢壓制牠們。

即使史賢沒有多加說明，獵人們也一眼就看出其意圖，紛紛朝怪物發動攻擊，這座空間並沒有完全抑制魔法技能，攻擊依然有效，怪物們的哀號聲迴盪神廟。

他們就這樣在黑暗中前進，史賢似乎能看清在黑暗中靠近的怪物，他用影子將怪物壓在地上，統一集中在一處，方便獵人攻擊。史賢負責橫掃前方的阻礙，讓後面的獵人可以專心處理怪物。

「不過怪物好多……」

揮舞長棍的韓峨璘消滅著從柱子爬下來的怪物，低聲呢喃。申智按則是抓住由韓峨璘甩下來的怪物頭部，重重撞擊牆面，沉默地點頭同意。就算韓峨璘揮舞棍棒的動作很大，不過她的聲音一點也沒有動搖。

「怪物一直從上面出現好奇怪，牠們不斷從柱子或牆壁爬下來，感覺上方有什麼怪物的生成點。」

「對，這樣下去根本沒完沒了。」

史賢聽著眾人的對話，抬頭望著寬廣的天花板，漆黑色的瞳孔靜靜盯著上方，然後露出微笑。

「在祭壇上方呢。」

神廟中央有座巨大的祭壇，阿耳忒彌斯神像浮在正上方，祂的手往前伸出，飄浮在半空中，神像的下半身不斷冒出怪物。以弗所的阿耳忒彌斯神像下方是類似圓錐形的形狀，外層刻畫數十隻的野獸，怪物自神像的身上掉落，在往下攀爬的過程裡逐漸變大。

牠們沿著天花板往下爬，在柱子上猶如蟲類攀爬的模樣非常駭人，再加上當牠們越靠近地面，雙腿就越長，相當令人不舒服。

「不、不斷生成的怪物根本是作弊吧。」

奇株奕看到眼前景象不停顫抖，下一秒突然驚呼。

「對、對、對到眼了！」

「你安靜一點！」

「真的在看這裡呢。」

韓峨璘喝斥奇株奕驚恐的反應，不過史賢卻冷靜地認同奇株奕的話。雖然史賢很冷靜，但獵人們還是被恐懼包圍，神像一雙赤紅色的眼珠正直視著他們。

「全都成為祭品吧……」

陰森的聲音迴盪整座空間，不是單純的呢喃，更接近某種警示的預告，更多的怪物自神像的下方湧現，史賢的嘴角露出弧線。

突然周圍更加漆黑，掀起一陣影子巨浪，高如柱子的影子一次就吞噬怪物們，反覆幾次後將怪物們摔在地上，影浪裡還能見到一隻龐大的黑色手掌，那隻手抓住牆壁與柱子間的怪物大力摔出去。

史賢很快地將上方的怪物全都掃落，替獵人爭取了攻擊空檔，他簡短地說：「地面的人請自行攻擊。」

講完這句話後，史賢就從眼前消失，他似乎想攻擊魔王，斜踩著神像附近的柱子朝神像撲去，速度之快猶如蜜蜂用毒針攻擊獵物。

韓峨璘也跑到史賢一旁，用地震能力升起地面，一起攻擊神像，不過在下一秒發生了奇怪的景象。

神像為了閃避史賢的攻擊往後退縮，卻被韓峨璘的長棍狠狠擊中，長棍穿過神像的身體，但攻擊沒有奏效，魔王的身體變成半透明的狀態，閃避了攻擊。就在韓峨璘反應過來的瞬間，魔王自原地消失，從另一個地方出現，不過仍在天花板附近。申智按奔向牆壁，從柱子跳往天花板，想用腳踢中魔王，不過神像的身體又再次變為半透明，然後瞬間消失。

只不過當身體變成半透明的狀態時，不會生成野獸，注意此點的史賢隨即跟上前，再度發動攻擊，韓峨璘與申智按也在對望之後快速跟上。雖然神像所召喚的怪物減少，但底下的怪物還是難以計數。

「天、天哪，修復師，我、我好像要死了……」

上方進行纏鬥的時候，底下也是一片混戰，雖然史賢多次攻擊魔王，換來怪物生成的空檔，但只要一恢復正常狀態，怪物就會不斷生成沿著牆壁往下，如果只單純沿著牆靠近就算了，但牠們姿態詭異，緩緩爬行過來的模樣叫人噁心。

再加上怪物們還流著赤紅的鮮血，奇株奕滿是淚水地求助於鄭利善。在所有獵人都處於恐懼之下時，唯有鄭利善老神在在地站在原地，這副鎮定的反應讓奇株奕像是找到救命繩，緊貼在鄭利善身旁。

「請冷靜，你只要，嗯……想成是蟲子就好。」

「那不是更可怕了！」

「嗯……還是電玩？」

「電玩的怪物只會出現在電腦裡，但這裡是現實！」

鄭利善不大會安慰他人，奇株奕不停啜泣，鄭利善表情尷尬地輕拍他的肩膀，但視線依然盯著上方。

他覺得現在的局勢有點奇怪。史賢、韓峨璘、申智按為了抑制次階怪物的生成，對神像展開攻擊，但實際上並沒有對神像造成傷害。雖然神像的身體看似受損，變成半透明狀態然後移動，但感覺只是消耗人類的體力而已，雖然他們幾位沒有顯露疲憊的神色，不過如果反覆持續好幾個小時，必定會出現疲乏。

這次的魔王不像第三輪的宙斯會選定目標進行攻擊，這點反而更讓人在意，似乎是為了進行更大一波的攻擊而拖延時間……

然而這種煩惱的空檔也逐漸減少，魔王邊移動邊生成怪物，牠們自柱子與牆壁攀緣而下，發動攻擊。

獵人們分成三隊，將鄭利善放在正中央，維護他的安全，只不過怪物的威脅越來越猛烈，突然一頭硬是分裂出六隻腳的怪物，像蜘蛛一樣猛然撲向奇株奕。

「呃啊啊啊！」

奇株奕發出慘叫，下意識拿起法杖。原本就無法冷靜的他瞬間使出魔法攻擊，史賢說過在確認怪物的狀態前必須審慎使用的火屬性魔法，但剎那間火光就這樣點亮空間。

火柱朝四方竄出，將怪物捲向地面，不知道他究竟使用了多少的魔力，在轉眼間怪物就慘死眼前，甚至原本在附近的五六頭怪物也一次被活活燒死，牠們似乎對火屬性的攻擊抵抗力特別低。

「呼……呼……呼……」獵人們驚訝地看著奇株奕，就在他們發出輕微的稱許時，逐漸察覺到周遭陷入寂靜。

整座神廟沒有一絲聲響。

「……嗯？」

原本在天花板與牆面爬行的怪物全都停止動作，面對眼前奇怪的寂靜，鄭利善眨眨眼往旁一看，奇株奕不久前發動火柱的地方還留有一點微弱的火光，啪噠、啪噠，火苗緩緩消失，然後……

火苗突然熊熊燃燒，即使奇株奕沒有施加魔法，但那道火焰忽地開始壯大，在瞬間轉亮的空間裡，獵人們得以看清四周。

神廟裡所有的怪物全都盯著奇株奕。

每一頭怪物的目光都落在奇株奕身上，在奇株奕感到無法呼吸的瞬間，怪物們突然朝他而去，速度比起先前更快速，再加上飄在半空中的魔王還陰沉地說：「膽敢……」

「哇啊啊啊啊，我錯了！」

包含奇株奕在內的所有獵人趕緊往後退，躲避怪物。不過奇怪的事情發生了，那道火焰朝向奇株奕而去，細長的火舌追趕著他。

他們慌張地躲避火焰以及自牆面而來的怪物，雖然奇株奕急忙使用水柱魔法，卻撲滅不了火焰，雖然怪物對火屬性的抵抗力較低，但感覺有其他的力量使牠們提高了防禦力。

鄭利善跟著獵人們倉皇地閃避到後方，就在一陣混亂後他急忙恢復理智。

他在腦裡描繪神廟的復原圖，急促吸了一口氣，邁步走向前方。獵人們對於鄭利善突然的行動有些措手不及，雖然想阻止他，但鄭利善的速度更快。

他們現在位於神廟內一處較隱蔽的空間，鄭利善回想著自己所修復的神廟，正確來說是回想修復前的狀態。怪物們洶湧而上，既然那道火焰是連水也無法撲滅的，那麼乾脆……

「修、修復師！」

鄭利善獨自站在獵人們的前方，金色粉塵出現在空氣中，牆面應聲碎裂，金色粉塵撒落在鄭利善的身上。

轟隆隆，伴隨著巨大的聲響，牆壁倒塌，鄭利善將修復牆面的隱藏能力倒轉，使得牆壁傾倒，火焰也在瞬間被石塊所撲滅，湧來的怪物被磚瓦壓死，看到眼前驚人的場景，獵人們張大嘴巴。

就在鄭利善鬆一口氣時，殘垣之間突然伸出一隻長臂。

「啊！」

尚未真正斷氣的怪物抓住他的手臂，怪物細長的爪子緊抓著他，企圖將他拉過去。

就在鄭利善驚恐地叫出聲時，後方數十道攻擊朝向怪物飛去，十幾名獵人同時對怪物發動攻擊。哐哐哐，僅是一般的攻擊力道，但聲響卻大如爆炸聲。

怪物的手臂不僅僅只是燒焦，更化為粉末。鄭利善對於獵人們可以精準閃避自己的手，只對怪物進行攻擊的能力感到佩服。然而他慢一拍才感覺到痛楚，他的手臂被怪物的利爪割破，當場血流如注。

「呃嗯……」

陌生的疼痛感讓鄭利善緊抓手臂，發出哀號。就在獵人們慌張地出聲呼喊他之際，史賢已經從他背後出現，他在上方攻擊魔王到一半，察覺到地面上的混亂，馬上移動過來。

羅建佑隨即來到鄭利善身邊，試圖使用治癒技但卻被中斷，這座空間無法使用治癒的技能，史賢看著這一切臉色瞬間發青。

「你們到底在做什麼？」

「對、對不起……」

「大意使用火屬性攻擊已經是個問題，但當情況出現差錯時，我是這樣教你們善後的嗎？」史賢嚴厲地斥責獵人。

雖然誤用火屬性的魔法，但至少成功吸引怪物的注意力，不過他們沒有妥善處理怪物是個重大的錯誤，奇株奕站在最前方低著頭道歉，但史賢不為所動。

鄭利善吃力地用另一隻手止血，說自己沒事，他因為第一次受重傷，聲音有些顫抖。史賢聽不進鄭利善的話，任誰看了都知道鄭利善的失血狀況相當不樂觀，史賢沒有回應他。

此時鄭利善失去重心，往旁邊一倒，沾滿鮮血的手觸碰到下方的石頭，史賢靠上前確認鄭利善的狀態。

羅建佑急忙從包包裡拿出藥水灑在鄭利善的手臂上，直接讓藥水接觸傷口也是一種治療的方法，他連續倒了好幾罐高階藥水，不過這也僅是暫時的處置，傷口無法完全癒合。

雖然成功止血，但刺痛感與頭痛讓鄭利善緊咬嘴唇，頭部往後傾倒，這讓他突然看見魔王的身影發生變化。

「魔王……好像更鮮明了……」

史賢聽見鄭利善的喃喃自語，抬頭望去。

魔王的原始型態本來就有些模糊，受到攻擊時會變為半透明，藉此閃避攻擊，但現在似乎更加鮮明，高度也降低，比起原先再靠近地面一些。

史賢詫異地觀察狀況，不斷在上方攻擊魔王的韓峨璘與申智按也注意到異狀，彼此討論了幾句。因為韓峨璘抬升地面進行攻擊，所以明確感受到魔王飄浮高度降低的事實。

鄭利善低頭觀察與史賢的所在之處。

「……祭壇。」

鄭利善虛弱地發出聲音，他用手支撐的地方就是神廟的祭壇，上頭沾染了鄭利善的鮮血，史賢在漆黑的空間裡研究神廟的構造，雙眼發出光芒。

鄭利善帶著還在微微滲血的傷口，極力回想第四輪副本的線索。

【獻上祭品吧，讓以弗所再次重返光榮】

線索提到的祭品，眼看當祭壇沾染血跡時神像就往下墜的現象，鄭利善串聯起這些線索。在他開口之前，鄭利善被抓住肩膀，史賢將他推往一旁的牆壁，遠離祭壇。

史賢雙眼緊盯祭壇，他已經明白那條線索的寓意。

接著史賢嘆了口氣，望向獵人。

「請不要再出差錯。」

雖然是簡短的命令，但察覺背後隱含意思的獵人們無不僵硬地點頭。史賢用視線掃過眾人作為警告，然後移動至韓峨璘的所在地，並且告訴韓峨璘接下來的計畫，就在她一臉驚訝地正想說些什麼的時候，史賢當場消失。

韓峨璘的嘴型說著「什、什、什麼！」，然後乘著那塊地面在無聲的震動下回到地上，申智按大概也收到史賢的指示，回到了下方。

很快地，史賢佇立於祭壇上。

他握住黑色短刃，神廟內部一片漆黑，短刃被黑暗的氣息壟罩。史賢伸出左手，緊盯手臂確認位置，眼神充滿堅毅，這讓鄭利善不由得全身發顫，就在不安感襲來的瞬間，嗖——史賢自行用刀刺進手臂，鮮血直流而下，那道聲音讓人毛骨悚然。他看了一眼灑在祭壇上的血，繼續劃開皮膚，傷口處流出更多的鮮血，血色的液體在地上匯集。

鄭利善倒抽一口氣，他原本因為失血感到頭暈目眩，現在看到史賢流血的模樣好像整個人都清醒了。

神廟內已經瀰漫死去怪物的腥臭味，然而現在史賢的血腥味似乎蓋過一切。

鄭利善的瞳孔大力晃動，雖然自己也受傷了，但目睹他人流血的畫面太過驚悚，他氣息紊亂，史賢的手臂不斷湧出大量的血。

嗖、嗖嗖，史賢在手臂上不停劃刀，鮮血幾乎是用噴濺的狀態，看到出血量已經足夠，他這才放下手臂，輕輕嘆氣，大量失血讓他臉上流露出一股疲憊的神情。

全體獵人驚恐地看著隊長的行動，然後紛紛抬頭。因為韓峨璘從剛才就一臉不悅地盯著上方，在眾人視線的彼方，那座形象鮮明的魔王正緩緩下降。

「獻上……祭品吧……」

魔王陰沉的呢喃迴盪神廟，史賢歪著頭淺淺笑了，即使魔王正在靠近他，他也不動聲色站在原地。

就在魔王來到史賢頭上一公尺處時，魔王突然消失了。直盯著情況的獵人們不敢呼吸，魔王瞬間出現在史賢的旁邊，抓住他的脖子使其摔在祭壇上，史賢碰的一聲往後倒。

「你的血將會沾滿祭壇。」

黑紅色的雙眼炯炯有神，神廟發出嗡——的尖銳聲響，空氣緊繃不已，魔王似乎當場就要讓史賢四分五裂。史賢癱倒在祭壇上咳了幾聲，他緩緩抓住神像的手，這個行為比起阻止神像，更像在確認某事，然後史賢將頭靠在地上，失聲笑了起來。

「哈哈……」

這是道讓人不解的笑聲，他明明被魔王用雙手勒緊脖子，但緊皺的眉心卻鬆開了，自顧自地笑著，下一秒……

史賢突然從祭壇上消失。

「嚇！」

雙眼直盯戰況的奇株奕發出驚呼，史賢瞬間移動到魔王上方箝制住神像的脖子，將其壓在祭壇。哐噹，祭壇發出撞擊聲，雖然神像似乎默念了什麼，但史賢再度抓住神像的後頸砸向祭壇。

此時神像消失了，猶如逃跑似地飄浮在半空中。史賢隨即移動到空中發動攻擊，他要確認神像是不是觸碰到祭壇就無法閃避攻擊，所以不能放過任何攻擊的機會，史賢掌握到祭壇隱含的線索，刻意引誘神像靠近祭壇，並透過剛才的實驗證實了內心的假設。

看到神像沒有轉為半透明的韓峨璘，隨即來到半空中進行助攻。她先是伸出長棍攻擊，倘若神像往前躲避，史賢就會瞬間移動到那裡，使用短刃攻擊。在黑暗中輕快移動的史賢，鮮血也不斷往下滴，血珠滴落在地上的聲音鮮明地迴響在神廟內部。

就在魔王看似位居下風時，祂突然舉起雙臂，剎那間空氣緊縮，如同剛才勒住史賢脖子那樣，空氣彷彿變成銳利的刀尖搔刮牆面。

刺耳又尖銳的聲音讓獵人們難受不已，紛紛用雙手摀住耳朵，踉蹌不穩。鄭利善雖然覺得頭痛欲裂，但還是緊盯著上方的神像。

「啊，這一切都是為了以弗所……」

韓峨璘快速移動地面來到後方，伸出長棍攻擊，但原本已是實體化的魔王突然快閃至一旁躲避攻擊，並再度變回半透明的型態。韓峨璘氣得破口大罵，史賢緊接著攻擊神像，這次神像乾脆整個消失不見。

神廟傳來轟隆隆的巨響，遠方的森林傳來可怕的吼叫聲，某種物品燃燒的怪音盤旋空中，這時外頭傳來震動，原來是森林裡的野獸正朝這裡奔來。

在進入神殿前，野獸僅是藏匿於林中，不大會主動攻擊，現在卻一擁而上。只要魔王一死，次階怪物的體力也會降低，因此先前無須趕盡殺絕，但現在這些怪物全都打算一鼓作氣湧進神廟。

史賢的視線飛快地瞄準魔王的下半身，他們剛才在上方纏鬥時，以野獸頭所形成的下半

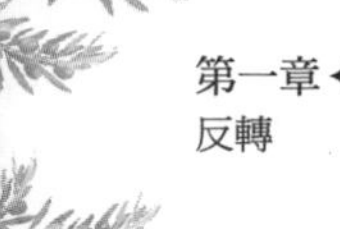

身因為出現裂痕無法生成更多新的怪物，所以神像才會召喚外頭的野獸。

既然如此得快點結束才行，史賢目光銳利，馬上移動至神像的身邊。他不久前攻擊的地方已經出現裂痕，神像可以用半透明的狀態閃躲韓峨璘的攻擊，但卻閃避不了史賢的攻勢。即使室內一片漆黑，伸手不見五指，但史賢仍直視著那道裂痕，當他看到裂縫處的血跡時，史賢揚起嘴角笑了。

這次史賢用刀劃開右手手掌，站在附近的韓峨璘質問他是不是瘋了，但史賢僅是冷靜地說這不會妨礙攻擊。他反覆張開、緊握雙手，直到手掌全都沾滿血跡。

「要把你們……當成祭品獻祭……」

飄浮在空中的神像往下凝視韓峨璘與史賢，低聲唸道。

然後在地面上的史賢朝上方的神像笑了起來，這是比起以往都還要更耐人尋味的笑容。

史賢勾起微笑，瞬間移動到神像的前方，在漆黑的空間裡，那雙深黑色的瞳孔發出銳利的光芒。

「沒有用的……」

魔王高聲吶喊，移動至他處，祂為了不被史賢所抓，快速逃離，但史賢馬上出現在祂的前方。

「移動路線真單調。」

史賢溫柔地說道，用雙手掐住魔王的脖子，雖然魔王想再度變成半透明，但卻只能使脖子以外的身軀變成半透明，被血沾染的部位全都維持實體型態。

呃啊，神像的脖子被緊勒住，發出悲鳴，祂想移動方位，但史賢跟著祂一起移動。因為史賢已經掌握魔王的移動路線，也知道魔王移動的時候會暫停一秒鐘。

所以史賢會率先出現在神像欲出現的地方，帶著笑容凝視魔王，在神像驚訝地反應過來之前，史賢就緊抓神像的頭部奮力往地上一摔，他們從半空摔落至地上，神像發出呃啊的聲音，傳遍整座空間。

「祭、祭品……呃……」

魔王仍想說些什麼，但史賢壓在上方摀住祂的嘴，正確來說是用沾滿血的手摀住嘴部。被摔落在祭壇上的神像不停發抖，史賢彎下腰讓影子覆蓋神像，神像黑紅色的雙眼在極致的深黑中顫抖。

史賢露出帶有餘裕的笑容，他自己也流了很多血，眼神有些疲憊，不過臉上卻帶著讓人發寒的微笑。

「所謂的神比想像中來得愚蠢。」

史賢伸出另一隻手，黑色的短刃出現，他緊握住帶有黑色霧氣的短刃，暗自呢喃：「因為神就連誰是祭品也分不清楚。」

史賢舉起短刃刺進魔王的上半身，他將刀子刺進胸膛，或許因為用盡全力，整個上半身開始碎裂，接續地完全粉碎，從碎片中出現的核也隨之破裂。

雖然神廟一片漆黑，但包覆弱小火焰的玻璃球就此破碎，發出清脆聲響，看著這一切的史賢緩緩起身。

獵人們全都屏住呼吸，在史賢起身時無不緊縮肩膀，直到看見史賢手上的短刃消失才紛紛大呼一口氣，即使看得出來隊長已經用行動宣告戰鬥結束，但獵人們臉上的緊張很難短時間就消除。

「……哈……」

「哇……」

他們彼此相望，眼神有些許膽怯，靠近神廟的野獸好像因為魔王的死亡而無法進入，史賢收起短刃的行動讓他們稍微安心，畢竟真的是一場極其可怕的戰鬥。

此時鄭利善穿越人群來到史賢身邊，鄭利善的臉蒼白不已，羅建佑也與他一同來到前方，同時馬上替史賢治療，由於已經解決了魔王，所以治癒技終於能順利施展。

法杖頂端散發藍色光暈，沁入史賢的手臂。史賢坐在祭壇上方伸出手臂，接受治療。

「你、你流了這麼多血……」

鄭利善臉色蒼白，結結巴巴地望著史賢的手臂，左手全是亂劃的痕跡，右手也有傷痕，兩手爬滿了血跡，血腥味足以讓嗅覺麻痺，鄭利善慌張不已，語帶哽咽地觀察史賢的傷勢。

史賢看著他，淺淺一笑。

今天鄭利善一直躲著自己，結果一看到他在流血就馬上過來，而且還一臉哭哭啼啼，這讓史賢覺得有些逗趣，他盯著鄭利善問道：「怎麼？又怕我死掉嗎？」

「因為你流了很多血。」

「所以你又要來我身邊哭了？」

就在鄭利善回答前，史賢伸出手，鄭利善的眼角染上一抹紅，史賢為了確認他有沒有哭，因此抹了一下眼角。史賢的手全是鮮血，在鄭利善的臉上留下了血跡，但史賢不在乎，鄭利善也是，那道濃稠的液體反而帶有人類的溫度，比平時還要顯著的體溫讓鄭利善冷靜不少。

雖然鄭利善因為臉頰上的溫熱感到心安，但史賢仍然朝著他果斷地說：「鄭利善，我不會死。」

話語裡沒有遲疑，不過史賢說完後呼出一口氣，閉上雙眼，雙手也隨之失去力氣，鄭利善抓著史賢的衣袖發抖。

史賢用沾滿血的手指輕拍鄭利善的手背，彷彿在告訴他自己不會暈過去。

即使只是輕動手指，但鄭利善仍對這項微小的動作感到心安，他呼出憋在喉間的一大口氣，因過度緊張使得心跳不受控制。

極其恐怖的第四輪副本順利結束了。

✦ 附錄 ✦

獵人們：
獵人與 SO 市民們（3）

本章為虛構的網路討論區與社群留言。
即使略過本章也能理解小說內容。

〈當 Chord 宣布對惡意留言採取法律行動時〉

主旨：》Chord 要採取法律行動了《

（附上螢幕截圖）

當時因為還在第三輪副本的衝擊當中，所以我到他們的官網晃晃……竟然看到公告跑出 N，原本以為第四輪副本的線索這麼快就出現了嗎？結果……

？

？？

？？？？？？

哈哈哈哈哈哈哈哈哈哈哈

Chord 發表聲明，表示將針對所屬覺醒者的人身攻擊與毀謗採取相關法律行動，哇嗚～～～～～～

我以為自己看錯，還按了重新整理，沒想到還很親切地用彈跳式視窗顯示公告哈哈哈哈哈哈哈哈哈那則公告可以用三行字概括

1. 意識到事態惡化
2. 已在收集資料，準備進入相關程序
3. 提供信箱接受舉報

不過各位知道公告裡最可怕的東西是什麼嗎？

（放大照片 1）
（放大照片 2）
（放大照片 3）

文末有我們 Chord 隊長的簽名 ^^^^^^
唉呀 ^^7 這是實現正義的開始了吧？

留言

#1
哇……這是 Chord 第一次針對所屬覺醒者的惡意留言採取行動吧？

↳ 對啊，不過在他們簽下鄭利善之前幾乎沒有人中傷他們……

↳ 對啊……只有利善被罵

↳ 史賢不是也被罵瘋子嗎？

↳ 機車賢已經算是榮譽勳章了哈哈哈哈哈，粉絲們也這樣叫他

↳ 我是路過的機車賢粉絲，沒錯唷 ^^)> 我們賢賢很厲害吧

#2
當初韓國最精銳的隊伍招進非戰鬥屬性的覺醒者，而吵吵鬧鬧的網友都要完蛋

↳ 就是說啊，他們又不是能取代利善的人，在那裡酸，哈

↳ 鄭利善……老實說……我不大愛……啊、啊……媽媽在叫我了～！

#3
哇……所以這則公告是因為鄭利善一個人嗎？好驚人喔 o0o 抖抖

↳ 就算沒有指名道姓，但就算前空翻來看也是因為鄭利善

↳ 22 就算後空翻也是這樣

↳ 3333 側翻也是

↳ 4444444 三圈半跳也是

↳ 555 搭著 KTX 經過也是因為鄭利善

↳ 好了啦，停止接龍哈哈哈哈哈哈哈哈哈哈

↳ 也太洗腦了……就算從太空站看也一樣，別再玩了～

↳ 哈哈哈哈哈哈哈哈哈哈哈哈哈哈哈哈哈哈

#4

而且公告不是寫所屬「獵人」而是所屬「覺醒者」哈哈哈，太明顯了

↳ QQ？覺醒者不就包含在獵人裡嗎……？
難道只有我看不懂嗎……？

↳ 覺醒者裡的戰鬥類型稱為獵人，非戰鬥類型就以各自的能力著稱哈哈，而 Chord 現在戰鬥類型的獵人有 20 名＋非戰鬥類型的修復師 1 名，所以稱覺醒者的話百分之百是因為鄭利善，哈哈。其他公會的公告幾乎都直接稱所屬獵人

↳ 利善值得這樣的保護措施

↳ ((((((光利善))))))

#5

可是 Chord 說要採取行動真的好可怕……跟一般經紀公司的公告是截然不同的次元……

↳ 真的跟其他獵人公會的公告感覺完全不同，抖抖

↳ 因為被他們告的話不是法官很可怕，而是機車賢比較可怕哈哈哈哈哈

↳ 啊，聽起來是可以執行死刑的意思呢（政論節目的語氣）

↳ 哈哈哈哈哈哈哈哈，喂，你們看看留言板數量減少的速度

#6

這些酸民比起讓機車賢處理他們，應該更想乞求法律制裁哈哈哈哈哈哈哈哈

↳ 好想看法官大人 Q，我錯了，請把我關進監獄 QQ

↳ 說不定不反省還更好哈哈哈哈哈哈哈，如果因為反省過錯而判緩刑的話怎麼辦，外頭更危險耶

↳ 請把我這種罪人關進監獄，實現正義吧……感覺會這樣

#7
啊，真的太感動了 QQQ，原本做成 PDF 寄給 Chord 的時候還沒有信心 QQQQ 因為他們從來沒有採取過法律行動 Q 就算 HN 的其他隊伍有執行過，但 Chord 從來沒有 QQ，雖然不知道能否成功，但我還是努力寄信，現在真的太欣慰了

↳ 對啊 QQQQQQQQQ，利善要幸福才行 QQQQQ

↳ 利善走花路吧 QQQQQQ 姐姐現在能替你做的只有 PDF 了 QQQQQQQQ

#8
這是在推特上舉辦的投票，你們看
（截圖）
小善恰恰恰 @chajerri___

（現在 Chord 公告裡最危險的東西）
法律行動 0%
史賢簽名■■■■■ 100%
42,324 票之結果
留言 2　轉推 1.6k　愛心 3243

↳ 哈哈哈哈哈哈哈，媽的，超級事實

↳ 明明有四萬多人投票，但法律一票都沒有哈哈哈哈哈

↳ 就連手殘按錯的人都沒有 zzz，哈哈哈哈，讓人難以置信但又不得不信……

↳ 跟造假的一樣，但還是相信了 22

#9
這次的公告根本不用三行總結，根本就是：
1. 史賢簽名
2. 史賢簽名
3. 史賢簽名
完全就是這樣哈哈哈哈哈

↳ 雖然我真的很怕史賢，但好希望人生能有機會成為史賢的隊員喔……

↳ 哈哈哈，他真的很讓人受不了又愛惹麻煩，如果在他旁邊聽到他說話，感覺不如跳樓算了，但只要一聽到他跟其他公會的人吵架，又覺得這個世界上沒有第二個這麼牢靠的隊長了

↳ 再次進去第三輪副本的時候就是這樣哈哈哈哈哈，即使千亨源很差勁地找碴，但 Chord 沒有一個人在乎哈哈哈哈哈哈哈哈哈哈哈哈哈哈哈哈，甚至全都忽視他哈哈哈哈哈哈哈哈

↳ 雖然千源哥很過分，但好歹還是韓國第三名公會的次任會長，而且又是 S 級獵人，要忽視他還真的不簡單，必須要是史賢那隊的人才有可能，抖抖

↳ Chord 在拍賣會場買東西的時候，絲毫不受他的影響哈哈哈哈哈哈哈

#10
太陽捕手的網站換上了「太陽日」的標語

↳ 他們怎麼一天到晚在換網頁的首圖哈哈哈哈哈哈哈哈哈哈

↳ 誰來叫他們放棄娃娃字體啊

↳ 才不是，這次是標楷體了，煩死哈哈哈哈

↳ 可以在這裡寫信反映哈哈 https://cafe.hunts.com/jaerimEsun/join

↳↳ 我還以為是什麼，結果是加入連結哈哈哈哈哈哈

↳↳ 我是太陽捕手的工作人員，只接受會員的建議喔 ^^

↳↳ 我也是太陽捕手啊，但你也不聽 OAO

↳↳ 善良的捕手，噓 ^^

↳↳ 哈哈哈哈哈哈哈哈哈哈哈哈哈哈哈哈哈哈哈哈哈哈

〈Chord 清除第四輪副本〉

主旨：七大突擊戰第四輪 _Chord 進攻 _ 討論版

（直播網址）

這次怎麼這麼晚才開啟入口？反正我先開討論版

留言

#1
我到底在看進攻影片還是恐怖電影

↳ 該死，原來不是只有我害怕，哈哈哈哈哈
↳ 這個副本也太可怕了 ;;; ㄒㄒㄒㄒ
↳ 樹木的樣子就已經是鬼片等級了 QQ 而且還有東西滴下來 QQQQQ
↳ 還打什麼副本哈哈，啊，今天要開燈睡了
↳ 你們膽子真小哈哈，欸我媽去哪裡了

#2
影片的標題應該要改成「鬼屋探險 _ 實況轉播」阿耳忒彌斯 _ 神廟 .avi

↳ 感覺連攝影師都很怕，鏡頭都在抖哈哈哈哈哈哈哈
↳ 所以說很奇怪啊，入口竟然在大半夜才開 QQQQ
↳ 超級可怕啦 QQQ，從一進入森林就有聽到好詭異的啜泣聲 QQQQQQQ
↳ 大家都討論到不行，有人聽見「趕快來……」有人聽見「我要殺死你」
↳ 幹麼打出來？ QQQQQ 不要把這種內容打出來

#3
進入一看就知道很危險的地方就是恐怖電影啊，為什麼要進去……哈哈 QQ 哈哈哈哈該死，但那裡真的必須進去

↳ 看看奇株哭的樣子，好可憐哈哈哈哈哈

↳ 因為恐懼大叫導致怪物被吸引而來的方式真的很糟……但可以理解……

↳ 就是說哈哈哈哈哈哈，通常恐怖片裡的這種角色會先死掉，真希望奇株可以活下來 Q 哈哈哈哈

↳ 可以看得出來他不是在演戲，而是真的嚇得哭出來，讓人好感同身受……

↳↳ 你在哭嗎？

↳↳ 你怎麼知道 Q……？

↳↳ 哈哈哈哈哈哈哈哈哈哈哈哈哈哈哈哈哈哈哈哈哈哈哈哈

#4
QQQQQ 明明很可怕，但史賢在場就不那麼可怕了..;

↳ 哈哈哈哈哈哈哈你的想法＝我的想法哈哈哈哈哈

↳ 在漆黑神廟裡走在前方的賢大人 QQ 有大人在，這個世界才有光……光亮……才有黑暗……

↳ 看起來是罵人，結果是稱讚呢……

↳ 罵讚

↳ 媽的哈哈哈哈哈，要夠黑能力才能發揮……好吧……

#5
這不就是那個情況嗎，不小心在半夜打開手機的前置鏡頭，結果對焦超多小方格，該死，怪獸突然從牆壁跑出來，啊，嚇死了

↳ 啊，不要說這種事 ;;;;;;;;;;;

↳ 討厭 QQQQQ 我要檢舉你

↳ 我也要檢舉

↳ 快點被封鎖啦，討厭 QQQ

↳ 集體檢舉是維護眾人的權益，我也加 1

↳ 原 po 表示：傻眼

#6

各位大大，我真的要嚇尿，不能在留言區講點開心的事嗎 QQQQQQQQQQ 真的拜託你們了，還是我先搞笑一下，你們知道撿拾樹木時會發出什麼聲音嗎？嗚的的的的（Wood）QQQQQQ 啊 !!!!!!!!!!

↳ 神經病哈哈哈哈哈哈哈哈哈哈哈哈哈哈哈哈哈哈哈哈哈哈哈哈哈哈哈哈

↳ 啊哈哈哈哈哈哈哈

↳ 你們知道漢堡是什麼顏色嗎？勃根地（Burgundy）!!! QQQQQQ

↳ 把床墊翻過來是什麼？羽毛球（Badminton）①QAQ ！

↳ 牛唱歌就是，訴訟②QQQ

↳ 我要告你們冷笑話罪啦，都閉嘴

↳ 如果一起唱歌，就是集體訴訟了？ QQQQQQQQQ

↳ 啊哈哈哈哈哈，好熱烈的冷笑話隊形哈哈哈哈哈

↳ 唉唷，如果怕就不要看啊……對，我在跟自己說話……（看著鏡子）

↳↳ 鏡子有其他人耶？在你後面

↳↳ 啊啊 QQQQQQQQQQQQQQQQQ

注釋①　音近韓文的「床底」。

注釋②　牛（소）+ 歌曲（송）= 訴訟（소송）。

#7
鄭利善是正義的神 QQQ

↳ 這笑話太古老，要把你的假牙沒收三個禮拜

↳ 啊嗚嚕盧嗚嗚嗯嗯（無牙狀態的講話聲）QQQQ

↳ 哈哈哈哈哈哈哈哈哈哈哈哈哈哈哈哈哈哈哈哈哈哈哈哈哈哈哈哈哈哈哈哈哈
哈哈哈

↳ 哈哈哈哈哈媽的哈哈哈哈哈哈哈這後勁太強

#8
利善……姐姐太害怕了，把兜帽脫掉吧……

↳ ？？有何相干

↳ 看他的臉可以安心一點……

↳ 哈哈哈哈哈哈哈哈哈哈哈哈哈認同

↳ 利善好像一點也不怕，好冷靜 QQ 其他獵人都一臉害怕的樣子，只有利善很冷靜，所以說趕快把兜帽脫掉吧

↳ 起承轉脫帽

#9
該死，就連神像也長得超可怕，照理來說那種東西真的要回去祂們原產地才對

↳ 要讓以弗所的後代去解決才對

↳ 應該叫希臘的獵人過來才正確吧 QQQQQQ

↳ 我今天睡不著了，完蛋了，明天要用特休了

↳ 理由：看第四輪副本太可怕，所以睡不著

↳ 老實說這必須准假ㅇㅇㅠ

#10
奇株奕的火柱太讚啦！！

↳ 看來火屬性很剋他們 !!!!!

↳ ……？呃……好像用得不是時候……

↳ ……

↳ ……?? ……? ……????

↳ 媽的，我嚇到從椅子上摔下來 ;;;;;;;;;;;;;;;;;;;;;;;;;;;;

↳ 直播的討論區瞬間安靜耶，媽的 QQQQQQQQQQQQQQQ

↳ 奇株奕為什麼可以進 Chord ？ = =

#11
利善啊，拜託你常用能力吧

↳ 看到金粉感覺胃食道逆流都好了

↳ 【胃食道逆流痊癒的圖】
（阿耳忒彌斯）（森林）（野獸）（尖叫）＝愁眉苦臉
（光利善）＝徹底緩解

↳ 鄭利 sun……猶如世界無法或缺的太陽 QQ

↳ 這個世界上不能有兩顆太陽（拿槍指太陽的圖）

↳ 現在來看，鄭利善可以算是戰鬥屬性的獵人了

#12
QQQQ 利善的手受傷了 QQQQQQ

↳ 因為奇株奕不小心引怪過來，利善替他收拾然後受傷了 = =

↳ 到底在幹麼……

↳ QQ 可是老實說如果是我，假使那種東西突然從上面掉下來我也會失控，那隻怪物的腳又那麼多……

↳ 憑著良心說，如果大半夜看到小強掉下來，你們不會嚇得跳起

來嗎？

↳ 哇塞，馬上懂

↳ 可是攻擊利善的怪物馬上被灰飛煙滅是不是有點好笑哈哈哈哈哈哈哈哈哈，看來 Chord 的獵人也是 (((((光利善))))) 的支持者

#13

嗯？史賢幹麼突然站在祭壇上……？

↳ 不是啊……喂……他怎麼突然把手臂……

↳ 他是把自己當作祭品嗎 ??????? 神突然 ????

↳ 哇，看來那是吸引魔王的用意……可是……再怎麼說這個方法還是……

↳ 這就跟殺身成仁一樣啊……

#14

啊，我懂了～哈哈，現在是看機車賢跟魔王哪個比較可怕吧？

↳ 媽的哈哈哈哈哈哈哈哈哈哈我要投機車賢

↳ 雖然魔王真的長得很可怕，但機車賢的手法更駭人，機車賢 2 票

↳ 用肉身相逼，自己站上祭壇的史賢，3 票

↳ 看著魔王笑的樣子很可怕，4 票

#15

史賢的處理方式真的有夠瘋，但怎麼那麼讓人家小鹿亂撞……心臟跳好快，這就是吊橋效應嗎 ???

↳ 哈哈哈哈哈哈明明超可怕，但好心動……222

↳ 躺在祭壇上慵懶一笑的樣子超帥……33333

↳ 各位大大難道忘記他抓住魔王後腦杓往地上砸的樣子嗎？

↳ ((選擇性記憶))

↳ 那是對怪物才這樣啊，是不是

↳ 機車賢對人類也可以這麼做……

↳ 好好說話，哈

#16

影片標題應該要改成「恐怖對決：史賢 vs 阿耳忒彌斯」

↳ 啊，這完全不成比例啊，史賢壓倒性勝利……

↳ 魔王都瑟瑟發抖了哈哈哈哈哈哈哈哈哈哈哈哈哈哈哈哈哈哈哈哈哈哈哈哈

↳ 他最後移動的速度還比魔王快，在定點等魔王哈哈哈哈哈哈看看魔王傻眼的表情哈哈哈哈哈哈哈哈哈哈哈哈哈。

↳ 那瞬間有夠真實……怎麼偏偏遇到史賢……

#17

「所謂的神比想像中來得愚蠢」
「因為神就連誰是祭品也分不清楚」
「因為神就連誰是祭品也分不清楚」
「因為神就連誰是祭品也分不清楚」

↳ 把魔王摔在祭壇上真的QQQQQQQQ機車賢大人QQQQQQQQQQQQQQQQQQQQQQQQ好爽喔QQQ

↳ 老爺，奴婢在這裡等您QQQQQQQQQ

↳ 機車賢QQQQQQQ你每次機車的時候都讓人瘋狂QQQ

#18

機車賢的粉絲後援站已經瘋了哈哈哈哈哈哈哈哈

↳ 暗影御史賢粉絲站的留言速度超級瘋，只要重新整理就是新的頁面，抖抖

↳ 史賢是 S 級獵人裡粉絲會員最多的人，哈哈哈。他不是韓國年紀最小就被發現是 S 級的人嗎，而且從小就長得帥，粉絲也多

↳ 是 S 級的第一名，粉絲數也是第一名 ^-^

↳ 品行也第一名

↳ 史賢就是耐看型，哈哈

↳ 確定不是越看越挨打？

↳ 不是……

#19

QQ 利善的陰影會不會被觸動，隊長的血流成那樣 QQ

↳（根本不用擔心吧……）

↳ 哈哈哈哈哈哈阿哈哈哈哈哈哈哈哈

#20

每次看到利善難受就好心痛 Q 所以說把兜帽脫掉吧

↳ 拜託把兜帽脫了……脫帽連署都要開始了

↳ 捕手們在討論區吵吵鬧鬧，說要送沒有兜帽的衣服給他哈哈哈哈哈哈哈哈哈哈哈哈

↳ 捕手們冷靜一點 QQ，我們現在不是在看藝人的影片 Q 而是獵人們賭上性命在攻打副本的直播，一直說要脫兜帽其實讓人看不下去，不過利善的兜帽更讓人看不下去，所以脫了吧

↳ 文末有重點這樣

↳ 有夠自然哈哈哈哈哈哈哈哈哈哈

#21
外國人都在推特上寫 #Hood_Out 甚至是趨勢榜第一名

↳ 你們看影片的留言哈哈哈哈哈

[Sun Please Hood Out !]

[TAKE OFFFFFFFFFFFF]

[Why is my SUN in the hood ????]

[! HOOD OUT ! I'm DEAD]

哈哈哈哈哈哈哈哈哈哈哈哈哈哈哈哈哈

↳ 大寫英文字好多，看起來好吵哈哈哈哈哈

#22
怎麼回事……史賢怎麼那麼貼心……？他是誰……
「怎麼？又怕我死掉嗎？」
「所以你又要來我身邊哭了？」
「鄭利善，我不會死」
三連發太驚人了……我的心臟突然跳了……

↳ 搞什麼，我好心動

↳ 甚至還摸他的臉頰……怎麼讓人不腦補

↳ 腐女清醒點啊 Q

↳ 哈哈哈哈哈哈，不過說實在的……機車賢從來沒有這樣安慰過人吧，這是第一次……

#23
上次圖書館不是下午突然休館，聽說是史賢帶鄭利善去圖書館o.o;

↳ 對啊對啊，有人看到他們下車，因為附近很多咖啡廳，所以不少人看到

↳ 對，我朋友也有告訴我！我朋友哈哈哈，早上在圖書館結果被趕出來，他本來以為要拍攝連續劇，還計較說怎麼沒有事先通知哈哈，然後他在附近的咖啡廳等，想看看是哪部戲劇，結果一看到史賢馬上懂了哈哈哈哈哈哈哈，他說自己差點沒命，哈哈哈哈

↳ 哈哈哈哈哈哈哈哈哈哈哈哈哈哈哈哈哈哈哈哈，如果他繼續待在那裡，應該會出大事

#24
聽說利善從以前就都戴著兜帽……看他很不習慣攝影機，應該不喜歡受到矚目……可能因為如此才要包場，就連餐廳也是

↳ 史賢這麼照顧他……？

↳ 他這段期間都很照顧他啊，如果是我可能連房子都會買給他

↳ 有買房子給他

↳ 呃……

↳ 總是一馬當先的機車賢

↳ 啊……如果祖先們像機車賢這樣亂來，朝鮮可能就不會變成這樣了

#25
不是有人拍到Chord在大韓旅館開會，那張照片裡史賢跟鄭利善手牽手耶？？？？？？雖然桌上的花瓶有點遮住，但以角度來看的確在牽手，不然至少有握著手腕
https://news.dohae.com/article/7895325

↳ 確定不是在看怎樣可以殺死對方，還是把脈嗎？

↳ 媽的哈哈哈哈哈哈哈哈哈哈哈哈哈哈哈哈哈哈哈哈哈哈哈哈哈哈哈

↳ 啊，哈哈哈哈哈哈神經病哈哈哈阿哈哈

↳ 哈哈哈哈哈哈哈哈哈哈哈哈哈哈哈哈哈哈哈哈哈哈哈哈哈哈哈哈哈哈

#26
感覺超級可疑耶……如果看其他電視臺的畫面，每次當他們從公會大樓出來時，如果鄭利善差點跟別人相撞，都是史賢抓住他……還拍肩膀……（附照片）

↳ 222222 再加上 Chord 首次的法律行動也是因為鄭利善

↳ 原本史賢就很照顧隊友

↳ 但就沒有照顧奇株奕 Q

↳ 奇株……雖然史賢沒有對他講過好話，但都不會讓他重傷……

↳ 啊，沒錯……

#27
所以這是機車賢突然表現得像人類一樣的舉止嗎？？

↳ 史賢突然不是人了

↳↳ 本來就不是人啊...?;

↳↳ 還有人不知道史賢是從地獄出來的嗎？？？？抖抖

↳↳ 他就是撒旦的化身啊……沒有人知道他的本名

↳↳ 有人認為他是人真的很不可思議……跟地球是平面的理論一樣……唉唷，別窩在網路世界，看看現實吧

↳↳ 原來還有人這樣想，太神奇了吧 OUO，你國小有畢業嗎？

↳↳ 我是第二個留言的人，突然愣住了……他好像真的不是人……

↳↳ 哈哈

✦ 第二章 ✦

假象

鄭利善因為副作用休養了一整週。

他現在已經適應副作用，不過反而打消想以哀痛為藉口昏睡一整天的想法。之前在首次參加副本後，由於想起與朋友們共度的時光，沉浸在悲傷之中，不過現在逐漸不想被負面情緒吞噬，雖然思念沒有完全消散，但的確漸漸消失在腦海裡。

直到目前為止鄭利善清除了三次副本，讓三名朋友閉眼安息，也代表已經送走了一半人，雖然這無法稱之為成果也無法為此慶祝，但鄭利善感覺得到，過去這一年被壓得喘不過氣的枷鎖正一個個掉落。

他在朦朧間反覆想像所有枷鎖掉落時的情景，然後再度睡去。

當他在某一刻突然醒來時，迷濛之間看到史賢站在面前，他似乎在與照護者一邊對話一邊確認手臂的傷口。鄭利善頂著高燒，在身體發燙的情況下緩緩眨動眼睛。

「你的手……不痛嗎？」

他想起史賢在副本裡所受的刀傷，相當艱難地講完句子。史賢的表情有些詫異，似乎不明白鄭利善的問題是不是在問自己，空白幾秒後發現鄭利善的目光確實停留在自己身上，他這才嘆了口氣。

「沒想到一個病人會先問我好不好。」

史賢對躺在床上休養的人，竟然先擔心他人的舉動似乎感到不可置信，但這個作風很像鄭利善，史賢的嘴角失笑。他隨即伸出左手湊近鄭利善，鄭利善愣愣地望向眼前的手掌。

史賢當時明明很用力劃開手掌，搞得血流如注，但現在已經癒合，唯獨留下粉色的傷疤，看來戰鬥類型獵人的恢復力真的比較好。

鄭利善感到些許安心，史賢露出無可奈何的表情，不發一語地用那隻手蓋住鄭利善的雙眼，雖然一句話也不說，但用實際行動要求鄭利善再繼續睡。

就在休養期滿一週後，鄭利善才獲准出門，這次當然也是先回龍仁，他看著朋友被施加無效化的過程，陪伴朋友前往火葬場。但在回來的車上鄭利善下意識用右手開車門，手臂因此抽痛而哀號了一聲。

雖然鄭利善的哀號聲很輕微，但史賢敏銳地聽見，要當場確認他的狀況，鄭利善只好怯懦地拉起袖子。

暴露在空氣中的肌膚上有著一道長長的傷口，他在第四輪副本時被怪物抓破手臂，流了許多血，那道傷尚未完全癒合，雖然灑了治療藥水後有出現結痂，但傷口仍在。

「看來即使身為S級，非戰鬥類型的覺醒者恢復能力也較慢。」

史賢瞇起雙眼端詳傷口。

在鄭利善休養一週的期間裡，他也不時照顧傷口，原本以為一週過後就會好多了，看來並非如此，在休養期間因為無法徹底補充營養，因此傷口較難癒合。

史賢要鄭利善轉動手臂，鄭利善雖然不明所以，但還是慢慢轉動，然後……

他們抵達了醫院。

「……」

鄭利善眼見目的地是醫院，面露驚慌，但反而史賢才是難以置信的人。

當鄭利善轉動手臂時，因為痛楚皺起眉頭，史賢馬上將他帶往醫院。醫師經過診斷，認為骨頭有裂痕，看來是被怪物抓住時因力道過猛造成骨裂，醫師說這種程度的骨裂應該會很疼痛，史賢用不可置信的語氣向鄭利善問道：「為什麼你都不會喊痛？」

「我自己也沒有感覺……」

「這種傷勢基本上會很痛……」

訝異的史賢話講到一半停下來，然後嘆了口氣，他似乎覺得頭有些疼，用手扶著額頭說道：「也是，你因為副作用而昏迷，確實無法察覺到手臂的問題，這是我的錯，沒有好好確認你的傷勢。」

鄭利善沒想到史賢的嘴會冒出「錯」這個字，他訝異地睜大雙眼，再加上造成傷勢的是怪物，其實跟史賢沒有任何關係，如果要究責，應該往另一個方向……不過鄭利善將話吞進肚子，保持沉默。

由於沒有適時阻止史賢，帶來了預料之外的結果，不，應該說他疏忽史賢的思考方式異於常人，結果導致自己陷入困難的處境。

其實骨裂只要裹上石膏一週就可以痊癒，雖有些不方便，但對於日常生活沒有太大的阻礙，鄭利善的朋友們也常因受傷而包著石膏，但仍然照樣生活。

可是鄭利善卻被關進VIP病房。

「……我只是骨頭有點裂開，有必要住院嗎？」

「你連傷口都還沒癒合。」

「一般來說……傷口不會一個禮拜就癒合……」

鄭利善感到五味雜陳，是因為史賢身為S級獵人，所以沒有看過這麼大的傷口嗎？但史賢自行造成的傷口其實更嚴重，再加上他們穿梭在A級以上的副本，一定看過許多外傷，鄭利善越想越無法理解史賢的行為。

恢復速度慢真的很奇怪嗎？還是因為Chord都是A級以上的獵人，所以看到傷口沒有馬上癒合就小題大作？被S級魔王的落雷擊中的韓峨璘也在幾個小時就清醒，兩天內就活蹦亂跳了，看來一個禮拜都還沒痊癒的傷口確實是件大事。

鄭利善極力想說服自己，但內心總是冒出「可是……」的念頭。要待在病房整整一個禮拜的生活，真的……跟另一種形式的監禁一樣。

「八天後就是第五輪副本了，如果我要在這裡待上一個禮拜……」

「啊，這次的副本應該不大需要利善的恢復能力。」

鄭利善聽了有些訝異，史賢說下一場副本的線索已經分析完畢。他操作平板電腦，跳轉出副本的資料，鄭利善盯著螢幕的內容後輕聲說道：「羅德島的太陽神銅像。」

羅德島是公元前三至四世紀左右，被稱為地中海貿易中心的城市國家聯盟，當時由林多斯、亞伊索斯、卡米羅斯等城市結成同盟，當時馬其頓地區為了打破聯盟而發動攻擊，最後由羅德島贏得勝利，為了紀念勝利，當地人用打贏戰爭的物資建造了這座青銅像，以太陽神海利歐斯的形象所製。

這座銅像被稱為羅德島的太陽神像，也稱為羅德島的科羅索斯，「科羅索斯」在希臘語中意指「巨像」。據說即使成年男性張開雙臂也無法環抱神像的大拇指，相當巨大，神像高達三十六公尺，站在設置於港口的防波堤高達十五公尺的底座上。

據傳這座神像在公元前二世紀因為大規模的地震造成雙膝以上碎裂而倒塌，在那之後的一千年以來殘骸被擱置在原地當作旅遊勝地，最後當阿拉伯人入侵羅德島，才分解銅像殘骸賣給敘利亞。

「這次的線索刻在青銅版，用希臘文寫著『在大海之間受到太陽的刑罰吧』。」

史賢有條不紊地說明下一場副本，鄭利善聽著史賢所說，結合自己對七大奇蹟的知識，也推斷出下一次副本的魔王就是海利歐斯。又要跟神級的魔王對戰已經是個問題，況且對方還高達三十六公尺……他無奈地嘆氣。

「這次是很高大的怪物，看來要交給韓峨璘獵人了嗎？」

「計畫是這樣，再加上對象是太陽神，不利於我的屬性，雖然任何事物都有影子，但主要的攻擊手會由韓峨璘獵人擔任。」

鄭利善輕吐一口氣，點頭同意。若由韓峨璘擔任主要攻擊手的話，不知道是否能再度看到她的隱藏能力，感覺她又會抱著小盒子不知所措，鄭利善不禁感到心疼，片刻後他才明白史賢的意思。

「啊，所以說沒有什麼要修復的部分……」

「對，神像並非在建築物內部，看來會在港邊進行，雖然要修復碼頭，但只要將路面修復完整就好，需要修復的建築物不多。」

如果魔王是巨像，那麼鄭利善需要修復的部分相對較少，第三輪副本的宙斯由於位在神殿內，所以需要背熟整座神殿的修復圖；但這次的地點位在港口，正如史賢所說沒有相關的建築物，只要修復地面，防止隊員掉入海中就好。雖然與神像戰鬥時地面會屢次受創，但修復範圍較少，所以可用充足的體力備戰。

鄭利善自然地在腦中計畫著副本的進行，史賢露出笑容說：「利善雖然是非戰鬥類型的獵人，卻很認真把握副本的細節。」

「因為你要我修復到百分之百。」

「但修復力提高的關鍵應該不是對副本的了解度，而是其他原因……」

「……」

鄭利善的表情瞬間露出慌張，他緊抿雙唇，而史賢則是一派輕鬆地笑著。

「不過至少你對副本有一定的理解，執行起來也不困難。不管怎麼說你的心情是最重要的，我會自己看著辦……」

「你、你要幹麼？」

「這個嘛，你可以用那份超高的理解力推測看看。既然你已經知道要在副本裡反覆修復，那麼請在手臂完全康復前請好好休息。」

史賢讓僵硬的鄭利善躺在病床上，替他蓋好被子，鄭利善一下子太驚慌，慢了好幾拍才出聲駁斥，告訴史賢說醫師囑咐只是骨裂，休息就會痊癒，沒有必要住到 VIP 病房，他因為史賢突如其來的行為嚇得大腦一片空白。

「真的沒有必要住院……我可以去會議室。」

「如果一不小心骨折怎麼辦？」

「人類不會那麼容易骨折啊……」

這次史賢完全不將鄭利善的話放在心上，即使鄭利善說自己不睏，將被子掀開，史賢仍然執意將被子蓋上。鄭利善望著史賢低聲說道：「有時候……我感覺你會刻意誇張行事，並且認為我的反應很有趣。」

鄭利善以委婉的方式問史賢是不是把自己當成捉弄的對象，鄭利善認為自己已經很小心翼翼地表達，不過史賢卻沒有回答，他垂下視線，不知道史賢是不是因此感到不開心，但是當鄭利善再度抬頭時，發現史賢臉上露出有些訝異的神情。

史賢對鄭利善的這番話感到驚訝，然後像領悟某事般眨眨眼睛。

「好像確實如此。」

「……什麼？」

「利善你的反應，似乎真的挺有趣的。」

鄭利善的表情有些難解，這難道是要人的最高招嗎？他不知道該做何反應，只好不開心地轉移視線。

他不想再與史賢對話，用力將棉被蓋過頭頂。

鄭利善僅因手臂有輕傷就住進 VIP 病房的這件事本身就很難置信，沒想到當住院的消息傳開，竟然有人來探病。而最先出現的奇株奕甚至跪在床邊哭泣。

「對不起，嗚，請殺了我吧。」

奇株奕說因為他在副本裡將怪物吸引過來，所以才發生這種事，大聲痛哭一切都是自己的錯。鄭利善慌張不已，他不明白為什麼身邊的人都說是他們的錯。

鄭利善想下床扶起跪在地上的奇株奕阻止他道歉，但奇株奕嚇得趕緊制止，甚至抱住鄭利善的膝蓋。

「修復師還沒痊癒……怎麼可以下床！」

「我是手受傷，不是腳……」

「是我讓修復師最重要的手與手臂受傷的！我真是罪該萬死！」

奇株奕邊說邊用力磕頭，鄭利善嚇得制止他，並辯明自己只是骨裂，一點也不嚴重，奇株奕似乎認為住院一定是受了很重的傷。

鄭利善想要扶他起身，然而奇株奕將頭貼在地板上大哭大叫，兩人陷入推拉之際，另一個人走進病房。

「唉唷，利善修復師在休養，你不要吵人家。」

韓峨璘抓住跪在地上的奇株奕，他像紙娃娃一樣被抓起來，然後大叫自己要繼續謝罪。韓峨璘邊說不要為難利善修復師，然後邊將他扔往一旁的沙發，明明手勢很輕鬆，但奇株奕卻被拋飛到沙發上，甚至還輕微撞了一下牆壁。

鄭利善不知所措地看著兩人，韓峨璘隨即露出隨和的微笑。

「利善修復師，聽說你傷得不輕，都還好嗎？」

「剛才飛過去的奇株奕獵人感覺傷得更重……」

「他掉在沙發上，沒事的。」

韓峨璘笑著將一箱飲料放在床邊的桌子，鄭利善急忙說自己的傷勢不重，不需要帶禮物過來，但韓峨璘沒有多說什麼，就只是放下箱子然後坐在一旁的椅子上。奇株奕在門邊的沙發上發出哀號聲，還一顫一顫地抽動。

「那傢伙本來就很怕黑跟蟲子，所以第四輪副本時才給修復師添了麻煩，那樣還只是便宜他了。」

「啊……我真的沒事，副本本來就很多奇怪的東西，我可以理解。」

「利善修復師真的太善良了，其實你可以打他啊，還是我幫你揍一頓？」

「啊……」

「開玩笑啦，開玩笑，總之因為他現在一直被罵，所以很在意別人的反應……他怕利善修復師討厭自己，因此比較誇張。」

聽見韓峨璘如此一說，鄭利善有點意外，首先他沒有任何厭惡奇株奕的原因，也不知道奇株奕受到挨罵的理由。不過片刻後鄭利善很快就想明白，輕輕嘆了一口氣。大眾很關心副本的結果，想必全都看了第四輪副本的直播，看來奇株奕在副本內使用火屬性魔法一事受到大眾的責難。

鄭利善知道奇株奕經常上網，朝他露出心疼的眼神。韓峨璘搖搖頭，低聲說道：「就連新聞也在帶風向，說你們不和什麼的……」

「為什麼會這樣寫？」

「記者說修復師一個禮拜都沒有進公司，因為第二輪時你隔五天後就出現，第三輪再進入副本時，也只隔了兩天，這次卻連續一個禮拜都沒有出現，因此寫說關係發生變化……類似這樣的標題。」

看著鄭利善驚訝的表情，韓峨璘理解似地笑了起來，不過她隨即露出沉重的神情。

「不過這次的新聞比起以往特別地多，不知道是不是史允江的操作……」

韓峨璘繼續說，史允江最近在牽制地位突然提升的 Chord，因為他們順利攻破截至目前為止的四場副本，說不定史允江用這種方式散播謠言。

「我們來醫院的時候也有記者在跟拍，不知道今天會寫什麼新聞……」

「可是如果 Chord 清除突擊戰，不是也會提高公會的名聲？而且聽說副會長為了讓 Chord 能以第一順位進入副本，還用獨家轉播權跟獵人協會交涉……」

「話雖如此，但如果我們的勢力拓展到太過龐大也不行，他原本確信自己是下任會長，才稍微投資我們，結果我們隊表現優異，甚至出現應該由史賢擔任下任會長的聲音。」

正當鄭利善想提問時，奇株奕發出哀號並且起身。他臉色蒼白地說自己一腳踏進了陰間，但是成功回來了。鄭利善發自內心地擔心奇株奕，總覺得應該躺在病床上的人是奇株奕而非自己。

鄭利善輕輕呼出一口氣，起身往更衣間移動，動作緩慢地換上連帽外套。醫師分明說使用半石膏固定就可以，但史賢卻堅持要打上全石膏，這讓鄭利善穿衣服耗費了一點時間，他好不容易穿好衣服後邀請奇株奕：「我們去外面吧。」

「……什麼？」

「嗯，我的意思是……我們拿著飲料一起走出去應該就可以了。」

鄭利善左顧右盼，然後指著韓峨璘帶來的飲料箱。韓峨璘隨即明白鄭利善的用意，欣喜地「哇！」了一聲，打開箱子拿出三罐飲料，隨後抓著困惑的奇株奕往外走。

雖然鄭利善習慣性地套上兜帽，但最後還是扭捏地將兜帽往後拉下，即使他總是將自己深埋在兜帽內，但今天需要露臉。

醫院的庭園打理得相當優美，建造出適合病人散步的路線，周圍設有圍牆，只有探病的人可以使用，鄭利善不時張望著圍牆，韓峨璘小聲說道交給我吧，然後帶著一行人走過一圈，再坐在長椅上休息。

奇株奕依然訝異地四處張望，擔心地說。

「修復師你真的可以走來走去嗎？」

「我真的只有手受傷……」

「你的傷口可是一整個禮拜都沒有好耶！感覺修復師的身體比我還弱，嗚。」

「……」

「喂，奇株奕，修復師一臉要你別亂說話。」

「什麼？」

奇株奕驚呼一聲，盯著鄭利善。鄭利善無法否認韓峨璘的話，尷尬地轉移視線，奇株奕見狀露出衝擊的表情，韓峨璘在一旁笑得喘不過氣。

他們在外頭待了許久，季節已經來到春天，迎來的風溫暖舒適，他們坐在長椅上聊了一、兩個小時，有時也會起身走動，聊天的內容大多圍繞在第五輪副本，他們說這次不僅是韓峨璘，就連奇株奕也要負責前鋒的攻擊。

「這次預計在海邊開打，而且如果真的是太陽神，應該有很高的機率使用火焰，所以能運用火與水屬性的的我必須要出馬了。」

「不過跟魔王怪物相同屬性不是損害也較低？所以第三輪副本時，泰信公會才跟宙斯展開苦戰……」

「雖然損害值較低，但並非完全不會造成傷害，而且隊長說我可以吸引怪物的攻擊，所以最近一直折磨，啊不是，是訓練我……」

奇株奕臉色憔悴地笑著，鄭利善注意到他眼睛下方的黑眼圈，露出惋惜的表情，他知道由史賢親自訓練是多麼累人的事情，所以伸手拍拍肩膀，希望鼓勵他，同時也因為注意到外頭的視線而這麼做。

鄭利善聽韓峨璘說新聞謠傳奇株奕與自己產生隔閡，所以刻意和他一起來外頭。既然他們前來醫院的路上都有記者緊跟，那麼現在應該也有人在某處拍攝。雖然鄭利善對這種情況感到很不自在也很陌生，但他不希望奇株奕被不實報導影響心情，鄭利善從不在乎網路的評論，但奇株奕很熱衷網路世界，所以相對在乎這些大眾的目光。

他們聊了兩個小時之多才回到室內，韓峨璘這才對一直看不出來鄭利善用意的奇株奕說明狀況。

「你知道利善修復師是因為不和論的新聞很擔心你，所以特地出來嗎？」

奇株奕瞬間睜大雙眼，感覺眼淚馬上要掉下來。

「你真的要下跪跟利善修復師致謝才行。」

「我、我現在就跪。」

「啊，可是我不想要啊……」

他們在走廊上拉扯了一陣子，好不容易才回到病房。但一回到病房鄭利善看到了不可思議的場景，大約有十名Chord的獵人聚集在病房內，他們一看到鄭利善回來隨即起身問候。

「一聽說您住院，我們就過來了，身體還好嗎？」

「很抱歉，我們應該妥善對付怪物才對……」

每個人紛紛道歉，說著自己沒做好，並且表示與非戰鬥類型的覺醒者進入副本，當務之急就是當事人的安危，為此感到抱歉。聽著眾人的反省話語，鄭利善突然想到這是不是史賢要讓獵人們徹底明白他的人身安全很重要，所以特地安排住院，刻意讓他們深切感到罪惡感？這是另一種警告嗎？

鄭利善有些難為情地撫摸外套的束帶。

「其實不用過來一趟的，我真的只有受輕傷，大家應該都忙於準備下一場副本的，我好像占用各位的時間……」

「修復師幹麼看大家的臉色！」

「唉唷，大家當然希望讓修復師留下好印象，畢竟我們能毫無後顧之憂進入副本都是託修復師的福！」

韓峨璘接續奇株奕的話，應聲附和，朝著鄭利善笑得很開心。

「而且傷勢輕或重一點也不重要，重要的是我們很擔心你。」

鄭利善有些愣住，因為他突然想起當自己受傷時，朋友們擔心的模樣，當只會修復東西、無法加害他人、既利人又善良的鄭利善被紙張割傷手時，他的朋友們嬉鬧著說有沒有感覺被物品背叛了。鄭利善欲言又止，最後還是緊抿雙唇。

此時門縫間傳來低跟的皮鞋聲，有兩個人逐步靠近病房。鄭利善抬頭望去，他嗅到很微弱的奇妙味道，當這股香氣越來越明顯時，兩個人影出現在門邊。

「我們來晚了。」

將長至胸口的長髮整齊束成馬尾的申智按走了進來，不過她旁邊還有另外一位女性。對方一頭梳理得乾乾淨淨的白髮顯現出上了年紀，身穿深灰色的三件式套裝。

鄭利善望著將夾克套在肩上的女人，看得出神，雖然他不大熟悉獵人，但鄭利善清楚知道對方是誰。她是韓國排名第二的泰信公會會長，也是雷電屬性的S級獵人申瑞任。

他呆愣愣地望著對方，不明白為什麼泰信公會的會長會出現在這裡，但是奇株奕與韓峨璘卻興高采烈向她問候。

「哇！會長好久不見！」

「好久不見！」

在一片響亮的問候中，唯獨鄭利善不知所措，奇株奕見狀發出「咦？」的驚呼聲，然後很快點點頭，以相當恭敬的手勢，用雙手來回比劃申瑞任與申智按。

「泰信公會的申瑞任會長與我們的申智按獵人是親戚，智按獵人是會長的姪女。」

「……啊？」

鄭利善臉上露出驚慌，一開始因為兩人的血緣關係感到訝異，再來是想到那為什麼申智按加入的不是泰信而是HN。既然姑姑是韓國第二名公會的會長，理當會加入該公會，為什麼會分開呢？而這項問題由韓峨璘解答了。

「智按獵人較偏好激烈型的戰鬥，當時會長放心不下讓年紀輕輕的姪女進入危險的副本，所以有些爭執，正好那時候Chord招攬智按獵人，她就加入了。」

韓峨璘說此舉幾乎是申智按的獨立宣言，這讓鄭利善不由得暗自佩服。介紹完畢後，申瑞任提起手中的白色箱子，那是鄭利善不久前一直聞到的香甜滋味。

那是剛烤好的麵包香味。

「我從之前就很希望能見上一面，這次聽到修復師住院的消息，我便與智按一同過來，聽智按說您喜歡剛烤好的麵包香，所以帶了一些過來……」

她的臉上沒有笑容，聲音也沒有過多的溫度，她以這種語調說話並遞出裝滿麵包的箱子，這讓鄭利善暗自確定她與申智按是親戚，然後他訝異地望著箱子，不敢相信申智按會記得這件事。

看到鄭利善的表情，申智按有些睜大眼睛地說：「您不喜歡嗎？」

申智按解釋第四輪副本的會議是由她負責預約飯店，所以理所當然認為鄭利善喜歡麵包。鄭利善沒想到木訥的申智按會記得這件事，甚至還帶麵包過來探病，一下子不知道該說什麼，最後只好點點頭。

「啊，是的……謝謝……」

此時奇株奕馬上跑到桌邊，大聲歡呼。

「哇！是麵包！」

「喂，要利善修復師先吃你才可以吃。」

「當然要先給修復師啊！我跑來是為了拿給他！」

「我買了很多，大家都可以享用。」

申瑞任將箱子內的麵包放在桌子上，奇株奕笑得很開心，其他的獵人也湊上前，主動幫忙分配麵包，並且詢問鄭利善想吃什麼麵包。桌上有蛋塔、蒙布朗、蘋果派、司康等，各式甜點麵包排成一列，不知道她們究竟買了多少，種類多得數不完。

「……」

聽著豐富的麵包種類，鄭利善心中溢起奇怪的心情。

不久前他還想起了朋友們，但現在完全沒有那種念頭，眼前的人多得讓他沒有時間沉浸在過往，眾人對話的聲響填滿耳朵，甚至現在聞到麵包的味道不會讓他想起從前，而是想到在飯店開會的場景，這種心情讓鄭利善相當陌生。

雖然只是受到輕傷，但這是睽違許久當自己病痛時身邊有這麼多吵雜的聲音了，老實說這樣的氣氛讓他很開心，鄭利善看著眼前的景象，緩緩眨動眼睛。

然後，淺淺地笑了。

那是春天的陽光透過窗戶走進房間的一天。

即使住院來到第四天，探病的人還是絡繹不絕。

史賢早晚各來一次，確認鄭利善的狀態，身旁跟著面色憔悴的奇株奕。或許因為距離第五輪副本越來越近，訓練的強度隨之提高，奇株奕眼下的黑眼圈也越深。

Chord的獵人們偶爾會來探病，他們每次都會帶禮物。無論鄭利善怎麼想，都深信這些食物直到自己出院前也吃不完，所以當獵人前來拜訪時，他都會強制他們吃東西。

就這樣慢慢消滅食物的同時，鄭利善在醫院裡過得很從容，他原以為被關在醫院裡會很痛苦，但VIP病房確實是相當舒適的空間，比起醫院更像來到旅館的感覺。

再加上VIP樓層替病患設置了專屬的休憩間，鄭利善偶爾會到那裡欣賞庭園景緻，雖然春風格外溫暖，是個外出散步的好天氣，但他仍在意他人視線，他生性較敏感，獨自散步的話會因為外人的視線感到精神緊繃，所以他只在其他獵人在場時出去散步。

當他一個人時會選擇坐在休憩間內，現在入住韓白醫院VIP樓層的人只有他與HN公會會長，代表能走出走廊的人只有鄭利善。

雖然病房也很舒適，但休憩間四面設有玻璃窗，可以感受到陽光的照耀，鄭利善享受著陽光，認真研究羅德島銅像的港口，雖然只要修復地面就好，但這次要對戰的是高達三十六公尺高的巨人像，一定會造成大規模的破壞，再加上現在無法預測次階怪物的型態，因此更需要將基本功課做好。

當他專心研究平板電腦時，一旁突然有人靠近，那個人一屁股坐在沙發上。

「你為什麼不回覆訊息？」

「……嗯？」

整間休憩室只有鄭利善，所以他知道發話者是在跟自己說話，但也說不定對方是在講電話，他抱持著一絲的可能性轉過頭去，就在確認對方是誰後，鄭利善的臉龐罩微妙的光線。眼前的人是千亨源。

男人將頭髮往後梳齊，更加顯露出凶狠的形象，他的臉形修長，眼神銳利，鄭利善看到他，感到有些困惑，不明白樂園公會的下任會長為什麼會在這裡。

「什麼訊息？」

「唉，我不是有傳訊息說有項提議嗎？」

雖然千亨源因為鄭利善的第一句話不是問候而面露訝異，但反而是鄭利善更覺得奇怪，為什麼這個人不分青紅皂白地出現在身邊，嘴上還說什麼提議。

鄭利善稍微皺起眉間，然後忍不住嘆氣。

——我有一項好提議，碰個面吧。

他隱約想起第四輪副本前收到的訊息，那則莫名其妙的訊息還附加一串地址，鄭利善根本不知道發信者是誰，所以沒有回應，他以為是對方發錯訊息，沒想到竟然會是千亨源。

鄭利善驚訝千亨源怎麼會知道他的電話號碼，但千亨源看起來心情不佳，應該不會回答這種顯而易見的問題，鄭利善乾脆平靜地開口。

「我看不出來是誰傳來的訊息，要答應突如其來的提案並且赴約才奇怪吧。」

「那個地址是樂園公會，你連這個也不知道嗎？」

鄭利善覺得無法理解，路名既不是樂園路，區域也不是樂園區，根本不知道對方在胡說什麼，再加上表面上是提議，但卻以他自己的方便為主，這更加讓人無言，就連高高在上的那個史賢想招攬鄭利善時都親自跑到龍仁了。

鄭利善凝視著千亨源，彷彿在直視自我意識過剩的人，這份沉默的意義好像傳達給了千亨源，他的眉間逐漸緊縮，千亨源默默握緊拳頭幾秒後又放鬆開來，露出假惺惺的笑容。

「總之我希望你能加入樂園公會。」

「……」

「無論Chord提供你什麼好處，我都願意加倍給你。你要房子嗎？兩棟、三棟都沒問題，契約金也可以支付好幾倍的價格。」

樂園公會雖然在韓國排名第三，但因為他們以製造藥水知名，所以資本額僅次於HN公會。況且千亨源出身富貴人家，資產總額更是不在話下，他成為S級覺醒者並且進入樂園公會，人生可謂一帆風順，一進公會很快就成為管理階層，受到公會會長的喜愛。

但自從HN公會的史賢一出道就擺平首次大型副本，同時也是韓國首次的S級副本，地位直線上升，在那之後還帶領Chord 324，成為韓國最精銳的進攻隊伍。

若說史允江把Chord定位成HN的特殊菁英團隊，那麼讓這支隊伍成為韓國的精銳特攻隊的人就是史賢。

千亨源把Chord視為對手，處處想爭第一的事蹟相當有名，尤其現在是繼承會長的階段，他處心積慮企圖做出比Chord更好的成績。

大型公會的會長資格，通常要經由會長本人與過半數的高層同意才能擔任，但最近樂園公會在第三輪副本因為過度拖延時間，受到譴責，使得千亨源的支持率下降。

因此，千亨源認為Chord的成功關鍵是S級修復師鄭利善，他為了挖角鄭利善所以親自來到醫院，千亨源滔滔不絕講著挖角條件，自信滿滿地朝鄭利善一笑，然後伸出手。

「這次的突擊戰加入樂園吧。」

千亨源對一直保持沉默的鄭利善說，如果可以從第五輪副本就加入他們，契約金還可以翻倍，鄭利善只是眨眨眼睛開口說道：「不了，我沒有意願。」

鄭利善起身，吐出非常冷漠的回應，對千亨源連珠炮的待遇毫不關心。千亨源面對這副態度感到慌張，急忙從椅子上跳起來。

「你想要什麼我都會滿足你！房子、車子、金錢，什麼都可以！」

「我先告辭了。」

「突擊戰順利結束後，我可以在樂園公會留個好位置給你！理事這個職位你喜歡嗎？只要我當上公會會長，人事安排對我來說是小事一樁。」

千亨源開始語無倫次，但鄭利善不為所動，微微彎腰向千亨源道別，打算轉身離開，但千亨源猛然握住鄭利善的手腕，力道之大使鄭利善眉頭緊縮。

「你別傻了，要想想未來啊！史賢只是Chord的隊長，又不是公會會長。提早規畫未來的話，當然要到樂園才是最佳選擇吧？你想，突擊戰結束之後，Chord哪裡需要修復師？」

千亨源說待突擊戰結束，樂園會提供一項職位給他，保證讓他繼續以修復師活動，還願意提高他的知名度。然而鄭利善聽到「未來」一詞，像是個思緒停止的人，停下動作……然後淺笑。

那不是贊同千亨源的反應，而是接近自嘲式的笑容。

千亨源對莫名的微笑感到驚訝，鄭利善指著手腕，幸好千亨源握的不是包起石膏的手。

「我還是病人，請先放手。」

在一頭熱的情況下，冷靜的聲音突然襲罩，千亨源有些慌亂，馬上支支吾吾地鬆開鄭利善的手。鄭利善也向後退一步，沉著地回覆。

「我願意在Chord工作是經過思量的，感謝您的提議，但我沒有意願在樂園工作，就此告辭。」

鄭利善簡單俐落地回絕對方，隨即轉身回到病房，他怕千亨源跟過來，雖然這對S級獵人沒有用，但還是將房門鎖上，並且站在門邊，幾分鐘後才聽到千亨源生氣的步伐聲漸行漸

遠，幸好他沒有無賴到要把門砸壞。

鄭利善將背靠在門邊，呆望窗外，剛才的對話在腦裡盤旋，叫人暈眩，不，正確來說是僅有兩個單字烙印在腦海裡。

鄭利善站在門邊陷入長長的思考。

鄭利善猶豫著該不該說出千亨源找上門的事情，不過他沒有猶豫太久。

韓峨璘出現了，她結束上午的訓練後來找鄭利善吃午餐。飯後兩人在庭園散步時，鄭利善說出千亨源的事情，他平靜地說幾個小時前千亨源來過一趟，提議要一起打副本，不過他已經拒絕，韓峨璘露出訝異的神情。

「哇，那傢伙找來這裡？真是個難纏的混蛋。」

聽見韓峨璘幾乎是反射性地辱罵，讓鄭利善不禁嚇了一跳，韓峨璘似乎很討厭千亨源，眉頭深鎖地罵了好一陣子，說他曾經接近過 Chord 成員好幾次。

雖然沒有人真的被挖角，但韓峨璘皺著眉心說他真的很煩人，最後嘆了一口氣，搖頭說道：「我會跟史賢說這件事，利善修復師不用擔心。」

兩人坐在庭園盡頭的長椅，庭園的圍欄巧妙地遮住這裡，從外面不好拍照，韓峨璘說如果想出來外頭，又不想受到關注可以坐在這裡，鄭利善尷尬地點點頭。

然後，鄭利善突然想起一個從以前就很好奇的問題，韓峨璘比史賢大兩歲，或許因為都是S級的獵人，所以他們比起其他的隊員還要常交談，既然如此，說不定韓峨璘比起其他人更了解史賢，想到這裡，鄭利善小心翼翼地開口問道：「請問，妳知道史賢為什麼這麼想清除所有的副本嗎？」

「嗯？如果順利清除完畢可以使 Chord 的名聲衝破天際，當然值得努力……吧？」

「啊，是喔……因為看到他連割傷自己也在所不惜，有些嚇到。」

韓峨璘一聽，發出恍然大悟的聲音，看來理解了鄭利善真正想問的問題。

一開始加入 Chord 時，鄭利善知道史賢極力想清除七輪副本的原因。他要阻止史允江當上HN公會的下任會長，讓自己坐上大位，因此刻意在清除完畢前隱瞞會長的死亡與遺言，要選在 Chord 聲勢浩大之後才公諸世人。

雖然史賢說是為了徹底毀掉史允江才這麼做，但從鄭利善的立場來看，他總想不透真的有必要傷害自己到這種地步嗎？追根究柢來說，他好奇史賢跟史允江之間的事情。

雖然曾在網路上看到些許謠言，但無法確認真假，所以才想詢問韓峨璘，她靠在長椅上，將一隻手跨在椅背笑著說。

「其實我也不是很清楚，但我覺得被史賢盯上的人還是盡早自殺比較好。」

韓峨璘語帶輕鬆地開始解釋。

「你知道史允江從以前就用幼稚的手法折磨史賢吧？」

「嗯，有在網路上看過一些。」

「被報導出來的只是很小一部分，總之他真的很過分，明明大史賢七歲卻跟小孩一樣幼稚，當時史賢八歲就跟史允江一起生活，雖然那時候史允江也不過十五歲，但就算成年後還是一樣，他仗著外婆家的勢力橫行霸道。」

史賢與史允江是同父異母的兄弟，是會長在史允江的母親還在世時外遇所生下的孩子，在大老婆還活著時，史賢的母親獨自照顧他，直到大老婆因病逝世後才帶著史賢出現，她原本只接受會長的援助，安靜地藏在暗處，但當可以進會長家的機會一出現就召開了記者會，宣告眾人自己與私生子的存在。

大老婆，也就是史允江的母親，是韓國知名企業的千金，家世顯赫，ＨＮ公會曾經與該企業有過緊密的合作關係，ＨＮ公會製作的藥水或道具全都交由該企業負責通路販售，公會的高階主管有一半以上皆由該企業出身的人員所占據。

「修復師知道史賢是怎麼在八歲就被發現是覺醒者的吧？」

史賢是韓國年紀最小的Ｓ級能力覺醒者，當然受到眾人的矚目，Ｓ級能力已經相當罕見，加上當時的狀況更是成為話題。

史賢在回家的路上發生了車禍，二夫人已經先回家，所以僅有史賢與司機兩個人遭受事故。當時一輛巨大的貨車就這樣撞上他的座車，整輛車扭曲變形，而史賢的能力當場被激發，他在車子被撞的那一刻瞬間移動到附近建築物的影子裡，存活了下來。史賢就只是靜靜地看著事故現場，明明才八歲卻絲毫沒有受驚嚇，目睹車子在眼前扭曲爆炸。雖然獵人協會在現場偵測到是因強大魔力造成車禍，不過找到的事證唯有一臺監視器影像。

「那場事故是由史允江外婆家策畫的。」

「……真的嗎？」

「當然，我幹麼說謊，這件事只有少數人知道，他們雖然也想除掉二夫人，但選擇先處理孩子，大夫人的娘家早已著手準備培養史允江成為下任會長，現在來了個絆腳石，當然先處理為佳。」

鄭利善聽得一愣一愣，只能點頭。

「結果史賢突然被發現是S級的獵人，那怎麼可能殺掉他？S級可不是想殺就能殺的人，所以在那之後就以迂迴的方式排擠他，會長本來也要看娘家的臉色，但由於史賢是韓國年紀最小的S級，所以也不得不付出關心……雖然真的很微薄，總之會長曾在幾次公開的場合帶他隨行。」

鄭利善靜靜聽著故事，表情出現微妙的變化，二夫人也在十年後因病去世，其實在這十年內很少照顧史賢，他的母親只想在家裡舒舒服服地生活，一點也不想培養孩子成為會長，幾乎可說是各過各的生活。

所以當史賢被史允江與其外婆家想方設法折磨時，他的母親也毫不在乎。

聽到這話後，鄭利善躊躇地問道：「那麼……這對史賢來說是痛苦的童年回憶嗎？」

「哇，這什麼鬼話，啊，不能對利善修復師這麼說話。」

韓峨璘急忙打了下自己的嘴，鄭利善見狀有些驚慌，韓峨璘難為情地笑了一下，雖然鄭利善的形容跟天方夜譚一樣，但還是以笑容待之。

「利善修復師，在你眼中史賢是個會被欺負的人嗎？」

「應該……不是吧？」

「那麼痛苦的回憶這句話又怎麼可能成立呢？」

「……」

看見鄭利善沉默，韓峨璘點頭笑了，從以前開始對史賢而言，那些人就只是惱人的蒼蠅罷了，而且還有個趣聞……

「HN公會跟那間公司曾經為了慶祝長久的合作關係，共同舉辦過紀念晚會，他們租下旅館邀請所有相關人士，當然史允江外婆家的人都到齊了……所有的親友齊聚一堂，偏偏在現場他們一直找史賢的麻煩，他那個時候好像才十歲，他們一直挑剔他，說他學壞、沒有教養等等。」

「是喔……」

「會長需要看對方的臉色，無法出聲喝止他們，最後帶著二夫人出來外面透氣，結果不久後聽到宴會廳裡面一陣喧鬧。一進來就看到水晶吊燈被砸碎，有些人還被吊在天花板上，跟絞刑一樣。」

「哇……」

聽到鄭利善轉換了感嘆詞，韓峨璘發出聲音笑了起來。她說現場的所有人嚇得不敢吭聲，唯獨史賢泰然自若地坐在原位吃飯。

韓峨璘也在現場，因為她的父母曾經在那間企業的子公司工作，很幸運地受邀參加，結果卻看到那種慘劇。目擊那件事的所有人被下達封口令，不能到處宣揚……

「不過當會長進來後，史賢講的話也是一絕。」

「他說了什麼？」

「史賢不是有個獨特的笑容嗎？他那時候有著一模一樣的笑容，他勾起那種微笑說『可能因為還小，所以不知道怎麼控制影子的能力』，你能相信他這樣說嗎？我真的不知道該說什麼……」

隨著韓峨璘的描述，鄭利善也不由得呼出一口氣，他反省自己竟然會認為史賢是由於童年的傷痛而導致現在這種個性。

「那時候我才十二歲，當然備感衝擊，沒想到世界上竟然有這種人，心想絕對不要跟他牽扯上關係……結果現在就這樣了……」

不知為何感慨萬千的韓峨璘接著說，以團隊來說可以跟史賢並肩作戰很不錯，史賢的分析能力出眾，他可以掌握隊員的能力，並且帶領大家更上一層樓，有些獵人會過度沉浸於自身的能力而自滿，但在Chord裡絕不會發生這種事。

雖然史賢的指導很嚴苛，但卻能帶來有效的成果，如今他們被冠上「韓國最精銳的隊伍」，隊員們也為此感到自豪，發自內心跟隨史賢的腳步。

鄭利善仔細傾聽，有些意外地問道：「但是……史允江外婆家的那間企業，現在不是倒閉了？」

「沒錯，神奇的是在會長病倒後，就開始逐漸步入衰退了。」

在韓峨璘爽朗的回答下，鄭利善緩緩眨動眼皮，然後發出明白的驚呼。史允江的外婆家與會長有著盤根錯結的勾結，他們持續投資史允江，並且在公會內擁有龐大的勢力，但卻在會長病倒的同時開始走下坡，確切來說，這一年以來那間公司想開拓的領域都會失敗或觸礁，逐漸步上破產的道路，最後在第二年徹底倒閉。

就這樣，曾經在HN公會裡支持史允江的高層也全都消失，現在已經沒有人可以全力支持史允江擔任下任會長。

「是史賢獵人居中操作的嗎？」

「這個我就不知道了，我只滿心感謝自己是在史賢這一邊的人。」

韓峨璘搖搖頭，說雖然自己也是S級的獵人，但真的不想與史賢為敵。

「總之，這是我的想法，盡量離史允江遠一點。不過他總是來找麻煩，雖然失去外婆家當靠山之後有些卻步，但還是一樣喜歡針對我們。就是因為這樣史賢才會想清除所有的副本，藉此壓制他。」

「原來如此……」

「我以前曾經開玩笑地對史賢說過，既然史允江這麼會製作藥水，那要不要乾脆砍了他的手，或是弄傷手腕之類的。」

鄭利善露出困惑的表情，只能呆呆地點頭，因為不知道這算不算是笑話，而韓峨璘卻笑了起來，或許是想起當時的場景，她低頭笑了好一陣子，好不容易才忍住笑意。

「可是他卻說如果真的這麼做，史允江依然擁有那份能力，但那雙手卻因為史賢而受傷，最後反倒是史賢會被追究責任，促使史允江大獲全勝，他不想看到史允江不費吹灰之力就勝利，哇，我聽到後真的……」

「啊……」

「所以他刻意盡可能地放任史允江，讓史允江知道就算盡了一切努力還是比不上這個弟弟，史賢費盡心思想讓史允江難堪。」

韓峨璘的說明雖然直白卻也是事實，鄭利善想起史賢曾說直接除掉史允江就太便宜他了，讓自小就內心不平衡的史允江輸得一敗塗地的方法，就是在他耗費最多心力的地方擊潰他，心想至此，鄭利善不由得有些害怕。

「所以用這種方式取代除掉他。」

「對，史賢不會殺人。」

「……真的嗎？」

「利善，我不會殺人。」

正當鄭利善有點訝異韓峨璘的回應時，史賢突然冷不防地冒出聲，鄭利善不用抬頭就能從這道溫柔的聲音知道是史賢。

韓峨璘似乎也被史賢突然地出現嚇得抖動了一下，然後皺起眉心喃喃自語說史賢每次都神出鬼沒。

鄭利善稍微抬頭望向史賢。

兩人的視線相交後，史賢露出微笑說道：「我從沒有殺過人。」

「也是……你只有殺過怪物。」

韓峨璘一聽，面露複雜的神情，下一秒她似乎突然想到什麼，站起身小聲說有話要跟史賢討論，兩個人往旁邊靠去。不久後鄭利善隱約聽到「千亨源」，看來韓峨璘在告訴史賢千亨源曾來騷擾鄭利善的事情。

只聽到史賢發出「啊……」的聲音，並且輕輕勾起笑容，那道微笑讓偷瞄兩人的鄭利善都不自覺發抖。

兩人交談完畢後，史賢走向鄭利善並問道：「那個人沒有對你做什麼奇怪的事吧？」

「啊，他只是出現在這裡，然後要我加入樂園，但我拒絕他了。」

因為沒什麼好隱瞞的內容，所以鄭利善完整敘述千亨源找上門的過程，只不過省略了粗話的部分，他告訴史賢說千亨源承諾要給自己一個職位。史賢站在鄭利善面前觀察他的狀態，視線很快地落到左手手腕。

「手腕這是怎麼了？」

「嗯？啊……」

被千亨源抓住的部分呈現紅腫狀態，雖然當時被抓得很痛，但沒想到會大力到留下印子，鄭利善也露出訝異的表情，韓峨璘見狀氣得辱罵了好幾句。

史賢朝鄭利善伸出手，鄭利善習慣性地將手放在上面，慢一拍才驚覺自己為什麼絲毫沒有猶豫，史賢仔細審視傷口，那雙漆黑的眼珠蒙上一層灰。

「早上應該放標記再離開才對。」

史賢低聲說因為在副作用的期間，所以標記也消失了。他走向韓峨璘交代事情，韓峨璘表情嚴肅地專心聽著，鄭利善錯失機會追問標記的事情，只好別過頭，兩人短暫交談後，韓峨璘點頭示意明白。

韓峨璘表示要回公司，點頭向鄭利善道別，鄭利善與韓峨璘道別後，問向坐在身旁的史賢，就連韓峨璘似乎也知道標記的事情，好像唯有鄭利善不知道。

「標記到底是什麼？」

「沒什麼。」

「沒什麼的話應該可以讓我知道吧。」

史賢露出神祕的笑容，雖然標記的確沒什麼需要保密的理由，但一看到鄭利善如此好奇的神情，史賢突然覺得不想告訴他了，再加上史賢已經多次透過標記的能力瞬間移動到鄭利善的身邊，但鄭利善卻渾然不知，這讓史賢覺得更加有趣，使他不禁好奇鄭利善什麼時候才會自行察覺異樣。

史賢選擇擺出一如往常的微笑並說道：「就只是關心你的行為罷了，不然你老是受傷，又動不動就哭。」

「我哪有……」

當鄭利善想要辯駁時，手背覆上一層溫熱的體溫，對方溫柔地輕拍他的手背，然後手指輕巧地握住自己。鄭利善頓時啞口無言，最後他只能接受自己的弱點就是人類的體溫。

史賢彷彿也知道這件事，露出溫柔的笑容開啟另一個話題。

「你剛才跟韓峨璘獵人聊天時似乎很驚訝，難道我像是殺人犯嗎？」

「呃，那個……我的意思不是你會輕易殺人。」

「對，我不殺人。覺醒者，尤其獵人是不能隨意對一般人使用能力的。」

鄭利善露瞪大雙眼，但是隨即極力掩飾。他不只對史賢不殺人感到訝異，也對於第一次得知的規定感到驚呼，他知道自己總是對於獵人都知道的常識感到震驚，所以每當如此時都要趕快收起驚訝，不讓史賢發現。

鄭利善故意認真地點頭，史賢低聲笑了起來，因為他一眼就看得出來鄭利善的想法。

「就算我向獵人使用能力，取走對方生命的話也會很麻煩，獵人協會對於這種事情相當嚴厲。」

「喔……」

「所以殺死他人是件很沒效率的事情。」

聽見果斷的結論，鄭利善沉默了幾秒，他不知道究竟該從哪個角度探討死亡的效率，但他不想深究這個問題，只好作罷。

此時溫暖的春風貼了上來。

庭園裡盛開的花木搖曳生姿，花瓣隨風飄落，鄭利善輕閉雙眼享受這股平和的風景，稍早與韓峨璘散步時，庭園散步的人已經不多，自從史賢出現後更是一個人也沒有。

雖然趕快離開庭園可以將這裡還給一般病患，供大眾使用，但鄭利善現在沉浸於春日平和的美好之中，他最後一次賞花是什麼時候呢？當與奇株奕一同去大學時看到了含苞待放的花木，但不如眼前花朵綻放的場景，他已經一年多沒有長時間地待在外面的世界，現在的美景對他來說格外新奇。

不過他可曾賞過花嗎？他與朋友們似乎也沒有外出賞花的經驗，雖然在醫院的庭園裡看著盛開的花朵難以稱得上是賞花，但這片美好還是讓他感到很悠哉。

他緩緩享受春日的光景，微風拂上，花瓣散落，他下意識地閉上雙眼，再度睜開時有一隻手出現在面前。

「……」

鄭利善瞬間震了一下身軀，他看到史賢的手朝臉上而來，整個人往後縮。史賢露出困惑的神情，當視線裡的手掌消失後，粉色的櫻花樹又出現在前方，史賢似乎沒想到鄭利善的反應這麼大。

「有這麼驚訝嗎？難道我會傷害你嗎？」

「……」

鄭利善原本想辯解只是被突如其來的行動嚇到罷了，但聽見史賢如此一說，鄭利善有些猶豫，畢竟從某個角度來說……史賢也可以算是傷害自己的人吧？就在他陷入苦思時，史賢笑了出聲，雖然只是輕微的發笑，但從那雙勾成弧形的眼角來看，史賢很享受現在這一刻。

「利善的反應怎麼都是這種方式？」

「什麼方式？」

「很有趣的方式。」

鄭利善一聽覺得不可置信。

「我又沒有怎樣。」

「有喔。」

鄭利善頓時語塞，那隻手又朝向他而來，纖細的手指越過眼睛，落在他的臉頰上，大拇指輕輕撫過眼角。

「當你覺得難為情時，眼角會皺起來，就像現在這樣。」

史賢邊說邊輕壓眼角，鄭利善眉頭深鎖，不明白史賢為什麼要特意這樣說，再加上史賢的整張臉就近在眼前，他不得不別過頭去。

「然後你在尷尬的時候會閃避視線。」

「……你為什麼要這樣盯著我看？」

鄭利善聽到史賢在調侃自己，馬上轉回來直視史賢，但鄭利善被那道視線緊緊束縛，在那道清晰的目光裡動彈不得，所有一切有生命跡象的事物都是鄭利善的弱點，那雙捧著臉頰的溫度以及那道清澈的雙眼都讓他難以逃脫。

史賢看著鄭利善僵硬的模樣，似乎也早已猜到鄭利善的所有反應，因此輕柔呢喃。

「然後當我這樣看你時，你就會無法迴避。」

「……」

「是因為感到害怕嗎？好像更接近不安？感覺不是因為承受不了才這樣……」

史賢直勾勾地看著他，鄭利善被圍困在影子裡，只能抬頭看著史賢。

鄭利善就這樣被抓著臉分析表情，好一陣子後才掙脫那隻手，將頭往後縮，被捧著臉時他完全忘記呼吸，恢復自由後堵在喉間的一口氣忽然迸出。

「你本來就會分析他人的表情嗎？」

「其實不大會，因為我要照顧你，所以研究了一下。」

史賢補充說道，或許在其他人看來鄭利善的表情始終如一，但仔細觀察便能發現不同，鄭利善稍微皺起眉頭，發出嗤之以鼻的聲音，用手擋住臉部，感覺史賢又要觀察起自己了。

最後鄭利善選擇不再與之對話，起身回到室內。他怕史賢會跟上來繼續在耳邊說些什麼，整個人緊張兮兮，所幸史賢沒有跟上來。

明明距離下一場副本只剩幾天的時間，鄭利善不明白史賢還來這裡捉弄他的目的，甚至也不知道自己的反應究竟哪裡有趣，雖然他打從一開始就無法理解史賢，但直到現在還是覺得這個人很荒謬。

鄭利善將病房的門鎖上，即使知道門鎖對S級來說根本形同虛設，這項事實使他不禁心想為什麼折磨自己的人都是S級。

鄭利善分明只是出去賞花，吹了一點和煦的春風，但臉頰卻像受凍般地透紅。

▲

住院的期間非常和平。

一開始得知要住院一週還讓他覺得時間漫長，但其實VIP病房設備完善，Chord的獵人也不時前來拜訪，讓鄭利善不會覺得無聊。

尤其從住院的第四天開始韓峨璘只要一來探病，就會待一段很長的時間，背後的原因不難猜測，自從千亨源出現後，韓峨璘就會固定拜訪，想必是史賢的吩咐。

史賢表示第五輪副本將以奇株奕作為主要攻擊手，因此主導這段期間的訓練，隨著距離進入的時間越近，史賢忙於開會，無法抽身過來探病。

韓峨璘身為Chord的主要攻擊手，雖然偶爾會與申智按通話，討論戰略，但總是表現出游刃有餘的樣子，韓峨璘不僅因為是S級的獵人所以無所畏懼，以目前的天氣預報來看，進入副本時的天氣將是一片晴朗，更加無須擔心。

就這樣時間來到出院當天。

醫生預計在下午過來確認手臂的恢復狀況，順利的話就可以辦理出院，但鄭利善從早上就不停注意時鐘，住院生活雖不算難熬，但想到可以出院還是忍不住滿心雀躍。

「利善修復師，感覺你很想出院，有想去的地方嗎？」

「啊，嗯……應該要去 Chord 辦公室吧。」

「什麼？你出院後要去的第一個地方是公司？」

「沒想到修復師是工作狂嗎？一天不工作就不舒服的人？」

鄭利善跟韓峨璘、羅建佑一起在庭園散步，他們正好走到較安靜的後院，羅建佑知道鄭利善很在意他人的目光，所以特意選擇了這裡，羅建佑有親友在韓白醫院工作，對方告訴他庭園有這樣一處隱密的地方。

他們三人走在樹叢之間，鄭利善難為情地說，現在正是準備副本最忙的時候，但他們卻來醫院陪他，感覺占用了他們的時間。

「距離副本只剩兩天了……」

「唉唷，修復師還是要休息啦，去空氣好又安靜的地方繼續休養。」

「我已經好很多了，這一個禮拜都在醫院休養了……」

「這次第五輪副本修復師不用太過操心！所以出院之後……我想想，這附近有間有名的甜點店，要不要一起去？」

韓峨璘與羅建佑紛紛阻止鄭利善，讓鄭利善有些不解，他困惑地開口問道：「你們沒有因為探病而浪費訓練的時間嗎？」

「啊？誰說的？來醫院可說是休息時間耶。」

「……啊？」

「峨璘獵人因為要保護修復師的安全，所以經常待在醫院，但對其他的獵人而言，來醫院就跟休假一樣，因為隊長不准許大家外出，唯一獲准的目的只有來探訪修復師。」

鄭利善的表情逐漸愣住，羅建佑見狀樂得笑了出來，並說所以這段期間獵人們才會一直來找修復師，然後倉皇補充說絕對不是利用探病的時間來偷閒的。

但是鄭利善聽不進去，一聽到獵人們的探病是因為史賢的指令，就感覺心裡不是滋味。史賢為了不讓鄭利善感到孤單，每天帶他到辦公室上班，還包下整座旅館的自助早餐吧，這次又用這種大費周章的方式讓自己養病，鄭利善的心情難以言喻，不僅五味雜陳，更像被打了一棒似。

就在鄭利善覺得腦海的想法混亂無章時，外面的庭園傳來聲響。

「……咦？」

好像有人突然昏倒，旁人大聲呼喊醫師，羅建佑瞥了一眼外頭，打算過去察看，雖然他是使用魔法的覺醒者，但也具有相當的醫療知識。

然而就在羅建佑離開後，牆壁的另一側發出巨響，鄭利善跟韓峨璘在後院的圍牆附近散步，聲音正好在他們隔壁，似乎是樹木倒下壓倒行人的樣子，韓峨璘思索片刻，直盯牆面，然後馬上跟鄭利善說道：「修復師你先待在這裡，我馬上回來。」

韓峨璘讓鄭利善坐在樹下的圓形長椅，一腳踩上長椅翻過圍牆，那道圍牆其實頗具高度，但韓峨璘輕鬆就翻牆而去，鄭利善不免睜大雙眼，牆的另一頭也沒有預料到韓峨璘會突然出現，傳來一陣驚呼聲。

兩人各自離去後，鄭利善呆坐在椅子上，雖然在副本外看到韓峨璘身手矯健的樣子有些陌生，但很快就鎮定下來，他的腦子裡還沒反應過來史賢的所作所為，鄭利善甩了甩頭，想把複雜的情緒甩開。

「唉……」

鄭利善嘆出一口氣抬頭望著天空，幾個小時後就可以走出醫院，以日程來說先回一趟公司比較好，也可以順路先去羅建佑提到的甜點店，買些甜點給大家。不過韓峨璘跟羅建佑好像不希望那麼早回公司，他們會拒絕嗎？

鄭利善沉浸在這樣平凡的想法之中，他瞥見天空飄來一朵烏雲，天氣預報好像說過今天傍晚至明天晚上會下雨，他呆望遮蓋天空的烏雲，緩緩閉上雙眼。就在此時。

「……唔！」

背後突然有隻手用毛巾摀住他的口鼻，一股奇怪的香氣衝進鼻腔，雖然他想掙扎，但由於能力條件的制約，他無法傷害他人，他只能踢腿掙脫。

就在一陣反抗後，他來不及轉頭確認來者是誰就暈了過去。

瞬間陷入至深的黑暗。

韓峨璘與羅建佑各自處理完手邊的事情後陸續回到後院。

羅建佑第一個走回後院，由於有民眾突然昏倒，他原本以為需要實行心肺復甦術，但那個躺在地上顫抖的人看起來不像是需要 CPR 的人，症狀也非一般病症的發作，雖然平民無

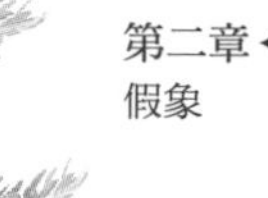

法仔細辨別差異，但A級獵人的羅建佑能看出端倪。

「這是怎麼回事。」

那個昏倒的人身上有魔法殘留的痕跡，感覺像被誰刻意施加了魔法。

但這裡是醫院，羅建佑在當下馬上環顧四周，卻沒有看到可疑的人事物，雖然曾聽過有時天空會突然降下魔力球，引發爆炸，但似乎又有些不對勁，難道是副本的前兆？羅建佑百思不得其解，不過還是選擇先醫治對方。

他沒有帶上法杖，無法施加高等的治癒技，以症狀看來對方受到很輕微的魔法攻擊，無需法杖也可以進行簡單的治療，急忙趕來的醫生有些慌張，但還是趕緊向羅建佑道謝並接手後續治療。

他回到後院之後沒有看到鄭利善，他心想這兩人可能又繞去哪裡散步，但他找遍了整個後院都沒有看到人影，羅建佑以為他們已經先回病房，正打算轉身回去。

但就在此時韓峨璘回來了，她從牆壁翻過來後院，羅建佑嚇得哇哇大叫，趕緊尷尬地咳了幾聲，恢復鎮靜，假裝什麼事都沒發生似地開口說道：「呃，峨璘獵人，這附近有魔法的痕跡，雖然很微弱，但妳覺得是否要打電話通報獵人協會？」

「什麼？在哪裡？」

「剛才不是有病人昏倒，我發現有輕微的魔法痕跡，副本發生前不是有時候周遭會有魔法的騷動嗎？我在想是否跟副本有關。」

「啊……我在外面也有感受到魔法，剛才外面有棵樹突然倒下壓到人，所以我去幫助他們，結果在樹邊感覺到有魔法的殘留，我還想不通是為什麼……」

羅建佑的雙眼微微瞪大，他調整了一下圓框眼鏡，反覆思索，如果魔法的殘留點出現一個以上，那麼將是需要警戒的情況，難道副本要在醫院生成了嗎？

光是想到這裡就覺得頭疼。

「這樣下去副本該不會要在醫院生成吧？這樣得趕快通報協會……」

「不，這跟副本前兆的魔法不大一樣，感覺是有人使用魔法的痕跡……」

羅建佑發出驚呼，韓峨璘冷靜地評估現況，她是魔法系的S級獵人，所以對於魔力更加敏感，假如韓峨璘判斷這並非副本前兆，那麼可信度將是八九不離十，羅建佑聽到副本不會在醫院發生，稍微鬆了口氣，但韓峨璘越想越奇怪。

「不過原因是什麼？誰在這裡使用魔法？協會分明規定不得在醫院使用魔法……」

韓峨璘突然瞪大雙眼。

「利善修復師人呢？」

「嗯？對啊，修復師去哪裡了，我找遍了後院都沒有看到人，原本以為他跟妳已經回病房了，但是如果妳沒有跟修復師一起行動的話，那麼……」

韓峨璘的眼神頓時變得尖銳，她聚精會神地掃過四周，這裡沒有任何人，難道鄭利善會自行先回病房嗎？

但以鄭利善的個性而言，不可能拋下他們自己回房，韓峨璘望向一旁的樹叢。

那座樹叢在圓形長椅的後方，也就是剛才鄭利善所坐的位置，樹叢間有被攀折的痕跡，看來是被外力所導致，韓峨璘緊盯著樹叢，領悟似地發出驚呼，拔腿狂奔。

「車子！」

她聽見有一輛車子衝出醫院的聲音，基本上要離開醫院的車除了救護車之外不會加速離去，偏偏後院離車子的出入口有段距離，韓峨璘跟羅建佑只能趕緊衝過去。

他們兩人飛奔似地穿越庭園，引起不小的騷動，人們嚇得紛紛閃避至一旁，兩人就這樣跑過人群。

「千亨源這個瘋子！」

韓峨璘邊跑邊罵，雖然還不確定鄭利善是否真的被挾持，但她確信是千亨源做的好事，因為千亨源底下的攻擊隊伍正好擅長遠距離魔法技能。

就在他們接近醫院的大門時，面前有一道牆，韓峨璘不走大門，而是選擇直接翻過牆壁，羅建佑為了以防萬一，打算先確認鄭利善是否真的不在病房。

羅建佑停在圍牆前，氣喘吁吁地打電話至 VIP 病房的櫃臺。

「請問，鄭利善修復師有在病房裡嗎？」

羅建佑焦急地先抛出問題再說明自己的身分，電話那頭親切地告知他請稍候，但這短短的時間對羅建佑來說根本如坐針氈，等待差不多一分鐘左右後，對方說病房裡空無一人。

剛才以為醫院要發生副本而感到眼前一片漆黑的羅建佑，現在則是因為另一種原因感到萬念俱灰。

韓峨璘翻過圍牆後繼續在大街上奔跑，偏偏醫院附近都是熱鬧的商家，人潮眾多，人們看到S級獵人在街道上狂奔，趕緊閃避到一旁。韓峨璘口吐惡言，不斷加速，她那一頭短髮在空中飛舞。

韓峨璘緊盯不久前駛離醫院的灰色中型轎車。那輛車不遵守交通號誌，一路疾駛，絕對是在逃避他人的追緝，韓峨璘下意識地確認腰間，當她發現自己沒有帶長棍時，不由得發出一聲怒吼。

她迅速掃視附近的商家，看見一支遮雨棚的支架，老闆正在外頭整理支架，韓峨璘一手抓起支架繼續追趕，並朝一臉驚恐的老闆大聲說道：「向 Chord 請款！」

韓峨璘邊跑邊確認手上的長桿，雖然比她慣用的長棍還細，但重量輕巧，方便丟擲，如果直接作為武器拋擲過去可能無法造成多大的傷害，不過若是加強力道應該可以起作用，韓峨璘緊抓長桿，盡可能地拉近距離後往車子的方向一丟。

哐噹，長桿飛越空中，在所有車輛停下等待紅燈時，唯有那輛灰色的車子衝出白線，長桿就這樣分毫不差地插進車輪，整輛車子發出刺耳的聲響，往旁邊打滑，轉了幾圈後駕駛又再度加速，不過礙於輪胎裡的長桿，速度明顯變慢。

韓峨璘的嘴角勾起笑容，馬上跑過去，她看見車子正要經過天橋的底下，韓峨璘騰空飛起抓住天橋的欄杆往上爬，四周的民眾直擊在天橋發生的追緝戰，不禁失聲尖叫，不過韓峨璘沒有時間理會他們，加速一躍而下。

碰！伴隨巨大的聲響，韓峨璘降落在車子的上方。

她滾了一圈才緊抓車頂的邊緣，韓峨璘一拳重擊車頂，駕駛座厚重的天花板像張發皺的紙張出現裂痕，下一秒就被狠狠扒開。

「……嚇！」

「捉迷藏很好玩吧？」

韓峨璘冷笑一聲，司機露出驚恐的表情，大概是沒料想過車頂會被應聲拆出一個洞，不過韓峨璘的表情很快就沉了下來，有些面熟的司機的確是千亨源的隊員，但車裡除了他沒有別人。

「人呢？」

「這、這……這！」

「該死的傢伙，把車停下。」

男子嚇得趕緊踩剎車，反作用力使得韓峨璘差點摔下來，幸好她緊抓著車頂的大洞，她大聲怒吼，然後再度把車頂擊出更大的洞口，男子臉色發白，全身發抖，幾乎要暈過去。

韓峨璘仔細審視車內，的確車子上只有司機，沒有其他人。韓峨璘見狀表情扭曲。這輛車擋在道路的中央，造成不小的交通混亂，但沒有任何一輛車敢鳴笛，雖然後方看不清楚前方狀況的車子傳來細微的喇叭聲，不過他們很快就察覺交通混亂的原因，嚇得不敢吭聲。

在一片寂靜之中，韓峨璘跳下車檢查後車廂，她幾乎是以徒手拆除的方式打開後車廂，果然裡面也空無一物。

韓峨璘佇立在空蕩蕩的車廂前，罵出幾句髒話，他們中了調虎離山計，韓峨璘煩躁地抓頭，然後拿出手機，羅建佑傳來訊息表示鄭利善不在病房，也不在醫院內，他正在確認醫院的監視器。

韓峨璘嘆了一口氣，撥出電話，雖然她難以輕易按下通話鍵，但時間緊迫，不能再拖延任何一分一秒，韓峨璘焦急地緊咬嘴唇。

很快地電話接通了。

「什麼事？」

對方的聲音冷靜又和緩，是史賢的聲音。

能聽到背景音有些微的爆破聲，那是奇株奕正在接受訓練的聲音。電話那頭想必是相當混亂的場景，但史賢的聲音沒有任何動搖，隱約能聽到奇株奕苦苦哀求說饒了他吧。

韓峨璘遲疑片刻後，長呼一口氣，說明眼前的狀況。

史賢安靜地聽取韓峨璘的轉述，他沒有發問，只是靜靜傾聽，直到韓峨璘講完為止。

「……雖然沒有明確的證據，不過有很高的機率是千亨源所為，開車的那傢伙因為暈過去，沒辦法追問，但的確是樂園的成員。」

兩人陷入長長的沉默，不，雖然時間很短，但所有的情況讓短短幾秒的時間也變得讓人難受，數十輛車堵在馬路上，所有人屏氣凝神，不敢輕舉妄動，天空也一片漆黑，氣氛緊繃得讓人無法呼吸。

一陣冷風吹過路面，昏暗的天空颳起冷風，掃過大地。

在這股陰森的冷鋒下，史賢終於開口。

「啊……哈哈。」

短暫的吐氣後接著發出清晰的笑聲，韓峨璘知道那象徵某人被宣判死刑的預告。

鄭利善感覺到前方有騷動才完全恢復意識。

他一直處於半夢半醒的狀態，昏沉的睡意使他處於恍惚之間，時而睜眼時而又失去意識，鄭利善好像被放置在一個地方，四周一片漆黑，在還沒來得及觀察環境前又昏迷過

去。直到有人拖著椅子來到他的面前才真正清醒。

一道冰水突然自上方灑下。

「啊——」

其實不是真正的水，但卻有被水澆淋的感覺，之前接受羅建佑的治療時大概就是這種體感，在被喚醒之後，他緩緩眨動眼睛，有人朝他這麼說：「清醒了沒？」

些微不悅的聲音傳來，眼前的人是千亨源，鄭利善睜開雙眼，望見千亨源的面孔，他轉動眼珠觀察周遭，雖然他對於突如其來的發展有些慌張，但決定先掌握情況。

這裡像是旅館的房間，雖然遮光窗簾被緊緊拉上，室內沒有開燈，但從窗簾一側的微弱亮光可以隱約辨認房間內的情景，以日光的強度來看，現在似乎還沒到傍晚，房間的裝潢有點老舊，家具也布滿灰塵，可能是關閉許久的旅館。

就在鄭利善環顧四周時，千亨源開口說道：「我原本不想做到這種地步，但我不能錯過這次的機會。」

「你打算做什麼？」

「你挺冷靜的嘛，真特別。」

瞧見鄭利善平靜的反應，千亨源有些意外，他原本以為可能藥效還在，因此鄭利善還沒搞清楚自己的處境，但鄭利善現在雙眼有神，環顧四周後還是沒有太多的情緒起伏，一點也沒有驚慌失措的跡象。

「以現在的情況看來你不是想要提議而已……」

鄭利善甚至還頭腦清楚地分析現況，千亨源笑了出來，從突擊戰的影片看來，即使鄭利善總是完成驚人的成就，然而溫順的外表看起來相當柔弱，原以為他是三言兩語就會順服的個性，沒想到挺有自己的想法。

千亨源坐在椅子上翹起二郎腿，用興致勃勃的語氣說道：「你說不想來樂園工作，那麼我要在這裡把你關到改變心意為止。」

「……什麼？」

「史賢仗著有修復師就一副氣勢凌人的樣子，真是看了就討厭。兩天後就是第五輪副本，我要看他沒有修復師會怎麼打。」

聽見這番話，鄭利善的表情這才出現變化，他比起自己被綁架，更在乎第五輪副本無法跟 Chord 一起並肩作戰，發現鄭利善終於動搖後，千亨源從容地說。

「你不覺得其他的隊伍全因為殘破的副本陷入苦戰，只有 Chord 可以順利入場很不公平嗎？Chord 擁有優先入場權已經讓人詬病了，竟然加上修復師的幫忙？你知道只要攻破 S 級副本可以獲得傲人的名聲、道具跟魔晶石嗎？這些好處全被 Chord 獨占了！」

千亨源越說越激動，邊說邊拍打一旁的桌椅。

雖然在副本裡獲得的部分道具會上繳至協會，但千亨源無法接受 Chord 占領第一順位的位置，他整張臉扭曲，憤怒說道：「你知道第二、第三順位的公會為了清除 S 級副本，全都投入準備，結果每次都是 Chord 清除乾淨，那我們是白費力氣訓練了嗎？機會應該要平均分配才對吧！」

千亨源氣得大叫輪流分配七座副本才是公平的作為，鄭利善在千亨源發脾氣的同時慢慢冷靜下來，稍微皺起眉心，依現況來看，Chord 持續順利攻破副本，他能理解對於第三順位的樂園公會確實不公平，但這種事情應該跟獵人協會反應才對。

再加上如果把個人的不滿代入這次的副本將會導致驚人的災害，這不是單一個體的不滿就可以調整的事情，是國家級的問題，況且以樂園公會進入第三輪副本的戰況來說更是不在話下……

心想至此，鄭利善打算開口，但由於千亨源情緒激動，他必須更加冷靜應對。

「這次的突擊戰是S級的副本，如果失敗將會帶來難以預測的災害，如果爆炸的話整座城市將會灰飛煙滅，你如果這樣干預……」

「如果你真的那麼擔心，那加入樂園不就好了？」

看著千亨源咧嘴笑的樣子，鄭利善覺得一片茫然，他原本以為史賢已經很難溝通，沒想到千亨源是另一個次元的人，感覺在跟一個毫無邏輯的人對話。

最後鄭利善皺起眉頭說道：「你都在光天化日之下從醫院綁架我了，還認為我會跟你一起進副本嗎？」

「那我們就一直待在這裡耗時間吧。」

「……」

「讓你自己安安靜靜地待在這裡，應該會改變想法吧？」

鄭利善露出不可置信的表情，千亨源笑出聲。鄭利善一點也不想看到千亨源得意的嘴臉，索性別過頭去，但笑聲卻硬生生鑽進耳朵，原來真的討厭一個人時，就連他的笑聲聽起來也這般刺耳。

鄭利善坐在床上，將整個身體轉過去，千亨源見狀安慰他。

「其實有很多獵人會更換隊伍，原本與這隊談好一起打副本，結果發現不合拍，因此替換的情況非常正常。尤其是能力罕見的治癒師更是如此，假使不滿意待遇就會轉往與其他隊合作。」

千亨源試圖進行協商，滔滔不絕說這都是很正常的事情，雖然他用這種方式綁架鄭利善，但只要鄭利善願意簽約，之前提到的待遇全都照常提供，甚至還加碼更好的福利，只要鄭利善點頭就行，然而鄭利善不為所動。

房子、車子、金錢，毫無意義的誘因在老舊旅館內天花亂墜地飛舞。

「所以你只要消失一陣子，就可以跟樂園一起工作了，怎麼樣？」

「……」

「假如Chord沒有修復師應該會以失敗收場，然後等到泰信也慘敗，大概三四天後我們就可以出現在公眾的面前，如果你還需要考慮的時間，可以等第六輪副本再出現。」

千亨源自信滿滿認為鄭利善一定會答應簽約，自顧自地講得很開心，殊不知鄭利善在利用時間觀察地形，他聚精會神確認房內有無電話以及是否有其他人，不過這裡已經荒廢，沒有設置電話，慶幸的是房間內只有他與千亨源兩個人。

雖然不知道門外有沒有其他人在待命，但至少鄭利善可以暗自計算從床鋪至門口的距離有多遠。

「鄭利善修復師。」

就在千亨源出聲的剎那，鄭利善立即往門口衝過去。千亨源因為鄭利善遲遲不做回應而感到不悅，沒想到鄭利善卻突然起身，千亨源隨即追過去。

「喂！」

千亨源沒有預料到鄭利善會以這樣的方式脫逃，不停罵出髒話。所幸房門沒有鎖上，鄭利善順利打開門衝至走廊，但不幸的是走廊上有樂園的獵人守在外面。

所有待命的獵人全部追趕著鄭利善，走廊漫長無比，沒有一盞燈，就連窗戶也緊緊關上，只剩走廊盡頭有一扇仍能透光的窗戶，不知道是否因為陰天的關係，就連那道光也顯得昏暗矇矓，鄭利善在漆黑的走廊上狂奔。

「這群笨蛋……給我抓住他！」

鄭利善閃避獵人的捉捕，不停逃跑，以目前的情況看來是搭不了電梯，所以他無論如何都要衝到樓梯口。

但他掙脫的對象可是獵人，實力根本不成比例，雖然他驚險地逃過幾次，但很快就被抓住。只見千亨源表情猙獰地走過來，大力抓住他的手臂，過猛的力道使鄭利善一陣疼痛。

「你以為我在跟你玩躲貓貓嗎？你聽不懂人話嗎？我是在跟你提議耶，提議！我在配合你的條件，為什麼要逃！」

千亨源破口大罵，鄭利善上氣不接下氣狠狠瞪著他，所謂氣得說不出話來的情況大概就像現在這樣，明明聽不懂人話的是千亨源，但他卻反過來指責鄭利善。

鄭利善呼著大氣，轉頭望向走廊，只要再往前一點就可以抵達樓梯口，他看著不遠的陽光，極力恢復鎮定，朝千亨源說道：「呼……好，既然如此，那你再仔細說明簽約的條件，不過先鬆開我的手。」

千亨源露出質疑的表情，不過仍然緩緩鬆開手。

當外力逐漸減弱後，鄭利善甩開手拔腿就跑。

哐啷啷，就算掙脫也僅是幾秒而已。千亨源雖是魔法師，但仍是S級的獵人，非戰鬥系的覺醒者不可能逃過他的手掌心，他瞬間就抓住鄭利善。鄭利善百般掙扎、失去重心，整個人跌倒在地，壓在底下的手臂傳來一陣疼痛，使他露出痛苦的表情。

千亨源覺得不可置信，吐出一口氣後蹲下身子，他湊近鄭利善憤怒地斥責：「你怕

Chord會找上門算帳嗎？你怕史賢？如果怕的話，樂園公會會保護你，不是，由我來負責保護你的安全！」

此時，傍晚的斜陽突然改變了方向，被雲朵遮住的陽光突然出現，映照在倒在窗下的鄭利善，他在光亮之下顯現出影子。

「保護什麼？」

一道陌生又平和的聲音迴盪於走廊，有別於僵持的氣氛，那道聲音劃破空氣。鄭利善呆望著從身後抱住自己的影子，他的瞳孔充滿訝異，不敢相信那個人來了。

史賢。

當他們相望的瞬間，鄭利善頓時明白那個詞的意思——「標記」，當自己產生影子時，史賢就會出現，這就是標記的用意。

史賢檢查面露驚慌的鄭利善是否有受傷，然後走向目瞪口呆的千亨源，身處在暗影間的史賢，掛著無比美麗的笑容。

「你就連自己的小命都保不了，還要保護什麼？」

✦ 第三章 ✦

衝突

哐、哐啷，震耳欲聾的聲響迴盪老舊的旅館。

人影突然出現又驟然消失，然後兩道人影碰撞在一起，伴隨巨大的爆炸聲，每當撞擊聲響起，建築物的磚瓦就到處四濺。

鄭利善來不及反應，只能眼睜睜看著他們對打，熾熱的熱氣包圍著他，然後影子從地面站起抑制火舌，明明四周充滿高溫，但鄭利善還是不自覺地發抖。

雙方打了超過三十分鐘，史賢突然出現在鄭利善的身邊，然後隨即與千亨源展開戰鬥，千亨源念念有詞，辱罵說從以前就看不慣史賢。不過史賢似乎早已料想到現在的局面，游刃有餘地抵擋攻擊，輕鬆控制走廊的影子擋住千亨源的火攻魔法，甚至還露出笑容。

「要打就好好打一場，啊，還是我要先讓你一點才公平呢？」

史賢瞄了一眼鄭利善，千亨源表情扭曲大喊今天絕對要分出輸贏，真是一個容易被挑釁的人。

因此除了那兩個人，所有人都離開了旅館，老舊的建築物很快就應聲倒塌，火舌迅速吞滅殘垣，而黑影也飛快地壓制住火焰的燃燒。

樂園的獵人不禁面面相覷，將眼神落在鄭利善身上，他們看著局勢不對，盤算是否要先帶鄭利善離開，但就在他們打算行動的前一刻。

「你們給我閃遠一點。」

韓峨璘出現了，她在醫院附近與羅建佑待命，在社群媒體上一看到首爾近郊出現騷動，馬上動身趕往事發地點，現代人使用社群媒體傳播消息的速度比新聞快報快上好幾倍，她隨即搭上計程車，一路上催促著司機，途中還接到獵人協會打來確認的電話。

雖然火屬性的獵人為數不少，但擁有影子能力的獵人屈指可數，再加上有民眾在現場看到巨大的影子，那麼基本上可以確定是史賢。獵人協會來電是為了委託韓峨璘了解現場狀況並且負責制止兩人，雖然韓峨璘嘴上答應，但她絲毫沒有遵從命令的心情，畢竟根本不可能阻止S級獵人的戰鬥，況且也不想錯過看好戲的機會。

「利善修復師，你還好嗎？」

「啊，我沒事……可是他們……」

「沒關係，不用擔心，我們只要在這裡看著就好。」

韓峨璘笑著安慰臉部僵硬的鄭利善，然後望向周遭。雖然附近有大約十名左右的樂園公會成員，但面對身為S級的韓峨璘他們不敢輕舉妄動，除了他們以外周圍沒有其他人，雖然遠處的大樓裡有人用手機拍攝戰況，但至少現在沒有人可以威脅她與鄭利善。

S級獵人的戰爭一旦加劇，可能導致與S級副本相似等級的災害。實際上在國外曾經發生S級獵人相互鬥爭造成一座小型城市夷為平地的案例。雖然史賢不會造成那種規模的損害，但千亨源才是問題所在。就在此時，一臺計程車在附近停下，沒想到下車的人竟然是奇株奕，他著急地跑到韓峨璘與鄭利善的所在地，甚至還帶了法杖。

「你怎麼帶法杖過來？」

「我剛才還在訓練啊，隊長說如果看到他消失，就要馬上帶法杖來找他。」

奇株奕在接受訓練的途中得知鄭利善被挾持的消息，他原本已經被折磨得差點要斷氣，在聽到消息的那刻瞬間清醒。若依他平時的個性來說，一定會手忙腳亂、無法理智地判斷該怎樣才能救人，但當他看到史賢勾起的嘴角，馬上識相地閉上嘴巴，等待指示。

史賢的標記能力受限於對象要有影子時才能發動，倘若對象處在一片漆黑，沒有光源產生影子的話將無法使用，因此史賢一直等待鄭利善產生影子的那一刻，然後瞬間移動，他吩咐奇株奕只要得知他們的位置就要馬上帶著法杖過來。韓峨璘聽見這番話，不禁驚呼：「哇，看來史賢是下定決心要教訓千亨源了……」

史賢特別指示水屬性的奇株奕帶法杖備戰，無論怎麼看都是為了要以防萬一，假使因為戰鬥造成規模龐大的火災，必須要靠奇株奕收拾善後。

在他們對戰的同時，旅館也不斷倒塌，超過二十層樓的建築物轉眼間就陷入火海，兩個人在炮火連天的戰場上來回穿梭。

千亨源的手上也拿著法杖，全副武裝，不斷朝史賢發動攻擊。

鄭利善目瞪口呆地看著眼前的場景，再次體認到千亨源是S級的獵人，他在巨大的水泥牆間捲起龍捲風，呼來喚去，但臉上毫無吃力的神色。

鮮紅的火焰與漆黑的黑影糾纏在一團，鄭利善他們現在躲在旅館入口處附近的矮牆緊盯著戰況，可怕的光景讓鄭利善逐漸不安，他小心翼翼向韓峨璘開口問道：「……不用阻止他們嗎？」

「怎麼可能阻止。」

「這種等級的戰鬥，就連獵人協會也阻止不了，如果是A級的獵人打起來，還可以派S級的獵人負責阻止雙方，但只要是S級的獵人開打，任誰都無法干涉，只能等到他們分出勝負為止。」

奇株奕搖搖頭，感到無奈，韓峨璘雖然看得興致勃勃，卻也沒好氣地說：「就算他再怎麼看Chord不順眼，也不可以綁架人吧？」

「他應該是很想挖角修復師。」

「這種人竟然是樂園的下任會長，還是他是在遊樂園裡的三歲小孩。」

奇株奕聽到韓峨璘這麼一說，咯咯笑起來，還補充說這下子千亨源不只心智不成熟，就連小命也要不保了。

鄭利善有點不可置信，明明是相當嚴重的局勢，但他們兩人還可以有說有笑。

「你們不擔心嗎？」

「……擔心誰？」

「……」

「啊，擔心千亨源嗎？天哪，修復師你也太善良了吧，怎麼會擔心那種人。」

看著兩人訝異的神情，鄭利善一下子不知道該做何反應，當他納悶是不是自己小題大作時，韓峨璘輕聲說道：「嗯，雖然會流一點血啦……」

韓峨璘說比起用話語解釋，直接用眼睛看比較快。

整棟老舊旅館已經完全崩塌，只剩燒成黑炭色的梁柱，水泥牆幾乎不見蹤影，在塵沙飛揚間能看到千亨源與史賢的身影，千亨源的法杖頂端衝出火焰，如同一條紅龍衝向史賢，雖然史賢使用影子快速移動，但那條火舌仍然緊追不放。

面對驚險萬分的戰況，鄭利善的目光緊追著兩人的動向，奇株奕則是每當千亨源使出火魔法時都會發出驚呼，他切實感受到A級與S級的差異。

在混亂之間，就連原本還留存的梁柱也一併倒塌，兩人直接站上了徹底夷為平地的廢墟殘垣，千亨源看似魔力耗盡，有些氣喘吁吁，反觀史賢則是一臉從容，他不斷拋擲手上的短刃，露出溫柔的微笑。

「你已經體力不支了嗎？」

「再繼續打啊，臭小子！」

千亨源一邊大喊，一邊高舉法杖。那根白金法杖的頂端衝出藍色焰光，攻擊力道比以往都來得強大，史賢側身一閃，輕鬆閃過攻擊，當那道焰光折返回來時，他隨即移動至千亨源的影子。

史賢蜷曲身子，躲在千亨源的影子底下，焰光擊中地面，塵土四濺，正好轉過身來的千亨源被石塊與塵土波及，發出哀號聲。

「……史賢你太幼稚了！」

「幸好你還知道幼稚是什麼意思，你一直以來的所作所為就是幼稚，我原本還很擔心你的國文造詣呢。」

史賢露出微笑，慶幸千亨源還有點自知之明。

千亨源聽見史賢的調侃，氣得雙頰脹紅，在自身周圍形成一陣波濤洶湧的旋風，他將手中的法杖往地上一插，剎那間驚人的熱氣襲來。

一道比旅館面積還大的火柱驟然成形，看來千亨源一次傾注所有魔法，這讓鄭利善看得差點忘記呼吸。火柱太過猛烈，零星之火差點威脅他們所在的矮牆，韓峨璘氣得大罵，用手遮住頭部，並且將鄭利善拉往自己的後方，非戰鬥類型的覺醒者幾乎沒有抵抗力，所以必須由獵人保護，但韓峨璘比鄭利善矮小，鄭利善只能彎著身子躲在韓峨璘的後面。

下一秒史賢突然出現在奇株奕的後方。

「奇株奕獵人，請好好練習，難道我是讓你來這裡看戲嗎？」

奇株奕被冷不防的一句話嚇得倒抽一口氣，就在他回答前史賢又就地消失。鄭利善不明白史賢的意思，只能盯著奇株奕看，奇株奕發出哀怨的聲音，往前一站，舉起手中的法杖。鄭利善被下一秒的場景震懾在原地。

逼近他們的火焰宛如紅海般被一分為二，不僅如此，火焰在被分開後燃燒的面積也逐漸縮小，奇株奕並非使用火屬性的魔法來抑制火舌，是他反過來使用千亨源的火焰讓火柱自行切割。

鄭利善突然想起前幾天奇株奕曾說過史賢在教他分散攻擊的方法，由於第五輪副本的魔王有很高的機率會使用火魔法，因此史賢針對這一點特別加強訓練。

韓峨璘連連發出驚呼聲。獵人遇見同屬性的攻擊時，偶爾會利用對方的攻擊，但這種技能相當難以控制，尤其當等級不同時更是難上加難。然而奇株奕現在卻驅散了S級獵人的火屬性魔法，甚至還縮小其範圍。

「哇，史賢竟然教你這個，你怎麼學會的？」

「不、不、不要跟我說話。」

奇株奕聲音顫抖，顯得很吃力，額頭布滿汗珠，委屈地說自己幾個小時前都還在訓練，竟然馬上就要面臨實戰。

韓峨璘這才驚覺原來這就是史賢吩咐奇株奕趕來這裡的真正原因，鄭利善看著奇株奕的技能，差點忘了前方還有兩個S級獵人正打得你死我活。

千亨源面向巨大的火柱，痴狂地笑了起來，他讓龐大的火柱緊追史賢不放，阻隔史賢的視線，阻止他轉移至影子的能力，為了搗亂史賢的判斷，千亨源時而加劇火焰，時而又減弱範圍。

史賢即使被團團包圍，仍然很快捕捉到火舌竄動的空檔，移動至他處，千亨源見狀趕緊圍捕過去，就連在矮牆附近的樂園公會成員也差點遭殃，由於韓峨璘與奇株奕在前方抵擋攻擊，因此鄭利善毫髮未傷。

漸漸地，火柱的攻勢比起向上竄升，更趨向於擴張範圍，千亨源企圖將這裡化為火海，整片火焰往外擴散為半徑三公尺，高於成人膝蓋的火勢，千亨源處在火海之中，露出竊笑：

「我在沒有一丁點影子的地方，看你要怎麼攻擊！」

千亨源氣勢凌人地站在火焰之中，對史賢冷嘲熱諷，千亨源是遠距離的攻擊手，雖然史賢也可以發動遠距離的攻擊，但他主要擅長近距離的攻法，整座旅館已經被夷為平地，沒有巨大的影子可運用，千亨源的周圍全是焰火，沒有縫隙能靠近他，千亨源看著史賢遲遲未動作的模樣，堅信自己勝券在握。

但是史賢的表情沒有動搖，他就只是站在殘垣上盯著千亨源。

「有時候……你這個人真的讓我很意外。」

「什麼？」

「明明是S級的獵人，但怎麼是這副模樣……你從小就不會嘗試否定自己，不設法找出自己的弱點，就這樣愚笨地長大嗎？你沒發現自己缺乏批判性的思考？從來不會理智地分析自己嗎？」

冷靜的低語讓千亨源的表情逐漸扭曲，正當他想高舉法杖發動攻擊時，殘垣的後方出現一道巨大的影子，所有的磚瓦聚集在一塊，形成一道高聳入雲的影子。

所有建築物的殘垣一同衝向瞠目結舌的千亨源，雖然他急忙想用火焰抵擋，但這棟旅館體積龐大，相對地磚瓦也多，數十、數百個殘垣飛向他。

就在他已經分身乏術，無法抵擋時，一塊巨大的水泥牆飛到上空，讓他被影子包圍。

「嚇……」

黑影全然覆蓋了千亨源，牆面有隻影子手掌撲滅了火勢，水泥牆隨即墜落，但千亨源飛快地往旁邊一躲，閃避攻擊，他用手支撐地面，大口吐著氣。

史賢緩緩地從千亨源身後出現，輕聲說道：「我很訝異你似乎不清楚我的能力，你不看其他隊伍的進攻影片嗎？是因為覺得自己是史上最強的獵人，所以不屑一顧？」

千亨源猛然回頭，就在他想開口前，史賢已經伸手抓住千亨源的後領，直接往地上一摔，千亨源抓著法杖在地上滾了一圈，好不容易才爬起來，隨即又在周遭點燃火海。

「史賢你以為我是魔法屬性的獵人就不擅長近身戰嗎！」

但就在他企圖發動攻擊前，史賢早就移動至他的面前，千亨源毫無觀察力，甚至沒發現自己摔在影子的範圍內。

「對。」

史賢簡短地輕吐回答，用短刃劃開千亨源的腰間，千亨源發出慘叫，胡亂揮舞法杖，但無法有效阻擋攻擊。

史賢微彎身子，閃避法杖，雖然千亨源很快地想伸出腳踢絆倒史賢，但史賢絲毫不將這些雕蟲小技放在眼裡，畢竟影子的領域就是他的地盤。

史賢迅速出現在千亨源的背後，用腳攻擊他的膝蓋。

啊！千亨源因疼痛悲鳴，失去重心，史賢見狀馬上用手肘攻擊千亨源的背部，讓他整個人摔落在地。

「呃啊，呃……」

千亨源可能打從骨子裡就是魔法屬性的獵人，他仍緊緊握住手裡的法杖，史賢看見他掙扎的模樣，輕輕用腳踩住千亨源的手腕，千亨源最後痛得鬆開法杖，史賢馬上用腳將法杖踢至遠處。法杖在地上滾動的清脆聲響迴盪於空氣中。

雖然一開始戰況激烈，但結局卻格外空虛。韓峨璘轉頭望向看得出神的鄭利善，淺淺一笑說道：「雖然千亨源的攻擊力很強，但他總是一股腦傾注魔力，只會胡亂攻擊。但史賢不僅攻擊力強，還會仔細分析每個細節，所以當然沒什麼好擔心的。」

「是喔……」

在鄭利善看得雙眼發直時，史賢拋下躺在地上的千亨源，朝他們走來，史賢整個人從容自在，絲毫不像剛打完一場激戰的人，雖然衣袖被火焰燻黑了一角，但以S級獵人而言，這是不值得一提的程度。

就在史賢靠近之際，大氣突然不自然地緊縮，與幾分鐘前千亨源點燃與旅館面積相當的火海相當類似，不，應該說是更具規模的緊縮感，似乎一場巨大的爆炸就要襲來。

轟隆隆，千亨源的上方出現爆炸火球，火花四散。

「這個瘋子！」

韓峨璘高聲大喊，用腳往地上一踩，伴隨著驚人的震動，四周的土地猶如牆壁般竄升，把旅館的四周包圍出一道圓形。

事實證明韓峨璘使用地震技能是正確的應對，土牆成功抵擋住火球的噴發，由於千亨源傾注的魔力過高，假使韓峨璘沒有升起土牆，大約一百公尺的範圍都會受到爆炸的威脅，甚至連在遠方觀戰的平民也會受到波及。

韓峨璘在情急之下使用能力，氣急敗壞地用力呼吸。千亨源從大火之中踉蹌起身，鄭利善感到萬分訝異，即使千亨源沒有法杖仍能啟動如此大範圍的攻擊，雖然史賢在第一時間用影子抵擋爆炸的威力，但衣角還是著火了。

「我一定要把你……」

「你因為不服輸，所以想波及一般民眾嗎？」

史賢覺得千亨源的舉止荒謬不已，他知道千亨源從以前就將自己視為對手，不斷想方設法打壓自己，但沒想到竟然卑鄙到這種地步，史賢的眼神充滿訝異。千亨源已失去理智，發出尖銳笑聲，雙眼淨是血絲。

韓峨璘的土牆爆炸地圍起，形成一座圓形競技場，裡頭是一片熊熊火海，樂園公會的成員被阻擋於土牆之外，雖然沒有受到傷害，但卻沒有躲過千亨源的攻擊力道，各個昏厥在地，現在所有在土牆之外的人都無法窺探裡頭發生了什麼事。

千亨源在火焰之中發狂地笑，下一秒就消失無蹤。史賢的表情出現細微的變化，好不容易抵擋火焰攻擊的奇株奕驚恐說道：「他跑去哪裡了，該不會是隱藏能力吧。」

千亨源可是S級的獵人，必然擁有隱藏能力，而這項隱藏能力似乎就是與火焰融為一體，因為火舌的力量似乎比剛才更加具有侵略性，讓人難以呼吸，包圍四周的火焰不再只是自然現象，而是整座被賦予魔法攻擊的武器，使他們感受到巨大的壓迫感。

鄭利善痛苦難耐，韓峨璘朝著空中大罵，說這裡還有非戰鬥類型的覺醒者，不可以這樣違反規定。

最後韓峨璘將身後的土牆開出一道洞口，大聲說道：「利善修復師你趕快出去，你在Chord辦公室跟獵人在一起比較好，奇株奕你也趕快出去！」

「什麼？姐姐妳自己要怎麼對付這些火焰！一起出去吧！」

「我不會因為這點魔法就受傷，千亨源這傢伙已經失去理智，看來打算跟史賢一起同歸於盡。」

在焦急的催促聲中，奇株奕只好點頭同意，跟鄭利善一起動身走往出口，不過就在鄭利善匆忙行動時，一隻火紅的手伸向鄭利善，那道火企圖將他留在原地。

「嚇，修復師！」

就在奇株奕驚恐的吶喊之下，鄭利善被火舌捲走。那道火直接迎面而來，讓他動彈不得，千亨源從火舌間出現緊抓鄭利善的手臂，如果鄭利善無法為他所用，那麼他打算讓史賢也無法擁有鄭利善。

鄭利善的視線被火焰所覆蓋，但下一秒，他感覺到顯著的寒意，一道漆黑的暗影出現在前方，史賢站在韓峨璘所抬升的土牆上，快速奔向千亨源，躲在火紅焰光中的千亨源想要趁機抓走鄭利善，暴露了自身的位置，史賢一發現兩人後馬上快速移動，一手抓住千亨源的頭往地上砸。

碰，撞擊聲響起，那塊火紅的身影在史賢的手底下鑽動，不停掙扎。

「呃啊——」

跌落在地的千亨源雖想再次攻擊，但遲遲無法順利發動技能，史賢將半徑一公里處皆化為影子領域，使得火苗絲毫無法靠近，千亨源的魔力所剩無幾，因此無法抑制影子的高強度攻勢。

史賢發動高聳的黑影，覆蓋地表，他聚精會神使用暗影，影子傾倒在地上，形成倒灌在地面的影子巨浪，撲滅火舌。

癱在地上的千亨源頭破血流，史賢的眼神冷酷，一手抬起千亨源的頭，他輕嘆一聲後，抬頭望向鄭利善，而鄭利善的雙眼也正盯著他。

鄭利善顫抖的視線不是盯著千亨源，而是史賢，這讓史賢備感意外，他隨即平靜地說道：「奇株奕獵人，請帶利善出去。」

奇株奕雖然有些慌慌張張，但還是很快地將鄭利善帶離這裡。

史賢確認兩人離開後，這才再次緊抓千亨源的頭，雖然千亨源想使用魔法，藉此掙脫，但在這片影子領域裡火苗根本起不了作用，史賢盯著他最後的掙扎，淺笑片刻後，再次把千亨源的頭砸往地面。

碰、碰、碰，頭部敲擊地面，鮮血四濺。

「你的等級很高。」

史賢一邊講話，可怕的敲擊聲成了背景音效。

「但看來智商很低。」

語畢後，史賢鬆開手，千亨源倒在血泊之中，雖然不時抽動，但已喪失力氣，就連抬頭的力氣也沒了。史賢面對眼前混亂的情況仍然態度冷靜，但目光卻比起以往還要冷酷。

他與在地上顫抖、目光帶著怒氣的千亨源四目相交。

「因為你的能力太差，覺得你很可憐，所以我才放任你胡作非為，但你卻越界成這副德性，叫我拿你怎麼辦呢？」

「嗯，哼嗯……」

「如果你有自知之明，懂得分寸，就該明白不要隨便去招惹別人啊，難道你都沒有學習能力嗎？」

千亨源不斷顫抖，感覺隨時都會窒息，比起說出害怕死亡，頭上的鮮血已經表述了一切，史賢靜靜觀察他，從懷裡掏出一罐小型藥水。

然後直接倒在千亨源的頭上，治療藥水帶著微薄的閃光，這罐高等的治療藥水讓千亨源頭部很快就止血癒合。

史賢又再度抓起千亨源的頭，往地上砸。

「死亡真的是很沒效率的東西。」

碰，駭人的聲響傳來，才剛癒合的傷口又再度迸裂，噴出鮮血。史賢的動作在地板完全被血跡染紅前，絲毫沒有想停下來的跡象，韓峨璘望見史賢掏出藥水的動作，稍微皺起眉心，她明白史賢的用意，但並沒有出手阻止，僅是靜靜看著。

千亨源身體抽動，想伸手阻擋，但隨著頭部的撞擊，他的手無力攤在地上，動彈不得。

「呃嗯！」

「當人不開心的時候，只要對方一死就會感到解放，你不覺得這樣的結局很單調嗎？」

千亨源感覺隨時都會斷氣，氣息紊亂，史賢再度倒下治療藥水，還靜靜等待傷口癒合，然後再度抓起他的頭往地上砸，史賢反覆進行這項動作，眼底沒有一絲憐憫。

「所以我認為種下恐懼是最好的方法，讓對方一輩子都忘不了那份畏懼的記憶，永遠活在陰影裡。」

「你、呃……住、住手……」

「人類的本能之中，最強悍的就是生存本能，因此會對生命遭受威脅的瞬間印象深刻，我所遇過的人都是這樣子的，雖然你的智商很低，但我相信至少可以記得這種事情。」

史賢冷冷地說人在恐懼面前是最脆弱的存在，他最後倒下藥水，站起身子。

在靜謐的空間裡，雨滴緩緩落下，原本預計傍晚才會下雨，沒想到提早開始降雨，就連殘存在地上的火焰也被澆熄，史賢語帶可惜地說道：「真遺憾下雨了，你既沒有實力，也沒有運氣……」

史賢與韓峨璘一同走出土牆，雖然韓峨璘用惋惜的眼神看了一眼倒在地上的千亨源，但很快就轉身離去，這種向非戰鬥類型的覺醒者使用S級隱藏能力的人絲毫不值得同情，因為非戰鬥類型的人與普通人幾乎相去無幾。

獵人協會的車自遠方駛近，由於發生了S級獵人的戰鬥，他們要調查事情的來龍去脈，史賢知道協會的調查程序又臭又長，面露煩躁的神情，但他選擇先去察看鄭利善的情況。

「請仔細確認受傷的地方，看手腕有沒有再次受傷……」

因為在千亨源傾注魔力點燃火海時，鄭利善剛好在附近，基本上算是直接遭受攻擊，史賢要親自確認鄭利善的身體狀況，可是他的臉頰卻傳來一陣溫熱。

鄭利善用顫抖的手捧住史賢的臉頰。

「流、流血了……」

當史賢將千亨源往地上一摔時，建築物的碎片四處飛濺，刮傷史賢的臉頰，傷口如手指般的長度，細長的破口流出鮮血，但史賢完全沒注意到臉上的傷。

史賢緩緩眨動眼皮，望向鄭利善，看著鄭利善顫抖的模樣，原本以為是因為受到千亨源的攻擊所以不安，但從那雙淺褐色的眼神來看似乎並非如此，他沒想到這點血就讓鄭利善這麼擔心，史賢靜靜感受鄭利善的手指在皮膚上留下的觸感……

然後淺淺一笑，低下頭說：「嗯，我受傷了。」

雖然帶著淺笑，但他將頭往旁邊一靠，輕偎在鄭利善的手掌上，整個人顯現出疲憊的樣子，鄭利善驚恐地仔細察看史賢的傷勢。

韓峨璘在兩人的後方，面露訝異地來回看著史賢的背影跟土牆之內，因為土牆內還有一位無法單純用受到皮肉傷來形容的人躺在裡面。

雨勢逐漸變大，火苗被澆熄的聲音在空中作響。

S級獵人的戰鬥並非簡簡單單就能劃下句點。

獵人協會作為政府機關，嚴格禁止獵人相互戰鬥，尤其等級越高的獵人，一旦起衝突，導致的災害更是難以預測。然而現在正好是七輪突擊戰的期間，進入副本第一順位的 Chord 竟然和第三順位的樂園打了起來，這件事讓協會上下進入緊急狀態。

為了充分了解戰鬥的原因與真相，協會展開漫長的調查，雖然事發地點是在已關閉的旅館，但這場戰鬥使得整座建築物灰飛煙滅，即使沒有一般民眾受傷，卻造成為數不少的獵人受到波及，樂園公會的獵人們失去意識，千亨源更是當場送進急診室，看到次任會長變成這樣，樂園公會當然不會坐視不管。

鄭利善在日落之際來到協會大樓，直到半夜才走出來，他在一間很像偵訊室的房間，沉著冷靜地描述事發經過，他很明確地被歸類在受害者的角色。

韓峨璘與羅建佑證明了鄭利善的陳述並無虛假，後院雖然沒有監視器，但庭園的監視器確實拍到了他們三人走進後院散步的身影，韓峨璘翻出牆外幫助路人的模樣也被路邊的行車紀錄器所拍到。既有獵人們清楚的證詞也有客觀證據，因此協會採信了鄭利善的陳述。

偵訊時間進行將近五個小時，現場那些與千亨源同隊的獵人全都昏迷，無法偵訊，那位在半路上被韓峨璘抓到的獵人也尚未清醒，千亨源現在躺在獵人協會的急診室，需要等這些人醒來後才能做進一步的調查。

雖然事情的來龍去脈已經顯而易見，但調查機關不能只聽單方面的說詞就逕自做出定論，因此協會下令與本事件相關的 Chord 獵人需要維持待命狀態，雖然可以自行離開，不過一旦接到通知就要馬上至協會協助調查。

韓峨璘走出協會，一邊大聲抱怨。

「唉唷，真是糾纏不休的傢伙們。」

「沒想到會因為這種事踏進協會……」鄭利善呼出一口氣也百感交集。他抬頭仰望高聳的協會大樓，這棟建築物需要將頭完全後仰才能看到頂端，相當雄偉，雖然ＨＮ公會大樓的樓層數更多，但協會畢竟是政府機關，讓人不由得心生敬畏。

「啊，利善修復師是非戰鬥類型的覺醒者，所以沒有進出協會的必要。」

看著鄭利善新奇的眼神，羅建佑點頭說道。韓峨璘一聽，用更加不悅的語氣斥責千亨源的惡行，竟然讓修復師因這種原因踏進協會，一旁的奇株奕也氣得加入辱罵的行列。

他們一同站在大門看著外頭的雨，史賢來到鄭利善的身邊說道：「今天就跟獵人們一起待在辦公室吧。」

身為當事人的史賢由於調查尚未結束，需要繼續待在協會，史賢認為在沒有他的陪同之下就讓鄭利善自己回家太過危險，因此希望鄭利善待在協會。

鄭利善也點頭同意，隨著進入副本的時間將近，Chord 大部分的獵人都會住在公司，所以待在那兒相對安全。

Chord 專用的四十二樓除了辦公室外，還備有獵人的宿舍。設備等級堪稱旅館，寬闊的整層面積足夠二十人使用，各項住宿相關的設施也妥善完備，奇株奕最近因為忙於訓練，沒有體力返家，幾乎都住在宿舍。

他們從獵人協會走到車子的這段距離雖然緊跟許多記者，但韓峨璘臉色凝重，因此就算記者再怎麼好奇也不敢貿然靠近，她在確保鄭利善與奇株奕安全抵達公司內部後才離開。

夜色越深，雨越大。傾盆大雨潑灑在玻璃窗上，使得整座空間充斥不小的雨聲。

「天哪，這場雨應該明天晚上就會停了吧？」

「聽說可能會下到後天早上……」

「如果進入副本時還在下雨就糟了，第五輪副本不是在海邊嗎？」

奇株奕看著窗外擔心了起來，第五輪副本預計會在港邊與羅德島的太陽神對抗，如果下雨將會是一場苦戰，氣候惡劣的話，說不定海上會颳起颶風，造成狂風巨浪。

「不過下雨天是不是代表太陽神的攻擊力也會降低？」

「相對的我們的攻擊力也會下降……如果在海邊被海浪捲走就更慘了。」

羅建佑邊搖頭邊回答，接著說依目前的預報來看，這場雨應該最快明晚、最晚後天一早就會停歇，羅建佑分析完後便急忙收拾包包說自己該回家了。

辦公室有五、六名獵人，他們討論著第五輪副本，不時確認鄭利善的狀態，這些獵人透過新聞快報，得知史賢與千亨源發生激烈戰鬥的消息，並且從目擊事發經過的羅建佑得知整個來龍去脈，因此更加擔心鄭利善。

「修復師真的沒事嗎？都被綁架了，應該嚇得不輕……」

「要不要喝杯熱茶？」

「不用了……我真的沒事。」

雖然獵人們是出於善意的關心，但面對每三十分鐘就詢問的頻率還是有些難以招架。他早在進協會前就已到醫院拆除石膏，進行嚴密檢查確認沒有大礙，但獵人們還是無法放心，看來對於獵人們來說，非戰鬥類型的覺醒者就跟玻璃一樣脆弱。

最後鄭利善躲在自己的辦公室，獵人們皆擁有各自的辦公室，而他的辦公室就在史賢的正對面。他透過玻璃窗望著史賢的辦公室，然後將百葉窗拉至一半，坐在沙發上。

他沒有特別開燈，中央公共辦公空間的燈光隱約穿透玻璃窗，鄭利善背對那道光源，習慣性地著手研究第五輪副本該復原的項目。他忽然意識到窗外的雨聲，都市的燈火即使到了深夜也不會熄滅，亮點在雨水間晃動，鄭利善呆望搖曳的燈光，臉上拂過憂鬱的氣息。

雨天，下雨的日子讓鄭利善備感沉重。

即使他總是以低落的心度過每一天，但只要碰到雨天，感覺整個人就會更加抑鬱，失去朋友的記憶猶如枷鎖箝制他，他突然想起帶著成為活死人的朋友們回家的場景，雖然只是一閃而過，但今天的雨似乎讓腦海中的畫面格外鮮明。

幾個小時前，千亨源用凶猛的火舌席捲四周，鄭利善聽從史賢的話與奇株奕到土牆外避難，但內心仍牽掛裡面的人，也許因為當時看到了史賢臉上的血跡，再加上現在窗外的大雨，鄭利善不由得輕輕嘆息。

幸好下雨了，鄭利善不禁這樣想。

嘎吱，門突然傳來聲響，鄭利善嚇了一跳，馬上轉頭看去，神情訝異地直起身子。

「你為什麼在這裡？」

「你、你這麼快就回來了，調查結束了嗎？」

開門進來的人是史賢，鄭利善正好想到他，結果史賢突然出現讓他來不及反應，鄭利善露出難為情的表情，整個人不知所措，史賢則是用眼神示意他坐下休息。史賢似乎沒有開燈的想法，逕自走進辦公室，坐在沙發一旁的椅子上，說：「事情的真相顯而易見，沒有繼續調查的必要，目前先等千亨源醒來後再配合調查就好。」

協會會在所有相關的獵人醒來後，再次進行調查，由於協會嚴格禁止獵人互相打鬥，所以調查日期基本上都是四天起跳，但 Chord 預計兩天後要進入第五輪副本，便決定先讓他暫時歸隊。

不過史賢是當事人，所以極有可能會被再次叫回去接受調查，直到兩天後的早上才會回來，雖然這已經是協會可以給予的最大寬容，但站在 Chord 的立場來說仍是巨大的損失。

「可以選擇不去嗎？不過協會不會同意吧……」

「……」

「……你怎麼用那種表情看我？」

「因為我沒想到利善會說這種話，我以為你是凡事都乖乖聽話的人。」

「我只是……其實算起來我們才是受牽連的人啊……」

史賢露出訝異的眼神，像是看到好學生第一次做出叛逆行為的感覺，在這樣的注視之下，鄭利善有些不適應，但他對這整件事感到非常鬱悶，明明是千亨源的錯，為什麼讓史賢受到猶如犯人般的待遇。

雖然是因為史賢的挑釁才演變成戰鬥，但起因是來自千亨源內心的不平衡，千亨源想盡方法阻撓 Chord，這樣的做法讓鄭利善相當不齒。

「雖然不想去也是可以有辦法不去，即使協會也有S級的獵人但他們無法真正強迫我，不過因為這種原因惹事生非只會造成麻煩。」

史賢冷靜地說，既然我們沒有錯，乖乖協助調查才是正確的選擇。鄭利善想到史賢因為自己而被捲入麻煩之中，不禁五味雜陳地低下頭。

望見鄭利善的反應，史賢露出笑容。

「不過你為什麼在辦公室？今天應該累壞了，我以為你會先睡。」

「我還沒有睡意，晚點再說……」

「你在想朋友們嗎？」

簡短的一句話讓鄭利善不知該如何回答，辦公室裡一片漆黑，但史賢黑色的瞳孔仍然緊盯自己不放，史賢說在進來之前看到了鄭利善的背影。

「你一直盯著窗外。」

「啊……我……沒有啊，我沒有在想他們……」

鄭利善剎那間支支吾吾，比起被發現真實的想法，他更訝異史賢記得要在雨天確認他的狀態。鄭利善試圖塘塞說不是只要雨天就會想到朋友們，但史賢的手快速地伸過來，捧住他的臉頰並用拇指輕按眼角。

「利善，你知道自己真的很不擅長說謊嗎？」

帶著笑意的聲音盤旋在辦公室，因為下雨而更加濕冷沉重的空氣似乎讓笑聲格外清晰，史賢的聲音擦過耳邊，鄭利善只是一言不發，史賢見狀溫柔地出聲。

「把外套脫掉。」

「……什麼？」

「我要確認你的傷勢，剛才在醫院檢查得很匆忙，我沒有時間仔細替你察看。」

鄭利善還以為自己聽錯，露出驚慌的神情，史賢則是冷靜地回答他，聽了史賢若無其事的說明，反而讓鄭利善更加難為情，他迅速脫去連帽外套，裡頭穿著短袖的外衣，當手臂一暴露在空氣下，馬上感受到冰冷的空氣。

史賢用手觸摸著些許發顫的手臂，那雙手總是帶著恰好的溫度，讓表面冰冷的手臂格外敏感，甚至起了雞皮疙瘩，鄭利善縮起身子，不過這道反應不僅只有史賢察覺，連同鄭利善的表情也出現異樣，這並非只是因為接觸而造成的反射性動作……

「……利善你為什麼總是不老實說自己不舒服？」

「我也不知道啊……」

「到底怎麼會不知道呢？」

史賢不可置信地盯著鄭利善，千亨源使用隱藏能力藏匿於火舌之中，企圖伸手抓住鄭利善時，在他的肌膚上留下燙傷的痕跡。

雖然燙傷沒有嚴重到形成水泡，但傷口處呈現紅腫，觸碰時也會感到刺痛。他們去醫院時因為只想到右手的石膏與先前的骨裂，沒有注意左手的狀態，在那之後又忙著趕到協會接受調查，所以忽略了應當徹底檢查。

史賢從椅子上起身，走向沙發，打算好好研究傷勢，他皺起眉心，不發一語地拿出藥水往鄭利善的手臂灑去，史賢原本只是以防萬一將治療的藥水帶在身上，沒想到會在這個場合使用藥水。

「看到別人流一點血就大驚小怪，結果對自己的傷口一點敏銳度都沒有，還是你的痛覺比較遲緩？」

「應該也不是……」

「你似乎偶爾會對自己的傷口感到訝異。」

「……什麼？」

「那副表情像是不敢相信自己會受傷。」

聽見史賢的低語，鄭利善開始發愣，因為他在過往的一年裡無數次想要傷害自己，不過總是以失敗收場，讓他下意識對於受傷一事感到神奇。史賢擁有過人的觀察力，因此能發現鄭利善異常的反應。

鄭利善啞口無言，史賢則是不斷撫摸手臂，他為了讓藥水可以吸收，來回按摩，那股觸感有些搔癢難耐，讓鄭利善抽動了手臂。

「我自己來就好。」

他想推開史賢的手，但史賢仍抓住不放，雖然沒有使力，卻無法輕易推開。史賢不知不覺站在鄭利善前方，而鄭利善坐在沙發上抬頭望向史賢。

「……好像少了某一塊拼圖似地，但我還不知道那是什麼。」

低沉的呢喃在這座安靜的辦公室嗡嗡作響，雖然能聽見窗外的雨滴，但鄭利善的耳邊僅有史賢的聲音，每當史賢這樣面無表情地俯視自己時，鄭利善都不知道該怎麼反應才好。

史賢背對雨水與燈火交織的窗，低頭望著鄭利善，室內光線透過拉至一半的百葉窗灑在眼角，鄭利善剎那間感受到此時此刻的違和感與急迫，他左思右想該怎麼接話……

嗡嗡，桌邊傳來震動聲。

發出聲響的是史賢的手機，上方顯示獵人協會傳來的文字訊息，千亨源已經醒來了，協會要他過去一趟。史賢轉頭確認後輕吐一口氣，奇怪的是鄭利善也感到一陣安心，雖然連他自己也不明所以，但他如釋重負地看著史賢說道：「現在該去……」

「我差點忘了。」

「什麼？」

「現在去協會的話要到副本當天早上才會回來，所以現在要完成才行。」

「什、什麼……」

鄭利善的瞳孔被不安淹沒，驚恐如海嘯般襲來，史賢低下身子，邊說既然下雨了得要阻斷腦中的胡思亂想才行，史賢的動作讓他想起好不容易才拋諸腦後的那件事。

史賢跪在鄭利善的前方，抬頭帶著微笑說道：「你明明知道我要做什麼，所以可以把腿打開嗎？我趕時間。」

鄭利善一度認為自己對於性行為沒有多大的興趣，畢竟經過一年前的創傷之後，他對於外在的刺激總是淡然面對，沒有過多的情緒起伏，絕大多數的時間都處於冷靜的狀態。

不過這樣的鄭利善卻臣服於眼前的刺激。

他對性方面的一切刺激絲毫沒有免疫力，他的呼吸加劇，手指顫抖，指尖抓住沙發的沙沙聲聽起來那樣的充滿哀怨，清晰地劃開空氣，下雨的潮濕讓辦公室所有聲響都格外清楚。

「啊，哼呃……呃……」

每當史賢的頭部擺動時，鄭利善就全身戰慄，這次與之前一樣，即使跪在地上的人是史賢，備受折磨的卻是自己，鄭利善知道只要試圖推開史賢，史賢就含得越深，他完全無法從中逃脫。

鄭利善發自內心對自己的狀態感到痛苦萬分，他不敢相信自己的下體只用手搓揉幾下就有反應，很明顯地他的身體與大腦的命令完全背道而馳。

那個史賢，在幾個小時以前還跟S級獵人展開激烈的戰鬥，徹底展現他為什麼是S級排名第一位，然後那個人現在竟然跪在面前。史賢像哄孩子般，將鄭利善的雙腿擺在該放的位置，然後低下頭探入深處，當受到驚嚇的鄭利善回過神時，史賢已將下體含入口中。

雖然與上次的情況大同小異，但些微不同的部分卻更加刺激鄭利善。

上次史賢直接褪去他的褲子，用手按住他的皮膚，但這次隔著輕薄的棉質褲管，史賢只將拉鍊拉開就開始吸吮，上次史賢選擇緊抓住他的骨盆，這次則是握住他的大腿，偶爾還能感受到手指的使力，每當感覺到細微的力道時，鄭利善皆會一陣哆嗦，史賢的那雙大手緊緊摟住鄭利善的大腿。

「大、大腿，哼呃，呃，好癢……」

鄭利善從以前就很怕癢，而史賢現在觸碰到那被遺忘許久的皮膚，史賢僅是含住下體，稍微抬頭望著鄭利善，雙手始終抱著大腿。隨著史賢的頭部動作，下體的角度也出現變化，使得鄭利善氣喘吁吁，龜頭能明顯感受到上顎的觸感，那裡特別熾熱，因此每當頂端碰觸上顎時，鄭利善便會全身顫抖。

鄭利善呼吸亂了節奏，胡亂吸吐，史賢用舌頭頂弄側邊，轉動頭部，然後自然地將手伸向上方。

「沒想到，你的敏感部位，還真多。」

雖然鄭利善很感謝史賢終於將手從大腿移開，但在過程裡還先用指尖掃過大腿皮膚，這讓鄭利善差點叫了出來，下體的刺激加上搔癢感，鄭利善快要失去理智。

「哈嗯嗯，啊！哼呃……很、很癢啦……」

鄭利善發出嗚咽，不時扭動身體，史賢緊抓骨盆的兩側，示意要他別再亂動，偏偏史賢細長的手指又觸碰到大腿，鄭利善不由得全身發顫，或許因為神經緊繃，大腿相當敏感，只是用手輕輕觸碰也難以承受。

「不、不要、亂動。」

「那、嗯，不要、抓那裡……」

大腿的肌肉抽搐了好幾次，連同下體也一顫一顫，每當下體的血管擴張時，史賢就用舌頭擾動該處，強烈的刺激感扎進鄭利善的感官，猶如墨汁在水中擴散，全身在瞬間被點燃，無法恢復理智，下雨的夜明明有些陰涼，但現在鄭利善覺得全身發燙。

鄭利善的氣息斷斷續續，他抓住史賢的手，示意要他的手離開大腿，鄭利善迫切的手勢讓史賢失笑，那股衝出喉間的氣撞擊到下體，讓鄭利善更加受不了。

「你在鬧脾氣嗎？」

「哈啊，不、不是……手……」

在劇烈的刺激下，鄭利善幾乎要哭了出來，紅潤的眼眶有些抽搐，眼角不知不覺泛起淚光，史賢抬頭望見後，臉上露出滿意的神情，鄭利善雖然真心覺得史賢很可惡，但也只能苦苦哀求，畢竟他無法用自己的力量掙脫史賢。

「求求你……」

他勉強移動幾根手指，苦情哀求，史賢露出微妙的笑容，奇怪的是就連這道笑容也讓大腿感到緊繃，鄭利善已經無法區分身體的哆嗦是因為搔癢還是刺激。

史賢似乎陷入短暫的思考，視線緩緩下移，然後將手抽離大腿，並且再次含住性器，他歪頭用舌頭包住下體，使其緊貼上顎，繼續剛才的動作。

史賢與鄭利善的手緊緊交握，鄭利善在那雙大手中不停發顫，雖然他多次想甩開，但頂多只能稍微鬆開手指的束縛而已，而且在掙扎的同時，手指還帶來另一種快感。

就在堆疊的刺激快要侵蝕大腦，外頭突然傳來腳步聲，有人正走向這裡。

「嚇……」

鄭利善嚇得趕緊轉頭確認，從下拉至一半的百葉窗能見到一道人影，鄭利善整個人驚慌失措，反觀史賢則是若無其事地繼續舔弄下體，還用嘴唇的肌肉用力吸吮。濕潤又灼熱的觸感讓鄭利善無法將注意力放在外頭，大口吞吐著空氣，然後此時傳來敲門聲。

叩叩，有人在敲史賢辦公室的門。

幸好對方沒有敲鄭利善的房門，但位置就在對面，鄭利善驚恐地瞪大眼睛，敲門聲又響了幾次，然後傳來對方小心翼翼開門的聲音。

「嗯？隊長不是回來了嗎？」

那個人是奇株奕，他看到空無一人的辦公室，訝異地朝其他獵人問道，獵人們的位置在較遠處，奇株奕需要提高音量才能與他們對話。那道聲響讓鄭利善趕緊低下頭，奇株奕朝獵人們說，由於協會找不到史賢，所以跟奇株奕聯絡，此時此刻的鄭利善根本連一句話也聽不進去。

鄭利善盡可能地壓低身子，雖然已經拉下百葉窗，但只有一半的高度，如果低頭一看還是能發現兩人在沙發邊的樣子。

「還是已經出門了……」奇株奕喃喃自語，轉身離去，正當鄭利善鬆一口氣時，奇株奕突然停下腳步說道：「咦？修復師去休息了嗎？辦公室沒有開燈耶。」

奇株奕的聲音在玻璃門後響起，鄭利善心臟急速跳動，感覺要從口中跳了出來，他突然意識到自己在 Chord 的辦公室，而不是家裡，羞恥感席捲而來，緊張得上氣不接下氣。

然而史賢依然在下方來回舔弄並開口說道：「你不要……直接在旁邊吐氣，可以嗎？」

鄭利善驚恐地望向一側，他為了不被奇株奕發現，極力低下身，整個人壓在史賢的身邊，大口喘氣，鄭利善就這樣在史賢的耳邊吐氣。

「你這樣吐氣讓我很癢。」

史賢稍微鬆開下體，抬頭告訴鄭利善，他的語調冷靜，理智到讓人無法相信他現在的所作所為，鄭利善覺得臉頰發燙，羞恥心倏地湧現，讓他無法控制表情。

奇株奕似乎早已遠去，鄭利善赤紅著臉，緊咬嘴唇。史賢把手指擺在嘴唇上，輕輕敲擊，比出安靜的手勢。

「不要發出聲音。」

史賢講完這句話，又再度低頭含住下體，隨之而來的刺激與先前截然不同，他快速來回推進，將刺激推向高點，他伸手將一旁凌亂的頭髮往後一撥，但隨著動作的起伏，髮絲很快又不聽話地垂落，史賢緊抓鄭利善的骨盆，雖然他知道鄭利善今天格外敏感，但既然協會都已經聯絡其他獵人，那麼必須盡快動身才行。

史賢深含整個根部再迅速吐出，這讓鄭利善發出呻吟，即使他意識到自己在辦公室，極力壓低聲音，但奇怪的是這個場所反而讓鄭利善更加興奮，他感覺全身在燃燒，暈眩得難以清醒。

「嚇……要、要射……」

累積的刺激就要一次迸發，鄭利善驚恐說著，但史賢絲毫沒有退讓之意，上次在家裡時，他在射精前就鬆開下體，但這次卻持續含在嘴裡，甚至嘴部肌肉還收緊又鬆開，讓鄭利善近乎瘋狂。

鄭利善好不容易才維持最後一絲理智，緊緊抓住史賢的肩膀，史賢的襯衫被抓得皺成一團，但史賢無動於衷，就在鄭利善手指蜷曲，倒抽一口氣的剎那間，他射了。短暫的抽搐掃過全身，換來的是一陣睡意，理智似乎被吹去遙遠的彼方，他感覺現在迎來海嘯過後的平靜，但這場海嘯的真相並非僅此而已。

鄭利善慢一拍才清醒過來，他發現史賢直到自己射精之後都沒有鬆開嘴巴，那代表……

「你、你、你怎麼把那個吞下去……」

鄭利善連正確的詞彙也講不出口，聲音顫抖不已，史賢抬起頭來，沒有吐出任何液體，也沒有任由液體滴落在嘴邊，史賢僅是用手指輕拭嘴角，露出稍微微妙的神情，但馬上就恢復鎮定，直視鄭利善。

「因為我不喜歡弄髒辦公室。」

語畢後，史賢無意地舔過下唇，猶如清理般的姿態，鄭利善緊盯著那短暫暴露於空氣的鮮紅舌頭。

之後史賢起身準備外出，雖然今天只進行了一次，但史賢似乎很滿意這次的結果，就在史賢站直身子的同時，他的視線瞄向鄭利善。

「……」

鄭利善滿臉通紅，用手背遮住嘴巴，史賢的視線停留在鄭利善的表情後繼續往下一看，剛才射過的下體已經再度半硬。之前在家裡當鄭利善射了，史賢還得費勁讓它再次充血，但這次卻直接有了反應。

史賢緊盯下體，讓鄭利善不知所措，連他也搞不清楚自己為什麼會這樣，尷尬地說。

「這、這，我會自己處理。」

鄭利善的聲音宛如啜泣，他真的想馬上找洞躲起來，他不明白自己怎麼會再度有反應，只是看到史賢跪著將射出來的液體吞進喉嚨並舔了舔嘴唇而已，下體就再度灼熱，況且史賢還是以面無表情的態度做這些行為，這讓鄭利善更加覺得不可思議。

就在鄭利善感到難為情撇過頭去時，史賢立即蹲了下來。鄭利善見狀瞳孔放大，看著史賢再次朝自己跪下，他清楚明白史賢的用意，急忙開口說道：「你、你不是該去……」

「沒關係，晚點去也無妨，畢竟協會不可能強行押走我。」

鄭利善知道自己的大腦從某一刻起就失去作用，但他用故障的大腦迴路好不容易找出這段對話的問題點，史賢分明說過不配合獵人協會將是無效率的做法，但現在卻刻意選擇違背協會。史賢很快地低下身，跪在鄭利善的雙腿間，臉上還帶著微笑。

那道笑容絲毫不帶虛假，神情甚至顯得享受，微微折起的眼角將史賢的心情展露無遺，這讓鄭利善不由得雙頰泛紅。

「在你身上投資的結果值得我承擔可能的風險，那我為什麼要去那裡呢？」

史賢笑著低下頭。

整座空間再次迴盪雨聲、吸吮聲，還有某人被刺激所簇擁，紊亂吐出的呼吸聲。

時間來到第五輪副本。

兩天前的那場雨直到今天凌晨還下得猖狂，直到日出才平息，中午時分太陽高照，天空一朵雲也沒有，吹起舒適的微風。

雖然好天氣可以讓副本作戰更加順利，但隊員們的表情卻蒙上一層陰影。因為直到中午過後他們的隊長都沒有踏出協會。

兩天前，史賢與千亨源在首爾近郊交戰的消息傳得沸沸揚揚，獵人協會為了釐清事情真相，傳喚所有與之相關的獵人，雖然鄭利善與其他 Chord 的獵人很快就重獲自由，但唯獨當事人史賢卻持續關押在協會內部，即使有許多人批評協會緩慢的辦事態度，但協會依然不正面回應。

甚至到副本前兆生成之後，協會還是不放人，通常在入口開啟時，Chord 全體隊員就要在一旁待命，但這次遲遲不見史賢的蹤影，無奈之下韓峨璘只好帶著焦急的獵人們來到公司外頭。

「我們先出發吧。」

第五輪副本的主要攻擊手雖是韓峨璘，但在沒有隊長的情況下，所有人都露出不安的神情，大約一小時後副本的入口就會開啟，大家議論如果到時隊長還沒出現該怎麼辦，羅建佑見狀安慰大家，就算協會再怎麼無情，應該也不會耽誤這種國家大事。就在隊員們走出公司之際，一臺黑色的車子駛近，所有人看到後隨即露出安心的表情。

「直到現在才放人呢。」

史賢走下車，由於獵人協會在兩天前的晚間就傳喚他，但史賢直到半夜才離開，這件事似乎讓雙方產生些許摩擦，不過史賢的表情沒有一絲不悅或動搖，獵人看到隊長歸隊馬上開心地上前迎接。

史賢率先跟韓峨璘交談幾句，確認一切準備完善，然後走向鄭利善，鄭利善原先在獵人旁邊躲躲藏藏，一看到史賢走過來馬上驚慌地不知道該把眼神往哪裡擺，即使早已對到眼，他還是別過頭去，假裝沒看到。最後他知道自己的反應只是讓情況更加難堪，勉為其難地抬起頭來。

史賢平靜地看著內心掙扎的鄭利善，詢問他的身體狀況。

「手恢復得如何？」

「啊……差不多好了，可能因為用了高級藥水……」

鄭利善慌張地找話說，盡可能迴避視線。史賢迅速地舉手拉開他的衣袖確認，當史賢碰到手臂時，鄭利善嚇了一大跳，極力使自己冷靜下來，反觀史賢，則是一臉淡定地查看狀態，讓反應激烈的鄭利善顯得更難為情，他不明白這個人為什麼總是能表現得若無其事。

「有失眠嗎？三餐都有按時吃？」

「我、我有好好睡，也都有正常吃飯。」

鄭利善感覺自己像個孩子般，他稍微皺起眉心，史賢見狀笑了一下，鄭利善知道史賢又在分析自己的表情，史賢曾說過自己只要一害羞就會皺眉，現在恰好又被史賢說中了。

鄭利善根本不知道該擺出怎樣的表情才不會被史賢讀心，史賢露出滿意的表情，放下手臂說道：「看來沒有說謊。」

隨後史賢從容地告訴大家可以出發了，鄭利善極力掩飾尷尬的神情，跟著隊伍一起行動。然而他這才明白為什麼史賢特地問有沒有好好睡覺，因為雨直到今天早上才停歇，史賢知道每當下雨天鄭利善就會陷入憂鬱，而且史賢一定也記得自己曾做過關於朋友們的噩夢。

想到這裡，鄭利善有些發楞，自從史賢離開辦公室後他從未想起朋友們，這項事實讓他不禁有些訝異，但這份訝異很快就消失，因為史賢在車子前方盯著他看，只要望著那雙漆黑的雙眼，內心所有想法就會悄然地消失。

鄭利善在模糊不清的罪惡感之下踏出步伐。

第五輪副本的魔王預測是羅德島的太陽神銅像，但與以往的副本很不一樣，不，不僅僅是這次的突擊戰，與歷年來生成的副本更是前所未見的不同。

「這裡為什麼是晴天？」

「我還是第一次看到這種副本……」

「聽說其他國家曾經有過這種狀況，韓國也曾有過。」

申智按回答獵人們的困惑，一般而言副本的天空大多呈現陰暗的紅黑色或是土黃色，不過這座副本卻一片藍天不見一朵雲，與外頭的天氣相同，甚至比外面的天氣還要晴朗。

副本偶爾會出現晴天，雖然在韓國很少見，不過第一次大型副本就是這樣的晴天，也就是史賢清除完畢的那個副本。

「這裡與其他的副本沒有太大的差異，請不要擔心，只不過……看來太陽神的攻擊會更加猛烈。」

獵人們聽見第一句話還有些安心，但聽到攻擊更加猛烈之後就各個愁眉苦臉，尤其是奇株奕整個人臉色發白，開始顫抖，他知道自己是這場副本的重要角色，背負重大壓力。韓峨璘跟鄭利善在幾天前於史賢與千亨源之戰時，就看過奇株奕的訓練成果，因此用鼓勵的眼神望向他。

他們現在站在進入副本的路上，也就是通往港口的位置。這裡看起來與一般碼頭相去無幾，寬廣的路往後延伸，再逐漸變得細長，呈現平滑的直線，到處都是坍塌、碎塊散落的狀態，海水淹沒路面，對面那頭也有道路，整個碼頭為兩端相對的道路，原本的太陽神銅像兩隻腳各放在一邊的碼頭，凡是看過模擬畫像的人都為之讚歎。

但是，那座高達三十六公尺的銅像應該從入口處就能一眼望見了，可是獵人們的眼前卻空無一物。

「魔王躲去哪裡了……」羅建佑不安地說。

巨大的銅像一定不好藏匿蹤跡，他們想不透魔王到底去了哪裡，並且會以什麼方式出現，目前最大的可能性就是躲在海裡，然後在某一刻出現。

面對這樣充滿未知的情況，鄭利善必須完整修復道路才行，若是稍有不慎隊員可能會掉進海中，因此需要鋪設出安全的道路，鄭利善的視線仔細地掃過四周。

由於損害的程度非常嚴重，光靠路面上能見的殘垣無法完整修復道路，看來有許多碎塊掉在海裡。

鄭利善往前走去，彎下腰用雙手按住地面，一陣清爽的海風拂來將兜帽往後一吹，他楞了一下，試圖伸手整理兜帽，或許因為他們來到碼頭，海風相當大，即使再次戴上也會馬上被吹落，他那頭咖啡色的髮絲在海風中自由地飛舞。

鄭利善有點慌張地摸著束帶，最後果斷放棄戴兜帽，手繼續按住地面。雜亂無章掉在海邊的殘垣一下子就飄浮在空中，就連體積龐大的防波堤也輕易浮起。現在飄浮於空中的殘垣不只有路面上的碎塊，就連沉在海底的磚瓦也一併浮出水面。

唰啦啦——

碎塊衝出水面的聲音響起，獵人們紛紛抬起頭，無不睜大雙眼發出驚歎聲，雖然鄭利善的修復工作總是讓大家露出驚奇的神情，但隨著鄭利善的狀態趨於穩定，比起修復更像是憑空建造的設計過程，更使每個人歎為觀止，他的神情堅定，站在飄揚的風中，如同這座空間的支配者。

破碎的道路連接成型，首先是前方綿延成一字型的道路，整座路面像是剛發生過強烈地震，支離破碎，鄭利善率先修復這座道路。龜裂的道路發出嗡嗡巨響，自行拼湊了起來，路面連接之後由於材料不足，出現些許的破洞，鄭利善在此時發揮隱藏能力，金黃色的光暈猶如流水般繚繞殘缺的縫隙，使原本殘缺的縫隙彼此平滑連接，那些熟悉的金色粉末如同畫筆般，溫柔地輕輕吹過路面。

其餘飄浮在空中的碼頭殘垣也依序回到該在的位置，那些防波堤穿梭於空中，最後碰碰碰地坐落在碼頭邊。那座彷彿被大肆破壞的碼頭找回了原本的秩序，成為一片和平的光景。

在晴朗的陽光之下，鄭利善淺褐色的瞳孔映照出金黃色的光暈，空氣的金光透過水面，折射在他的瞳孔與白皙的臉頰上。

就在所有斷垣殘壁順利歸位後，一道強風吹來，那是修復師們結束作業時會出現的現象，代表時間倒轉已經結束，不過由於鄭利善使用的是隱藏能力，因此那道風會帶著細微的金光。他結束修復後起身，緩緩轉過頭，獵人們全都在大力鼓掌，激動得不得了。

「哇……這次真的修復得太讚了……」

「太驚人了……真是太厲害了。」

這次鄭利善的修復作業其實相當單純，也在事前的計畫當中，雖然一字型的碼頭修復起來沒有太多困難，與之前修復神殿的複雜度相比難免有些遺憾，不過獵人們的喝采聲讓他忘卻這份心情，或許又加上現在的大晴天，感覺鄭利善不是在修復副本，而是修復一座知名的觀光景點。

羅建佑發自內心地發出讚美。

「利善修復師已經不是在修復建築，而是一門藝術創作了吧？」

「就是說啊，我感動到快哭了。」

奇株奕贊同羅建佑，啜泣幾聲後用手擦拭眼淚。面對比起以往還更多的讚美聲，鄭利善不禁感到害羞，轉頭觀察碼頭，以這座副本的條件來說，修復的程度確實不錯，但是……

「不過修復師的能力好像越來越好了，比起第四輪副本還要更加完善的樣子，當時的修復程度若說是百分之八十，這次應該有到百分之九十。不是我浮誇，是真的喔。」

當鄭利善用微妙的表情盯著碼頭時，韓峨璘如此說道。

與鄭利善相處的這段期間以來，她知道鄭利善不擅長接受他人的稱讚，因此韓峨璘選擇用更加具體的言詞讚賞鄭利善，看著鄭利善複雜的表情，韓峨璘奮力點頭，以行動表示自己的話全都出自真心。

鄭利善望向韓峨璘，頓時不知該做何表情，雖然他確實感受到韓峨璘友善的態度，但總是壓抑不了內心想要躲藏起來的衝動，他並非對稱讚感到難為情，而是……

「你修復完畢後沒有覺得疲憊嗎？」

史賢不知不覺來到他的面前，鄭利善震了一下身子，快速掩飾自己的驚恐，他無法直視史賢的雙眼，只是點頭回答，但史賢沒有就此作罷，繼續搭話。

史賢說這次的道路需要反覆修復，由於只有單一一條道路，沒有遮蔽處，要使用治癒魔法恢復體力可能稍有難度，但鄭利善完全聽不進去，只能倉促回答。

「……我真的沒事，沒有消耗過多體力。」

鄭利善好不容易擠出回答，史賢見狀露出笑容，將手放在鄭利善緊繃的肩膀，輕拍幾下。雖然鄭利善知道這是史賢的習慣動作，但內心還是無法平復。

「看來距離修復至百分之百已經不遠了。」

史賢的語氣流露出滿意，鄭利善覺得有一些，不，應該說非常想找個地洞鑽進去。

這次的副本由於是一字型的環境，地形相對好進攻，只要專心對付從兩側湧上的怪物，而怪物們果不其然都從海底浮出海面進行攻擊。

呃啊啊，怪物們發出怪聲，外貌形似深海魚。長得像鮟鱇魚的怪物飛來飛去，海蛇形態的怪物沿著防波堤攀爬過來，就連長得跟一般成人高度的人魚也加入攻擊。奇株奕面露厭惡，幸好這次的怪物只是長相噁心，他沒有如同第四輪副本般害怕。

「哇塞，根本是綜合海鮮套餐。」

Chord 的獵人在前方對付怪物，但由於海上的怪物太多，他們遲遲無法靠近碼頭的盡頭，但獵人們知道必須到達那裡才能觸發魔王的出現，所以他們得加快速度才行。

奇株奕確認自身的狀態後，大聲說自己準備好了。他們在事前的會議已經擬定好相關戰略，羅建佑聽到奇株奕如此一說，隨即替他施加技能。這次的魔法陣有別於鄭利善以往看到的形態，他露出驚訝的表情。韓峨璘親切地向鄭利善說明這是提高魔法傷害的加乘技。

羅建佑雖然是加速技排名第一的魔法師，但他也非常擅長各式各樣的加乘技能。

奇株奕被施加完畢後，身體散發出柔和的藍光。奇株奕望了一眼自己的身體，然後往前走一步，大聲喝斥。

「嗯啊啊啊！」

奇株奕舉起法杖，在空中旋轉一圈，就在下一秒，水面開始震動，Chord 其餘獵人們似乎也早已知道奇株奕接下來的動作，紛紛往後退一步。原本位在前鋒的獵人回到全體人員所在的位置，怪物們眼見獵人的前鋒撤退，不斷發出咆嘯，就在怪物想拔腿衝上前攻擊時。

剎那間，嘩啦啦，震動的水面往天空捲起十道水柱，形成了水龍捲風，擊退企圖靠近的怪物，甚至連原本潛伏在水下的怪物也一併捲起來。

強烈的水龍捲風讓怪物無所遁形，發出悲鳴。

十道水龍捲風在移動間形成颶風，強大的水流將海底的怪物狠狠捲起，如同一道巨網，奇株奕並非將魔力傾注於攻擊單一怪物，而是透過多個水柱分散攻擊，達到阻斷怪物靠近，同時一網打盡所有藏匿的怪物。

申智按緊接著把掙脫水柱、爬上地面的怪物全都打得不成原樣，Chord獵人遵循事前的作戰計畫，各自分工擊退被水龍捲風箝制的怪物，這些怪物就連反抗的機會也沒有，直接斷送性命。

「上鉤啦，釣到大魚了。」

韓峨璘似乎對這種攻擊方式樂此不疲，開心地伸出長棍攻擊怪物，甩動轉眼間就伸長為五公尺長的棍棒，飛快地刺穿怪物的身軀，若是遇到形似於甲殼類，擁有堅硬外殼的怪物，她就會使用長棍前的利刃，穿破外殼。攻擊行動受限的怪物不是件難事，雖然S級副本的怪物防禦力較高，但Chord是支實力堅強的特攻隊，充分能對付這些開場攻擊的怪物。

就在他們走到一半時，地表發出地鳴，整座副本開始震動，鄭利善被強烈的震幅震得難以站立，史賢順勢抓住鄭利善的手臂，讓他能找回重心，同時眺望震動的來源處。就在海平面的遠方，那道震動的源頭似乎步步朝他們逼近，就在此時。

轟隆隆，伴隨震耳欲聾的巨響，一頭巨大的挪威海怪克拉肯衝出水面，形似章魚的克拉肯，光是頭部的體積就已經相當驚人，那是水龍捲風絕對無法箝制的體型，奇株奕選擇不浪費魔力，當機立斷停止水龍捲風。

「原本還有點可惜，以為這次看不到克拉肯了。」

「唉……因為魔王的體型巨大，就連次級怪物也比照辦理嗎。」

奇株奕看著克拉肯發楞，羅建佑則是露出無奈的表情，他們本來就對高達三十六公尺的魔王已經有些擔憂，現在竟然連章魚形態的克拉肯也加入戰局。數十隻觸角在空中蠕動的樣子讓人非常不舒服，光一隻觸角就如同一個成人般粗壯。

克拉肯的頭上長了數十隻眼睛，由於外型格外駭人，讓站在史賢身後的鄭利善不由得眉頭深鎖。就在此時，一隻眼睛鎖定鄭利善的位置。克拉肯正在尋找攻擊力最弱的敵人，因此鎖定鄭利善，其他眼珠也各自鎖定了攻擊力較低的治癒師與魔法師，克拉肯確定目標後很快就展開攻擊。

巨大的觸角直直朝碼頭俯衝過來，雖然速度較緩慢，但力量驚人，從遠處就能感受到強大的力量，不過克拉肯突然發出吼叫，牠的背後出現一道影子，將牠往反方向拉去。

史賢的能力只要影子的面積夠大，其攻擊力就會提高。眼前這頭巨大的克拉肯擁有無數個龐大黑影，其中幾道觸角的影子自海面立起，緊緊綑綁觸角的活動，雖然克拉肯頗具威脅，但再怎麼說仍不是魔王，防禦力不高，S級的獵人三兩下就輕鬆抓住牠。

「請攻擊。」

史賢朝被克拉肯巨大體型嚇到的獵人們下令攻擊。以雄武之姿登場的克拉肯現在被影子所抓住，不停掙扎，甚至還沒有游至獵人面前就被史賢往後拖走，模樣非常可笑。

牠有幾隻觸角好不容易掙脫影子，想進行攻擊，但獵人很快就發動攻勢，韓峨璘還表情厭惡地說有股魚腥味，真是討厭。

獵人們順利地進行攻擊，雖然怪物爬上岸的同時會毀壞路面，但鄭利善總是迅速在後方修復路面，確保獵人不會跌入海中。

大部分的獵人們為了預防攻擊，視線會朝前或是注意上方，然而鄭利善卻需要注意地面，因此他能最先注意到奇怪的動靜，鄭利善發現防波堤有幾頭怪物正偷偷地靠近他們。

鄭利善思索該怎麼應對眼前的狀況，然後馬上浮現一個方案。修復師使用能力有項基本條件，那就是當有人受困於殘垣底下時無法修復建築物，如果直接進行修復，極有可能造成人被壓在牆壁或柱子內的情況發生，因此覺醒者本部限制修復師在這種情況進行修復。

不過倘若人並非在殘垣內部而是在上方的話，就可以精細地使用能力防止夾入建築物，鄭利善這幾次都是用這種方式修復副本。

既然如此，那麼對於那些在防波堤上的怪物……

鄭利善雖然無法百分之百確定自己能否做到，但既然修復能力已經恢復至將近百分之九十，說不定值得一試。他暗自下定決心，走向防波堤。

「咦？……修復師？」

專心攻擊克拉肯的奇株奕注意到鄭利善的動作，就在他感到困惑的瞬間，鄭利善往前伸出手，防波堤上方灑下金色粉末，一道風往鄭利善吹去，他朝防波堤使用了隱藏能力。

防波堤轉眼間變成破碎的水泥塊，所有怪物踉蹌不穩，鄭利善在下一秒馬上撐住地面，再次使用能力修復防波堤，飛盪在空中的殘塊瞬間拼湊起來……所有怪物被困在防波堤內，牠們不僅是被夾住，還是手腳與身軀全被困在防波堤內。

「哇……」

「天哪……」

獵人們見狀紛紛發出驚呼，有些人還說在前方負責攻擊克拉肯的獵人看不到這副景象真是太可惜了。鄭利善下意識地望向史賢，兩人的視線在空中交錯。

史賢似乎從一開始就在觀察鄭利善，臉上露出滿意的笑容，鄭利善雖然有點難為情，但也有些開心，他成功困住怪物，替獵人爭取時間，雖然怪物極力掙扎，逐漸破壞防波堤，但假如鄭利善沒有這麼做，說不定獵人會慘遭突擊。由於克拉肯幾乎被牽制住，因此有幾名獵人被分配去處理防波堤內的怪物。

當他們終於處理完克拉肯與其他怪物時，一行人也走到碼頭的盡頭，但魔王依舊沒有出現，對面雖然有另一端的碼頭，但卻不見可以抵達的橋墩，況且對面的碼頭似乎與腳下的碼頭別無差異。

「是要我們過去對面把怪物也打完後，魔王才會出現嗎？」

「不清楚，但是水龍捲風幾乎已經把海底的怪物全都處理完畢了，應該不需要過去再來一次……」史賢冷靜地回答奇株奕的問題，靜心觀察環境。

十道水龍捲風掃過海面，已經將下方藏匿的怪物一網打盡，因此不可能還需要過去另一端重複一次相同的行動。第四輪副本時他們選擇忽視次級怪物，直接攻打魔王怪物，結果造成魔王與次級怪物一起輪番攻擊，讓他們分身乏術，所以他們這次採用盡早清除次級怪物的方式，以便魔王出現時可以集中火力。

通常來說當殺光次級怪物後魔王便會出現，不過現在整座碼頭陷入一片寂靜。高達三十六公尺高的銅像應該不好躲藏，但是卻絲毫不見蹤跡，奇株奕站在安靜的碼頭邊顯得有些焦慮，他舉起法杖問道：「要不要再用水龍捲風掃過一次海水？」

在他們四周僅有一望無際的海洋，隱約能見整座羅德島的邊際。

奇株奕打算再確認一次海底的狀況，但史賢搖頭，說魔王怪物尚未出現，浪費魔力並非好事，然後轉頭環顧周遭。

「羅德島……」

史賢沉著地思忖片刻，然後走向韓峨璘，兩人低聲交談後，韓峨璘似乎覺得相當可行，堅定地點頭，但是韓峨璘動身的方向不是碼頭一側，而是走下防波堤。

鄭利善訝異地看著韓峨璘往下一跳的模樣，難道韓峨璘要跳下海嗎？奇株奕也帶著相同的想法，大聲問她是要洗海水浴嗎？

韓峨璘走到水深至膝蓋的地方時，喝斥奇株奕閉上嘴巴。

下一秒，韓峨璘隨即表情一變，親切地對鄭利善說道：「因為我不忍心破壞利善修復師修好的路面。」

鄭利善聽了有些困惑，奇株奕在一旁喃喃自語說「明明已經弄壞了好幾次……」，馬上又被韓峨璘辱罵了幾聲。

片刻後，韓峨璘大力地踩踏腳下的那片海，雖然造成的水聲不大，但卻引起不小的餘波，很快地整座地表發出地鳴與震動。

哐哐哐，巨響如同雷聲震破耳膜，地面往上竄升，猶如與千亨源戰鬥時一樣，土牆自海底竄升，韓峨璘這次翻升的土牆比以往還多，將周遭的海域弄得面目全非。

副本像是受到強烈地震的侵襲，整座島支離破碎，就在大家被震得東倒西歪時，鄭利善明白了這麼做的用意。巨像是守護羅德島的「守護神」，那時候當地人成功防止馬其頓的入侵，為了紀念勝利而建造了太陽神巨像，因此巨像存在的意義是為了守護這座島嶼。

就在韓峨璘大力破壞羅德島後，一道巨聲響徹雲霄，這道聲音與韓峨璘使用能力竄升土牆時截然不同，強烈到似乎可以震破土牆。

最後，羅德島的巨像，魔王怪物終於現身。

「竟然想侵略羅德島……」

雖然在很遙遠的地方，巨像的頭部甚至還沒轉過來，但從這樣的距離就能看出是座高大的巨像，雖然他們已經看過無數次的模擬照片，不過親眼看到仍讓人十分衝擊，不敢置信。

韓峨璘似乎很滿意自己成功觸發魔王的現身，一臉笑顏盈盈的樣子。

她很快低下身子，坐在平坦的地面上，由於她操控島嶼的土地，使得防波堤周遭的海水退去，裸露出地面。韓峨璘這次似乎打算立刻使用隱藏能力，用手大力往地上一拍，鄭利善看著鮮明的掌痕，好奇地猜想韓峨璘這次會使用怎樣的寶石。

魔王擊破土牆，朝他們過來，韓峨璘必須在魔王到來前製造出鑽石之劍。她打開腰間的包包，但裡面不見寶石，而是另一個小袋子，韓峨璘拉開拉鍊的手有些顫抖。

就在她完全拉開拉鍊後，將所有寶石倒出，數十顆寶石在太陽光下散發火紅的光芒，全是耀眼的紅寶石。

應該有三十幾顆大約二到三克拉的紅寶石，鄭利善看著閃爍的紅寶石，韓峨璘則是發瘋似地笑著。

「姐姐，妳不是在哭吧？」

「我幹麼哭！我沒哭！」

韓峨璘激動地否定，其餘的獵人則是盡力假裝沒聽到這句話之後的啜泣聲。

她隨即召喚出石柱，兩道如藤蔓纏繞在一起的石柱遁入天空，韓峨璘從石柱間取出寶劍，在碼頭沿岸的奇株奕最先發出驚呼。

「哇……是凶器，可怕的殺人武器……」

韓峨璘背對湛藍色海洋，手上拿著鮮紅色的寶劍，若說第三輪副本的寶劍是由鑽石所鑄造而成的透明寶劍，那麼這次則是由紅寶石所造的鮮紅色寶石之劍，不僅如此，三十顆紅寶石所鑄成的劍銳利無比，表面凹凸不平，布滿尖銳的紅寶石。

這頗具殺傷力的外型，果然如奇株奕所說是個殺人武器，一旦被這把劍攻擊，已經不是皮開肉綻，將會受到更大的傷害，猶如一把長滿尖刺的狼牙棒。

此時，魔王恰好擊潰前方的土牆，巨像發出怒吼聲。

「此地未經我的許可，不得經過……」

原本用落寞的眼神看著刀劍的韓峨璘，馬上抬頭並且露出興味盎然的表情，她抬升所站的地面，巨像的高度比起宙斯還要高上兩倍，那塊地面不斷綿延往上。

當她終於來到與巨像平視的高度時，嬌小的她看起來更加渺小，但她毫不退縮，韓峨璘伸長了劍柄，溫柔地說：「我們本來就沒打算經過，我要在這裡與你一決勝負。」

第五輪副本的魔王雖是目前為止最巨大的怪物，但Chord展現出沉著的應對態度，精準使用策略，應對魔王的攻擊。以第三輪副本的經驗而言，魔王會朝與自己平視且最近的人物進行攻擊，因此這次負責吸引魔王注意力的角色交由韓峨璘負責。

當她在上方吸引魔王的注意力時，底下的獵人們則是盡可能地攻擊，史賢為了抑制S級魔王的行動，發動百分之百的轉移能力，限制巨像的行動。

第三輪副本在宙斯的神殿時，韓峨璘借力於竄升的地面與柱子，擴大攻擊範圍；但現在周遭沒有可利用的建築物，她僅能踩踏在那塊自海底升起的地面。不過這對她沒有絲毫影響，魔王由於是巨人像，身體面積大，可以踩踏的部位相當多。再加上剛才為了召喚魔王，竄升了許多土牆，即使巨像在揮舞手臂的同時摧毀了不少，但仍有許多土牆能增加她的移動據點。

韓峨璘不時接受羅建佑的加速技，快速在土牆上穿梭，她飛快降落在土牆的頂端，用紅寶石之劍攻擊魔王，即使只是劃過巨像，聲音卻大得像是巨石相互撞擊，震耳欲聾。

在湛藍的大海之上，韓峨璘耍弄著鮮紅色的寶石之劍，氣勢凌人的景象使人不由得敬畏三分，但另一方面又有些違和感。她似乎對耍劍起了興趣，竟然發狂似地笑了起來，奇株奕在一旁咂嘴，想她是否因為損失過多的寶石，終於失去理智了。

獵人們從上方與下方同時發動攻擊，被限制行動、絲毫無法反抗的魔王氣得使出渾身力氣，朝空中咆嘯一聲，大力揮動手臂。韓峨璘的土牆紛紛被擊碎，她取出寶劍的石柱甚至應聲倒塌，不過倒塌的石柱很巧妙地正好倒在碼頭之間，成為一座橋梁。

此時魔王將手往天空一伸，即使影子趕緊阻止，但似乎效用不大，看來這是只要魔王的血量消耗到一定程度後就會誘發的技能。

「你們……全被……太陽燃燒殆盡吧……」

頓時，空氣變得異常悶熱，就像酷暑般那樣高溫難耐，感覺氣流變得模糊晃動，海邊的濕氣一下子升高，眾人難以呼吸，就在熱氣似乎越來越加重時，鄭利善下意識地抬頭一望。

「嚇，魔王把太陽拉近了。」

一名獵人發出驚呼，獵人紛紛抬頭確認頭頂熱度的來源。晴朗藍空中的太陽朝他們逐漸逼近，在熾熱的陽光下，鄭利善感覺全身皮膚遭受燙燒般的痛苦，幸好他穿戴許多高等的防護道具才得以承受，否則應該在魔王拉近太陽的同時就被曬昏了。

這時奇株奕表情焦慮，將頭往左右兩側晃動，開始熱身，他緊咬嘴唇，眼睛盯著上方的太陽。

「好吧……我果然還是要跟太陽打一仗。」

在嘆息般的喃喃自語之後，奇株奕神情悲壯，向遠方奔跑了起來。鄭利善訝異地看著奇株奕的行動，此時魔王似乎完成技能的醞釀，整顆太陽在下一秒就直接爆炸。

頭頂上的太陽瞬間轉紅，巨大的火焰包圍周遭，原以為火舌僅是掠過天空，沒想到一道道火舌卻像是隕石爆炸的強力火柱襲來，眼看就要直直往海平面大力墜落，所有獵人全都目瞪口呆。

「我要把你們……」

「呃啊啊啊啊！」

此時，奇株奕站在巨像所傾倒的土牆上頭，朝太陽伸出法杖，他的所站位置正好是副本的正中央，也就是直接面向太陽的直線位置，那雙朝向天空的手臂不停顫抖。

轟隆隆，大氣中的火舌傳來震動聲響，欲往下墜落的火球停在半空中，彷彿有道反作用力的風阻擋住火勢。魔王與奇株奕在海上展開一場浩瀚的魔法爭鬥。

奇株奕徹底展現這陣子魔鬼訓練的成果，他在幾天前與千亨源的戰鬥裡就已經挨過實戰練習，因此他現在成功抵擋了魔王的攻擊，奇株奕的額頭布滿汗水，全身因出力而顫抖。

韓峨璘一見雙方僵持不下、呈現勢均力敵的模樣，馬上拔腿衝向魔王，其餘獵人也趕緊組好隊形，自下方攻擊。

哐！哐啷！當劍砍向巨石，聲音聽起來像兩輛大卡車高速相撞。

「我要……把你們……趕出……羅德島……」

「我們打從一開始就沒有打算入侵啊！」

巨像伸出手，似乎想再次拉近太陽，獵人們的攻勢猛烈，讓魔王無法一下子就發動攻擊，耗費許多時間在集氣，韓峨璘大聲斥責魔王真是自我意識過剩，一刀砍向魔王的肩膀，每當她揮舞寶劍，紅寶石的耀眼光芒便會在陽光下閃閃發亮。

「姐姐，手！」

「什麼？」

「手！手！把手打碎！」

奇株奕慌張地高喊，韓峨璘馬上就明白其意，大喊知道了，隨即自肩膀跑向手腕。她加快速度一躍而起，自天空以重力加速度的方式降落在手腕，碰！隨著她落地，緊接著將寶劍狠狠插入手腕。魔王那隻正要發動攻擊的手出現裂痕，往下掉落。

此時，奇株奕再度集氣，高舉法杖，顫抖的法杖頂端冒出四濺的零碎火星。

那些被擋在空中的火舌轉變了顏色，原本是與太陽接近的橘紅色，如今變得火紅不已，奇株奕看準魔王發動攻擊的時刻，將攻擊的主導權徹底搶過來。

這副驚人的場景，不僅使人發出讚歎也感到一陣激昂之情，因為魔王聚精會神所發動的隕石火柱，現在儼然成為奇株奕法杖下的操控物，奇株奕伸手揮舞法杖，那些火柱隨即轉向，往巨像而去。

哐哐哐，巨大的撞擊聲在太陽神的膝蓋邊響起。

據傳羅德島的太陽神像在建造的一至二世紀後，由於大規模的地震，造成巨像的雙膝碎裂，發生倒塌。獵人們據此分析膝蓋應該是巨像的弱點，所以奇株奕才會集中火力攻擊，不久後巨像果然失去平衡，就地坍塌。

不僅如此，當巨像雙膝碎裂，應聲跪倒後，龐大的碎塊使得大海湧起巨浪，奇株奕用那隻未拿法杖的手往前一伸，也就是朝獵人們所站的位置伸過去，那道滔天巨浪竟然在空中被抵擋，像是有層保護膜包覆住獵人，使他們免於浪濤的侵害。

奇株奕在反向利用隕石巨焰的同時，還用水魔法隔絕巨浪。

「哇——」

獵人感覺自己身在水族館的隧道，在不斷拍打的巨浪間能看見被隕石火焰攻擊的巨像，他們在保護膜裡毫無後顧之憂地繼續攻擊魔王。

鄭利善對於眼前驚奇的發展，發自內心感到佩服，羅建佑則是在一旁笑開懷，說同時熟諳兩種屬性的稱號可不是空穴來風。

隨著魔王的下肢粉碎，巨像整個身體往地上傾倒，韓峨璘見狀輕快一跳，由於巨像的高度降低，她從肩膀跑至腹部，用寶劍在身上留下深刻的劍痕，魔王現在的防禦力處於低下狀態，馬上就四分五裂。

不過這次的核似乎不在脖子，韓峨璘跳上跳下找尋核的蹤跡，巨像為了做最後的掙扎想抓住韓峨璘，影子迅速控制魔王的手。韓峨璘輕鬆地不斷跨越巨像，從魔王的手跳到肩膀，不停持刀亂劃。

韓峨璘用寶劍橫掃魔王的上半身，先是劃開前胸又攀上左手，從手腕到肩膀切割出長長的痕跡，然後又到右手重複相同的動作，她在空中跳來跳去的攻勢就像龍捲風。

但即使她這樣地毯式的搜尋，然後找不到魔王的核，看著碎裂的巨像逐漸癒合的模樣，韓峨璘露出困惑的表情。就在此時，魔王的視線稍微往旁邊一撇，面對絲毫不留情的攻擊，魔王似乎有些退縮，朝著大海望去，渾然不覺韓峨璘正在找尋什麼。

韓峨璘發現魔王此舉的意義，恍然大悟。

「我竟然忽略了這顆笨重的腦袋瓜……」

魔王好像聽見韓峨璘的呢喃，目光不敢離開海上，可惜的是韓峨璘將魔王畏畏縮縮的行為全都看在眼裡，目前為止魔王的核全都在脖子或是身體正中央，因此她才集中火力攻擊這兩處。

站在巨像肩膀的韓峨璘舉起寶劍，雙眼端詳著那把紅寶石之劍，她用五味雜陳的語氣說道：「不知道為什麼，我對爆頭有點抗拒，所以一般不會選擇攻擊頭部……」

韓峨璘低聲地呢喃這項獨特的習慣，她最後立起了寶劍，直直砍進巨像的頭，這並非一般的砍擊，而是用銳利的刀面在頭部亂劃，狂亂的光景讓人不敢置信，她剛才還露出反感的神色。

正當臉部側面開始碎裂時，太陽之下某種東西散發出光芒，剎那間韓峨璘擰起眉毛，一道刺眼的光芒迸發而出。

深埋在巨像頭部深處，小巧的核彷彿將太陽光原封不動地裝進中心，韓峨璘望見太陽核後嘴角勾起笑容，隨即舉劍刺入核中。

哐噹噹，聲音響起的同時，熱氣隨之消散。

「哇啊——」

魔王往後仰，轟隆隆，整座巨像完全癱倒在地。奇株奕也在下一刻雙腿無力，他在這次副本負責對付魔王，使出渾身解數，因此在擊潰魔王的同時也暈眩過去。

但是隨著巨像坍塌在海中，掀起了高度驚人的巨浪，甚至要抬頭才能望見浪潮的頂端，眼看高聳入雲的浪花就要覆蓋眾人，然而可以阻止海水的奇株奕已經昏厥，位在碼頭邊的獵人紛紛落荒而逃，如果被巨浪捲走可能再也回不來。

就在鄭利善回過神來時，海浪已經來到眼前，就在他即將被捲去之際，史賢忽地移動至他的影子，拉住他的手臂將鄭利善帶走。

嘩啦啦，耳邊能聽見浪花打在碼頭的聲音。

鄭利善無法理解發生了什麼事，緩慢地眨動雙眼……慢了好幾拍才急忙直起身子，因為他意識到史賢緊緊抱著自己。

雖然情況危急，但鄭利善沒想到史賢會將他擁入懷中，露出驚慌的表情，被解救的一方通常只要表達出感激之情即可，但胸膛的溫暖使鄭利善全身的肌肉緊繃。

鄭利善往後退一步，整個人僵住了，他的嘴唇碰觸到史賢的手臂，他嚇得緊咬下唇，看見鄭利善咬嘴唇的動作，史賢若無其事地伸手用拇指按住。

「這樣嘴唇會受傷，這是你的習慣。」

史賢輕聲細語地說，輕拍鄭利善的肩膀，用手勢告訴他辛苦了。史賢隨即動身確認奇株奕的情況，但鄭利善完全無法移動。

他嚇得將自己深埋在兜帽裡，感覺心臟快要爆炸了。

鄭利善極力說服自己是因為過高的海浪與史賢的突然出現而受驚嚇。

第五輪副本成功落幕，但鄭利善卻獨自陷入狂風暴雨當中。

✦ 附錄 ✦

獵人們：獵人與SO市民們（4）

本章為虛構的網路討論區與社群留言。
即使略過本章也能理解小說內容。

〈當鄭利善住院時〉

主旨：去醫院探病的太陽捕手……也太超過了吧……

幾天前鄭利善在韓白醫院住院的消息一傳開，就聽說捕手們聚集在醫院附近的咖啡廳……

尾隨到醫院也太沒有禮貌了吧？太誇張了……

留言

#1

又不是進入醫院，只是在附近的咖啡廳耶 ??? 這樣就是沒禮貌的話，這個道德標準也太高了？

↳ 哈哈哈哈，醫院附近本來就很熱鬧，如果說去咖啡廳的客人都是擾民捕手，那麼你應該會被揍，哈哈

↳ 22……我們又不是直接接觸他，只是想跟他在比較近距離的空間 Q，這樣擾民了嗎？

↳ 3，況且醫院一樓的咖啡廳也不是病患專用，而是開放給大眾的

↳ 44444444，又沒有造成探病訪客的困擾，幹麼這樣……

↳ 咖啡廳老闆看到營業額上升，不是也很開心 ??? 555

#2

（W）哈哈，謝謝，那我就放寬心去咖啡廳等利善了

↳ 啊，根本是你本人要去吧……

↳ 被騙了

↳ 哈哈哈哈哈哈哈哈哈哈哈哈哈哈哈哈哈哈哈哈哈哈哈哈哈哈哈哈哈哈哈哈哈哈哈哈哈哈

#3
利善……聽說你住院了，不知道可不可以在走廊上遇見你QQ，我以健檢為理由去醫院做檢查，結果得知肝臟有異常，需要住院接受治療……我原本嫌麻煩，一直逃避健檢的 QQ 多虧有你我可以得到治療了 QQ 光利善我愛你

↳ 哇，抖抖抖抖抖

↳ 果然是利人又善良的鄭利善 QQ，拯救了捕手

#4
太陽捕手們的陸續排約健檢哈哈哈哈哈哈哈哈哈哈

↳ 想要靠近一點點鄭利 sun 也好……^^

↳ 利善坐過的長椅幾乎是醫院的打卡景點，哈哈哈哈哈哈

↳ 只要看到在那附近徘徊的人就會用眼神說（你也是……捕手嗎？）……

↳（貼上你也是嗎的梗圖）

#5
我身為獵人粉已經好多年，幾乎是奶奶粉了，捕手們真的是……嗯……很有禮貌的一群人，你們知道鄭利善介意他人的關注，所以不會貿然靠近他的生活，雖然偶爾會出現惡質的私生粉絲，但這裡的粉絲幾乎都很溫柔，哈哈，真可愛

↳ 奶奶 Q，請給我們零用錢

↳ 該死，收回有禮貌這句話

↳ 哈哈哈哈哈哈哈哈哈哈哈，該死，哈哈哈哈哈哈

↳ 可是這是真的，哈哈哈哈。當利善自己從庭園出來時，大家都會下意識裝作不認識，哈哈哈哈，一旦看到有人打算靠近他，就會率先向對方說「不好意思，請不要靠近他……」哈哈哈哈

哈哈

↳ 因為如果讓利善感到不舒服，他可能就不會來庭園散步了 ㅠㅠ; 哈哈哈哈，大家真的很希望能見他一面

#6
利善 QQ，要不要姐姐買好吃的食物給你？我不是危險人物喔 Q

↳ 他已經有很多好吃的了

↳（也有危險人物了）

↳↳ 不要暗指特定人物好嗎

↳↳ 唉唷，哈哈哈哈哈哈哈哈哈，明明沒有指名道姓，你怎麼知道，哈哈哈哈哈哈哈哈

#7
可是奇株奕跟鄭利善不是爆出不和？我記得新聞鬧得很凶

↳ 哈哈，可是當他們一起坐在醫院長椅的照片被刊登之後，這些新聞就馬上消失了

↳ 這些記者真是的，總愛散播謠言讓他們有心結

↳ 就是說啊……他們都一起去大學校園散心了，幹麼這樣，哼哼

↳ 哈哈，雖然這句話有點突兀，但利善那張被拍到的照片還真好看

↳ 因為有脫兜帽 >< 看到臉了

↳ 但革命尚未成功 #HOOD_OUT

#8
不和論才不是謠言，是事實……
我弟弟的堂弟在韓白醫院工作，聽說他們兩個的對話簡

直不堪入耳……聽說鄭利善本人講話有夠難聽……就算Chord獵人經常來探病，但病房的氣氛超級可怕，每次醫護去巡房都趴死了

↳ 你弟弟的堂弟，不就是你的堂弟嗎？

↳ 腦子不好就連自己招誰惹誰都不知道

↳ 趴死（X），怕死（O）

↳ Chord 成員的感情明明就很好，幹麼搗亂

↳ 利善的話本來就不多，你憑什麼說他講話難聽，不要在那裡散播謠言，利善就是因為你這種傢伙才不講話的啦，靠北

↳ 捕手大大，冷靜啊哈哈哈哈哈哈哈哈

#9

我是在韓白醫院附近麵包店工作的捕手，泰信公會會長跟智按姐姐來過一趟 QQ!! 他們來買要去探病的禮物，要帶給利善的 !!!!

↳ 什麼、什麼，再多說一點 QQ

↳↳ 哈哈哈，QQ，泰信公會的會長因為長得很可怕，所以我不敢靠近……但是她在麵包前面猶豫了好久，最後架上所有的麵包全買了 QQQ，我跟社長直接陷入包裝的地獄……還吩咐說如果有剛出爐的麵包也一起打包，真的忙翻了 Q

↳↳ 泰信公會會長撒錢啦……「一次買光架上麵包」bbb

↳ 有看到她們兩個去買麵包的照片，原來是這個原因，抖抖

↳ 怎麼辦 QQ，利善好像很喜歡麵包，哈哈哈哈哈哈

↳ 麵包利善 QQQQQQQQQQQQQ

↳ 可愛到要瘋了，天旋地轉感覺跟風車一樣

↳ 我瘋掉要變成自動演奏的鋼琴了

↳ 【快報】緊急，放棄人格的捕手們爆增

#10
就算新聞經常看到 Chord 的不和論，但好像根本沒用，哈哈，他們幾乎都在醫院的庭園野餐啊 ???

↳ 利善每次都在餵食獵人，哈哈哈哈哈哈

↳ 因為獵人總是帶滿禮物去探病，哈哈哈哈。利善大概是為了消滅囤貨，所以要大家吃掉 QQ 哈哈哈哈哈

↳ 請吃點這個，這個也要吃，不不不，你先吃，超級可愛，我要把利善一口接著一口吃掉

↳ 不是啊，為什麼是你要吃利善……

↳ 哈哈哈哈哈哈哈哈哈哈哈哈哈哈哈哈哈哈哈哈哈哈哈哈哈哈哈哈哈哈哈哈哈

#11
庭園裡的利善真的好清新脫俗……新聞照片根本就是國民初戀 Q，是記憶的碎片

↳ 就連穿病患服也好好看……看著他衣袖鬆垮的樣子……根本……是在醫院相遇的初戀……☆

↳ 利善應該是從天上墜落下來，所以住院的吧，嗚嗚

↳ 利善，記得那時候嗎……？我們一起翹課跑到操場，結果被班導抓到的那次……你偽裝成陽光，只有我被抓到了 Q

↳ 哈哈哈，利善啊，你知道如果看那些太過耀眼的人，就會得到短暫的記憶喪失，你不覺得很好笑嗎哈哈哈，啊，對了，利善啊，你知道如果看那些太過耀眼的人，就會得到短暫的記憶喪失，你不覺得很好笑嗎？怎麼會有人失去記憶哈哈哈。啊，對了，利善啊，你知道如果看那些太過耀眼的人，就會得到短暫的記憶喪失，你不覺得很好笑嗎？怎麼會有人失去記憶哈哈哈。啊，對了，利善啊。

#12
聽說鄭利善名字的寓意就是以己利人，行善大眾耶，完全人如其名

↳就連姓氏，也有正確的意思啊，哈哈哈。秉持正義，以己利人，行善大眾

↳哇，那史賢呢？

↳↳史為死，賢為漆黑

↳↳真的嗎？

↳↳笑瘋，哈哈哈哈，睜眼說瞎話你也信

↳↳哈哈哈哈哈哈哈哈哈，哪有人姓死Q

↳↳因為是史賢，感覺有可能……

↳↳說得也是……

〈新聞報導史賢 VS 千亨源開戰時〉

主旨：天哪，機車賢跟千元 PK 了

你們有看到直播網站的影片嗎 ??????? https://wetube.com/FdgilfDFWs

雖然協會還沒有正式對外發布消息，但會那樣用火的人就是千源哥了吧？？？再加上使用影子技能的人應該只有史賢，他們怎麼會打起來？

留言

#1
雖然不知道緣由，但已經在準備爆米花了

↳ 你如果拿玉米站在那附近，也會得到爆米花喔，哈哈

↳ 連你也會變爆米花，小心點

#2
可是機車賢為什麼突然要打 PVP ？

↳ 雖然機車賢很愛惹禍，但卻從沒打過……

↳ 老實說誰敢惹機車賢，哈哈哈哈哈，光看副本影片就要嚇死了……

↳ 但以前在拍賣場不是有人挑釁過機車賢……結果他們被固定在牆壁上，那個不是開戰嗎？

↳ 那個……算是單方面的虐殺吧

↳ PVP（X），PK（O）

#3
好像在一個小時之前？韓悟空在大街上追捕某人耶？？

↳ 從韓白醫院開始就鬧哄哄的……因為我在附近所以知道

↳↳ 說一點詳細狀況吧Q

↳↳ 我在醫院東門附近的咖啡廳，結果突然有棵大樹倒下，大家當然有些慌張，所有人全都圍在窗邊看，結果韓亞瑟突然從隔壁翻牆過來，在場的人都快嚇死，哈哈。我心裡想著「哇，真的是韓悟空……」她馬上就把傾倒的路樹清除完畢，然後又回去了。結果幾分鐘後突然超級快速地從醫院跑出來……翻過圍牆去追趕一輛車子

↳ 2222，我到那附近出差也有看到……不是，比起看到是被風吹到，哈哈哈哈哈哈，我走在街上，背後突然有陣騷動，正當我好奇時，一陣旋風從我身邊咻 !!!! 地吹過去，哈哈哈，竟然是韓亞瑟跑過去

↳ 動態視力再好也看不到，哈哈哈哈

#4
所以是機車賢對千元，韓亞瑟對車子嗎？
第一戰　韓亞瑟 vs 車子／第二戰　機車賢 vs 千元哥

↳ 我賭 840 元③ Chord 會贏 ^^

↳ 才賭這點錢是怎樣……

↳ 這是我全部的財產了（存款餘額照）

↳ 原來你賭上所有財產啊……抱歉不知道

↳ 神經哈哈哈哈哈哈哈哈哈哈哈哈哈哈哈哈哈哈，啊，這裡還有沒有願意在 Chord 身上賭進所有財產的人～？哇，人聲鼎沸呢

注釋③　約臺幣 20 元。

#5

他們兩個是真的在打架……千亨源有搞清楚附近沒有一般人才打的吧……？

↳ 感覺不是，抖抖，你看地面就知道，是影子限制了火焰的範圍，不讓火舌蔓延……

↳ 那附近的人都因為高溫所以趕緊躲避了 QQQ，是我認識的人說的，他在影片左邊的公司，聽說溫度太高，整棟樓都緊急疏散了……

↳ PVP（X），PK（O）

#6

??????? 喂，角落的人是鄭利善吧？？？

↳ 什麼？

↳ 雖然影片畫質很糟，但在矮牆附近穿著患者服＋連帽外套的人是鄭利善沒錯（放大的影片截圖）

↳ 天哪，利善為什麼在那邊

↳ 該死該死該死 !!!!! 利善啊 !!!!!!

↳ 天哪，這到底什麼情況 = =

#7

走向角落的人是韓峨璘對吧 ??? 感覺這跟醫院的事應該有關聯，抖抖

↳ 就連奇株奕也來了……這到底怎麼回事

↳ 該死，是千元哥要來搶人嗎？

↳ 雖然想否決你的揣測，但感覺就是這樣……

↳ 好想聽到他們在講什麼 QQ

↳ 好幾臺無人機試圖靠近但因為火勢太大，無法靠近

#8
啊，也太無言了吧，所以機車賢跟千元會打起來是因為鄭利善吧 ???

↳ 以目前的狀況來看沒錯

↳ 我在坐捷運，一看到利善在事發現場的消息，馬上站起來驚呼「什麼 ?! ?! ?! ?!」然後才坐下 QQQQQ，雖然好丟臉，但太讓人生氣了吧

↳ PVP（X），PK（O）

↳↳ 這傢伙又來了

↳↳ 好了啦哈哈哈哈哈哈哈哈哈哈哈哈哈哈

#9
可是……雖然火勢驚人，但你們不覺得機車賢應該會贏嗎？

↳ 嗯嗯，對啊，有一名 B 級獵人正在看著直播講解，他也說反而是史賢在操控火勢

↳ 不愧是 S 級的第一名

↳ 哇靠，建築物都已經倒塌，整棟樓快夷為平地，在殘骸間穿梭的模樣該怎麼說呢哈哈哈哈哈哈哈哈哈哈，明明感覺勝券在握，但又好可怕

↳ 機車賢的鬼故事

#10
因為太遠了，聽不到他們的對話……但感覺千元哥又在正常發揮了

↳ 22222……他在周遭放了一堆火，然後嘴巴不知道在說什麼，感覺是「你過不來吧？這裡過不來吧~~??」

↳ 你抓不到我~~~~

↳ 臭亨源真的……他看到史賢拚命挖角修復師，一舉獲得大眾的掌聲就貪心了起來……真的是很糟糕……怎麼可以綁架人呢

↳ 臭傢伙，哈哈哈，嘖嘖

↳ 感覺從出生就是個錯誤……既是有錢人家的獨子，進到樂園公會後又得到會長滿滿的寵愛，看來因此覺得世界是繞著他轉的

↳ 腦袋是用一千元買來的嗎

#11
千元被史賢丟的建築殘骸打得有夠慘，哈哈哈哈哈哈哈哈哈哈哈哈哈哈哈哈哈哈哈哈哈哈

↳ 我們老爺……親切地想要直接送他上西天

↳ 一進入近距離戰後，史賢完全吊打他哈哈哈哈哈，勝負已分

↳ 爆走模式 vs 攻擊 + 戰略型在打架，哈哈，這根本就是「反勝史」，反正勝利的人是史賢～～

#12
???????????????????? 韓亞瑟突然圍住戰場了

↳ 怎麼了啦，看不到裡面 QQ

↳ QQQQQQQQQQQQQQQQQQQQ???????????? 把我的直播券還我

↳ 你們看，這是召喚土牆前的分析影片，據說是千亨源打算引爆火球……https://wetube.com/RYujkgSw

↳ 搞什麼鬼

↳ 哇，抖抖，那傢伙還有點身為獵人的責任嗎……？他想要讓大家同歸於盡 ?? 抖抖抖

#13
鄭利善跟奇株奕從土牆裡走出來了

↳ 感覺裡面要決一生死了……真好奇

↳ QQQQQQQQQ 我也要看 QQQQ，這麼遠連聲音也聽不到，好煩……

↳ 利善在影片裡好小隻 Q 真可愛……

↳ 沒看到一旁的奇株嗎？

↳（安靜）

#14
喔喔喔，機車賢跟韓亞瑟出來了

↳ 看來……勝負已分哈哈哈哈

↳ 打從一開始就反勝史

↳ 反勝史 2222

↳ 333333333333

↳ 我突然有個可怕的想法……土牆是不是故意要湮滅證據？哈哈哈哈哈哈哈哈，會不會在裡面把人給殺了……？

↳ 正好韓亞瑟的能力是地震……說不定把千亨源丟在地縫裡，抖抖

↳ 完全是湮滅證據

↳ 雖然想叫你不要亂講，但感覺就是這樣……哈哈哈哈哈哈哈哈哈哈哈

#15
吵著是 PK 的那個網友……你果然都有計畫

↳ 哈哈哈哈哈哈哈哈哈哈哈煩死哈哈哈哈哈哈哈哈哈哈

〈第五輪副本〉

主旨：第五輪副本進攻影片_討論版

（直播網址）
如題

留言

#1
我挺喜歡這次的副本，哈哈，還有微風呢，哈哈

↳ 對啊，感覺像來看美麗的海景 ^^
↳ 微風徐徐的感覺真棒 ^人^，希望下一場副本也這樣～
↳ 老實說吧你們，是因為鄭利善的兜帽被風吹掉你們才開心
↳ （附上我討厭人家這麼懂我的梗圖）

#2
#Hood_Out 我們勝利了

↳ 只要誠心誠意的許願，宇宙就會幫忙，就像副本裡的風乖乖聽話那樣……
↳ 當兜帽脫下的那一刻，我真的起立拍手
↳ 國外的捕手們，哈哈哈哈哈，他們把連帽外套的兜帽都剪掉再送去公司，現在紛紛上傳認證照，說革命成功了，哈哈哈
↳ 這是最近在國外很紅的梗

Scientist: The sun rises in the east.

Me: No, Korea.

Scientist: But...

Me: K.O.R.E.A.

↳ 〈We are the world〉這首歌突然進排行榜了……
↳ 哈哈哈哈哈哈哈哈哈哈哈哈哈哈哈哈哈哈哈哈哈哈哈哈哈哈哈哈

哈哈哈哈哈哈哈哈

#3
利善這次的修復真的很無言，帥到我啞口無言

↳ 唉唷，只看前面的差點要申訴了，看完後馬上設成大頭貼 ^^

↳ 哈哈哈哈哈哈哈哈哈哈哈哈哈哈哈哈哈，捕手們真的看到惡意留言就會有反射動作要截圖

↳ 啊，我的眼睛～我因為鄭利善眼睛看不見了，趕快來我家修復我的視力，我會負責準備好結婚證書

↳↳ 砰

#4
你們不覺得鄭利善的修復能力越來越好了 ??? 感覺升級了

↳ 修復熟練度 Lv UP ！

↳ 就是說啊……以前的影片如果是 100%的能力，那麼這次的突擊戰大概來到 70%左右 QQ，而且還是有點四捨五入的狀態……不過現在真的逐漸趨於完美了，抖抖，感覺能力正在回升

↳ 對啊，網路上有對比影片！！第四輪已經比之前好，第五輪又更進步，抖抖，這樣來看，第六輪時應該可以回到 100%吧○□○)b

#5
看著鄭利善這樣我好擔心……

↳ 為什麼 ???

↳ 太完美了……直到修復至 100%的時候，如果變成神升天了怎麼辦？

↳ 這位太太哈哈哈哈哈哈哈哈哈哈哈哈哈哈哈哈哈哈哈哈哈哈哈哈

哈哈哈哈哈哈哈哈哈

#6
利善，你有信教嗎？
我信鄭利善教

↳ 利善如果買一盒雞蛋的話，應該會連一顆蛋也找不到……因為光利 sun 的修復能力沒有界線……☆☆

↳ 影片感覺有種身處游泳池 Pool 的感覺……因為鄭利善 Wonderful

↳ 明明在稱讚鄭利善，但我好像被泡泡 Bubble 困住了……因為太 Unbelievable 了

↳ 捕手們今天的笑話怎麼都這種風格……我要用冷笑話罪檢舉你們

↳↳ 捕手們都已經被關了耶ㅇㅅㅇ;

↳↳ ？？

↳↳ 看著利善修復，偷走太多天上的眼淚，所以被關了 QQ

↳↳ 啊，神經病啊哈哈哈哈哈哈哈哈哈哈哈哈哈哈哈哈哈哈哈哈哈哈哈哈哈哈哈

↳↳ 笑了呢 ^^，你也成為捕手了

↳↳ ～捕手病毒～

↳↳ 呃啊啊（申請加入太陽捕手完畢的認證螢幕截圖）

↳↳ 再臨利善大人，我今天又進貢一位了 ^^)>

#7
哇塞，奇株奇株的水柱太帥了~~~~

↳ 只要替那個水柱技能取個名字就可以了

↳ 啊，天哪……哈哈哈哈哈哈哈，感覺像來到水產市場

↳ 看來因為在第四輪副本被罵得很慘，所以魔鬼訓練準備迎戰第五輪 Q，好棒 Q

↳ 我們奇株真乖~~~

↳ 看奇株一步步成長的樣子，真有趣，好可愛

#8
哇，光利善竟然這樣抓住底下想偷襲的怪物……bb

↳ 鄭利善成為獵人的資格證應該下來了吧？

↳ 22222，這種圍困方式應該可以成為一種技能

↳ 哈哈，我老公真是辛苦工作

↳↳ 砰

#9
克拉肯……雖然驚滔駭浪的登場，但結局卻是不勝唏噓

↳ 牠被影子抓著頭往後拽真的很哈哈哈哈哈哈哈哈搞笑哈哈哈哈哈哈哈哈哈哈哈，影子技是這樣用的嗎……？

↳ 畢竟是機車賢，當然有可能……^^

↳ 社群媒體上不是有些獵人會假裝自己擁有其他豐富的能力，想藉機吸引粉絲嗎哈哈哈哈哈哈。可是只有史賢單練影痕，原本我還不明白他為什麼只練這個……但現在完全 200000%理解了

#10
利善你辛苦了，作為獎勵跟我結婚吧

↳ 利善真的好善良……

↳ 那個剛才到處砰砰砰的狙擊手，這裡也需要你喔

#11
我有沒有看錯，感覺韓亞瑟在哭？

↳ 哈哈哈哈哈哈哈哈哈哈哈哈哈，亞瑟王 Q 不要哭 Q

↳ 看她把整座島用得滿目瘡痍時，還覺得好敬佩……直到她把寶石倒出來苦笑的樣子又讓人心疼……

↳ 嗚 QQQQQQQQQQQQQQ 韓亞瑟真的要賺很多錢錢才可以……

↳ Chord 清除副本後會得到的獎勵金，據說韓亞瑟通常會獲得較高比例的津貼，這點真的完全贊成……

#12
哇靠，哈哈哈哈哈哈哈這次的寶石之劍，哈哈哈哈哈哈哈哈哈啊哈哈哈哈哈哈哈哈，根本是有史以來最強的啦，哈哈哈哈哈哈哈

↳ 她已經不是自石中取劍，而是拿出一根柱子了吧 ????

↳ 要來砍殺魔王了……

↳ 根本是為了喜歡近戰的韓亞瑟而造的劍

#13
你們看奇株是如何阻止太陽隕石的墜落，抖抖抖抖抖抖

↳ Chord_ 真的 _ 與太陽對抗了 jpg

↳ 哇，副本還有另一顆太陽

↳ ??????????? 哪裡

↳ 鄭利 sun……

↳ 喂，應該要把捕手驅逐這裡啦，笑死哈哈哈哈哈哈哈

↳ 遺憾的是這裡的捕手比一般人多 ^^)~

#14
哇 ;;;;;;;;; 奇株反操控攻擊真的太帥了啦 ~!!~!~!!!~!!!!

↳ 真的做得太好了 QQQQQQQQQQQQQQ

↳ 魔王一定沒想到技能會被這樣攔截

↳ 發動技能的同時就被反擊了 bbbbbbb

#15
上啊，奇株奕！直接正面對決 !!!!!!

↳ 不行，奇株可是紙娃娃，正面對決他會粉身碎骨……

↳ 啊……

#16
魔王……雖然體型龐大，但在韓亞瑟面前……也只是毛頭小子 Q

↳ 在韓亞瑟的手下根本面目全非……哈哈哈哈

↳ 沒錯，哈哈哈哈哈哈哈，魔王竟然還迴避視線，哈哈哈哈哈哈哈哈哈哈哈哈哈哈哈哈哈哈哈

↳ 該死，哈哈哈哈哈哈哈哈啊哈哈，從第四輪副本開始的 S 級魔王為什麼都下場都那麼悽慘，哈哈哈哈哈哈哈哈哈哈哈哈哈哈哈

↳ 因為偏偏遇上機車賢跟韓亞瑟……

↳ 朝鮮與英國的同盟

#17
據說英國真的有人想挖角韓峨璘，是真的嗎？

↳ 哈哈哈哈哈哈哈哈哈哈真假哈哈哈哈哈，雖然有聽說其他國家會招募 S 級的獵人，但偏偏是英國哈哈哈哈哈啊哈哈哈哈哈哈

↳ 那裡到底知不知道韓峨璘的別名，哈哈哈哈哈哈

↳ 韓亞瑟王……King Arin

↳ 聽說英國真的要給她一個小國耶 ???

↳ 真的要給她一座島 ????

↳ 她是不會滿足於一個小島的，大概要把英國的國號 UK，換成 Anited Kingdom 才有可能吧

#18
？？？？鄭利善差點被海嘯捲走，是史賢抱住他……

↳ 搞什麼，我的心臟突然跳好快

↳ 這到底……史賢為什麼突然這樣讓人心動……

↳ 這就是我們老爺的魅力 ^^)7

#19
「這樣嘴唇會受傷。」
「這是你的習慣。」
什麼
什麼
什麼

↳ 為什麼要摸嘴唇 ???????

↳ 他又怎麼知道是鄭利善的習慣 ?????????????

↳ 史賢利善到底什麼關係，趕快召開記者會，我要瘋了

↳（即將暈厥的圖）

#20
鄭利善：雖然很可愛，但好像很難在一起生活，因為感覺很虛弱

↳ 當然啊，如果你跟他在一起，會被史賢殺掉

↳ 你沒看到千元哥的下場嗎？

↳ 哈哈哈哈哈哈哈哈，只要一靠近就會死

#21
兩天前史賢跟千元哥 PK 的時候，最後史賢從土牆裡出來，走向利善的那個場景！！！史賢的背影完全遮住利善 Q（小到好可愛），因為被遮住看不大清楚，但這裡有其他角度的照片 !!!!!!!!!!!!!!!!!!!!!! 我把連結放留言

↳ https://www.hunters.kr/38901820

↳ 咦？

↳ 利善摸了史賢的臉頰？？？？這又是哪招

↳ ????????????????????????

↳ 什麼意思……？這個畫質不大好……看起來好像是史賢低頭了……???????

↳ 那真的是史賢？

↳ 還有人說韓亞瑟在土牆裡造了一尊怪獸

↳ 那個網址裡的留言，全都是問號，有夠好笑哈哈哈哈阿哈哈哈哈哈哈

#22
沒有人知道土牆裡發生了什麼事，跟謎團一樣，但走出土牆的人也跟謎團一樣……

↳ 大概是機車賢的複製人

↳↳ 喂，這又是什麼可怕的發言……

↳↳ 哈哈哈哈哈哈哈哈哈哈哈哈哈哈哈哈哈哈哈哈哈哈哈哈哈哈哈

#23
我的預感真的很準喔，目前為止有太多的謎團，首先我先整理第五輪副本的事情：
（1）進入副本的路上，史賢確認鄭利善的手臂→鄭利善

嚇到（+眼神尷尬）

（2）在進行奇蹟般的修復後，史賢拍背稱讚他，鄭利善嚇到

（3）使用防波堤牽制怪物後，鄭利善先看向史賢

（4）最後擁抱＋摸嘴唇？？？？？
不覺得答案很明顯嗎????????????

↳大概是被霸凌了

↳笑死哈哈哈哈哈哈哈哈哈哈哈哈哈哈哈哈哈哈哈哈哈哈哈哈哈哈哈哈哈哈

↳對啊，不然幹麼老是看史賢的臉色，哈哈哈哈哈哈

↳到底是談戀愛還是被霸凌……難以區分……

↳不過史賢不會對一般人施暴吧Q雖然利善也是覺醒者，但屬於非戰鬥類型……誰忍心打那麼可愛的小倉鼠……

↳不過如果不是霸凌，那就是談戀愛了……是做錯什麼事，怎麼會談戀愛……

↳……

#24

喂，可是如果謠傳這種事情，對史賢的粉絲不是很不禮貌……

↳2222，霸凌這種事真的不要亂講比較好……

↳3……Q，雖然我是重度的捕手，但霸凌還是有點太誇張……

↳機車賢粉絲俱樂部的現況：（討論版截圖）

【老爺變成人類】

【俗稱光利善的人，真的把老爺的冷血也修復完畢了嗎……】

【可以把人性從無修復成有，鄭利善究竟何方神聖】

↳啊，機車賢粉絲的心理素質真的很強大……

#25
哈哈哈哈哈哈哈哈哈，大家來看太陽捕手跟暗黑御史賢在推特上的對話
[JPG]
1.@secret_royal_SH
▽那個人好像修復了老爺的人性
2.@Sun_Catcher__
▽感謝那個人讓我們看見小倉鼠的豐富表情

↳ 這是怎樣，哈哈哈哈哈哈哈哈哈哈哈哈哈哈

↳ 為什麼這個對話這麼有愛，哈哈哈哈哈哈哈哈哈哈哈哈哈哈哈阿哈哈哈哈哈哈哈

↳ 粉絲因為他們讓對方展露前所未見的表情而開心……

↳ 這就是真愛粉

#26
各位大大，你們看這個動圖，哈哈哈哈。回到畫面角落的韓亞瑟，直擊史賢利善後的表情，哈哈哈哈哈哈哈哈
（GIF）
（GIF）

↳（那個人……是誰……??）

↳ 沒想到人類竟然有辦法用臉部表情展現出問號，哈哈哈哈哈

↳ 韓亞瑟朝史賢的方向劃十字聖號，哈哈哈，有病啊，哈哈哈哈哈哈哈哈哈哈哈哈哈哈哈哈哈哈哈哈哈

↳ 她怕有其他的撒旦混進他們之中，完全用臉在驅魔，哈哈哈哈哈哈哈哈哈哈哈哈哈哈哈哈哈哈哈哈哈

↳ 哈哈哈哈笑瘋，哈哈哈哈哈哈哈哈哈

✦ 第四章 ✦

宴會

鄭利善隱藏能力的副作用是整整一週的全身痠痛，但由於這次第五輪副本僅是小範圍使用隱藏能力，所以相對沒有那麼難熬，不過比起正常的狀態仍是非常虛弱，因此鄭利善選擇乖乖在家靜養。

這段期間裡鄭利善大多躺在床上，或是窩在窗邊的大椅子呆望外頭。他安靜地在這座大房子裡度過副作用。

今天來到第五天，雖然狀態復原許多，但他仍將整個身子埋在椅身，雙眼凝視窗外，他沒有打開電視，就只是安靜地身處在一片寂靜之間。

「……」

鄭利善突然覺得自己可以安然度過副作用是件幸運的事情。他終於能遠離前一陣子的紛紛擾擾，鄭利善不知不覺間已能靜下心看待自己的處境了。

幾天後便能送走另外一位朋友，再來只剩兩位了，這件事情緩緩地邁向盡頭。他反覆咀嚼這個想法，心情則是越來越平靜。五天前的那些混亂心情也早已消失無蹤，雖然還記得心跳快速的記憶，但再次想起卻是格外冷靜。

或許是他意識到要與那份情感保持距離，鄭利善熟練地把自我與情感徹底隔離，他說服自己那時候的事情只是單純的意外，而他僅是受到驚嚇罷了。

他在寂靜的空間裡找到些許安寧，正當他沉浸在平和的氣氛之際，門鈴響起。

「……嗯？」

照護員幾個小時前才離開，史賢有鑰匙不需要按門鈴，不知道是不是照護員漏了東西在家中，鄭利善打開對講機的螢幕，畫面裡的人影讓他嚇了一大跳，他一下子不知道該如何是好，躊躇片刻後才慌慌張張地開門迎接。

「修復師！你恢復得怎麼樣？」

「唉唷，利善修復師剛好醒著，真是太好了。」

前來拜訪的人是奇株奕與羅建佑，鄭利善有些驚慌地說自己沒有大礙，然後視線望向後方，韓峨璘站在兩人的身後，她的手上還戴了手銬，整個人垂頭喪氣，像罪人一樣。

奇株奕看見鄭利善瞪大的雙眼，搖頭說明。

「姐姐的副作用又發作了，早上還辯稱沒事，結果把會議室的桌子變成石頭，我們就把她抓來了。」

「啊……」

「修復師你看，還把我們的筆電變成石頭。」

鄭利善不禁對此目瞪口呆。羅建佑從大型背包裡依序拿出眾多的石頭，會議室裡超過一半的東西都變成了石頭，現在只拿來需要緊急修復的東西，他們正在開會討論下一場副本，結果相關電子器材都變成石頭，讓他們無法繼續開會。

當羅建佑說明時，韓峨璘像個罪犯般低頭不語，直到鄭利善一個個修復完畢後，她這才開口：「利善修復師……抱歉在你的靜養期間來打擾。」

「沒事的，這次我沒有使用太多隱藏能力，所以沒有很嚴重，而且修復這些東西其實很簡單……」

鄭利善刻意輕鬆回答，他知道韓峨璘總是照顧自己，所以他並沒有放在心上，一旁的奇株奕則是稱讚不愧是S級修復師，通常修復能力會消耗大量體力，因此一天的使用量有限，不過鄭利善卻沒有這樣的限制。

由於他在副作用期間，修復程度只能到百分之五十，但已讓電子產品恢復到可使用的狀態。他們一群人吵吵鬧鬧地坐在筆記型電腦前，鄭利善瞥向螢幕問道：「第六輪副本的線索分析完畢了嗎？」

「還沒，現在還在分析中，但七大奇蹟裡只剩兩個，所以各有一半的機率。」

「只不過這次的線索又是毀損的狀態，讓人有點不放心……」

通常消滅魔王後會掉落道具，但這次不知為何卻掉落了一堆碎石，羅建佑無奈地說由於是細碎的石塊，因此目前還在拼接當中。

七大奇蹟中尚未出現的是摩索拉斯王的陵墓以及亞歷山大港的燈塔，不過兩座遺跡都因為地震毀損，所以難以用碎石線索辨別接下來的副本究竟為何。

奇株奕嚷嚷著：「我現在只要看到線索是被破壞的樣子都很害怕，很怕是像鬼片一樣的第四輪副本那樣嚇人。」

「正好有一個是墓地耶，看來這次真的會有鬼了，聽說那裡還有靈柩。」

「呃啊！」

奇株奕揮舞雙手，激動不已，不停大叫說首輪在金字塔裡已經被木乃伊嚇得魂飛魄散，接下來怎麼還有墓地。

「第五輪副本時的天氣好像挺晴朗……」

「不過如果下一場是燈塔，你應該又要沒日沒夜地訓練了吧？因為燈塔在海邊。」

韓峨璘如此一說，奇株奕聽了臉色瞬間凝重，羅建佑似乎覺得奇株奕的反應很有趣，又補了一句說如果是燈塔，隊長又會負責訓練你了。奇株奕的臉快垂到地上，神志恍惚地說那不如來點恐怖特輯的副本還比較好。

鄭利善聽著一行人的對話，臉上露出淺淺的笑容，他在剎那間突然有些訝異，他第一次在這個家感受到吵雜的聲音，雖然他沒有把這裡當作真正的家，但這個總是被寂靜充斥的空間似乎第一次迎來了人類打鬧嘻笑的聲音。

他猶豫片刻，起身往廚房走去，打開櫥櫃，還翻找冰箱，羅建佑看著鄭利善忙碌的身影，便走過去關心他在做什麼，鄭利善回答道。

「你們都來拜訪了，我好像要拿點什麼招待大家……」

「不用麻煩啦，我們來打擾靜養的病患，如果還讓你忙東忙西，我們會被隊長罵。」

「……什麼？」

「來找修復師是收到隊長許可的，咦？他好像說……好像是說反正家裡有人陪你也好，然後還補充了什麼的樣子，總之他同意我們過來一趟。」

鄭利善的表情有些發楞，羅建佑繼續說道，當韓峨璘的副作用爆發後，原本沒有想到要來這裡，單純想等待兩天後這些物品自行復原，但隊長卻允許他們直接過來。

鄭利善想起以前曾說過比起七名少年一同居住的公寓，這裡太過寬敞，讓人很陌生。明明是很久以前無心說過的話語，沒想到史賢會記得。

就在鄭利善陷入沉思時，羅建佑逕自削起了蘋果，只讓鄭利善把飲料倒進杯子，但當鄭利善想將杯子遞給眾人時發生了意想不到的事情。

他先將杯子遞給奇株奕，再來把杯子遞給韓峨璘，而韓峨璘下意識地伸出戴著手銬的雙手，就在鄭利善將杯子放在韓峨璘的手中時……杯子變成了石頭。

「……」

超乎現實的副作用讓所有人都訝異得說不出話來，韓峨璘神情複雜地嘆了口氣，奇株奕則是好不容易才忍住笑意。不知道是否是不幸中的大幸，杯中的飲料沒有變成石頭。

但當韓峨璘拿起叉子想吃蘋果時，整根叉子變成了石頭，奇株奕再也忍不住，直接捧腹大笑，就連羅建佑也不禁笑了出來。

「啊，咳咳，不好意思，請問是來到石器時代了嗎？」

「喂……」

「明明是石製杯子還那麼精細，那想必不是舊石器，而是新石器時代嘍？」

「你死定了。」

哐，韓峨璘用石叉叉入蘋果，她的力道恰當，沒有讓碗盤破裂。只是手上的手銬哐噹噹地裂開，奇株奕馬上閉嘴，正襟危坐，羅建佑也緩緩收起笑容，鄭利善呆望著掉在地上的手銬，韓峨璘見狀親切地笑著說道：「這個不需要修復。」

「好的……」

接下來的一片寂靜裡，唯有眾人咀嚼蘋果的聲音。

然後奇株奕突然驚呼一聲，動身找尋電視遙控器，韓峨璘原先要訓斥奇株奕不要在人家家裡搗亂，但她直覺地瞄了一眼客廳的時鐘，突然想起什麼，大喊要奇株奕趕快打開電視，鄭利善一陣不知所措，眼神隨著大家一同盯著電視畫面。

「獵人協會已決定對於S級獵人千亨源的處置……」

攝影機以由下往上的角度拍攝獵人協會，雖然建築物本身與鄭利善前幾天所看到的模樣相去不遠，但白天的協會看起來更加具有威嚴，他瞪大眼睛緊盯上頭的字樣。

在Chord進入第五輪副本前，協會已經偵訊完所有事件相關的人物，並且表示會盡快對外發表將如何處置千亨源，由於史賢與千亨源對戰的影片在網路大肆流傳，人們也得知鄭利善被捲入的來龍去脈，因此紛紛抗議要早日處罰千亨源。

但是韓國的S級獵人僅不到十名，因此難以在短時間內做出適當的裁決。經過幾天後協會終於發表相關談話，幾乎每個新聞頻道都在報導千亨源的快訊。

獵人協會的會長首先對本次的事件表達遺憾，接著開始闡述千亨源的罪行。

「在禁止使用魔法的醫院使用魔法技能，綁架非戰鬥類型的覺醒者，更加以監禁、威脅、傷害、殺人未遂……」

鄭利善聽著新聞，表情有些複雜，就連那輛企圖混淆視聽、吸引韓峨璘注意的車子在道路上引起的騷動也一併加入罪名，鄭利善有些不知所措，雖然他是這件事的受害者，但是……韓峨璘發現鄭利善的神情，笑著跟他解釋。

「史賢怎麼可能白白待在協會那麼久。」

一句簡短的回答讓所有疑問一消而散，鄭利善只好點點頭。新聞畫面裡的會長接續說，協會極其重視獵人的責任義務，因此決定嚴懲不殆。

「我們決定中止千亨源四年的獵人身分，並且需要隨時待命。」

拔除獵人身分則代表在這四年內喪失獵人的資格，但由於千亨源是S級獵人，如果發生危及國家的嚴重狀態，他必須在協會的監視下進入副本。

大家對這項制裁出現兩種聲音，奇株奕口中念念有詞，抱怨說這個處罰太輕；然而韓峨璘卻驚呼這比預想的判決來得還重。

將獵人關進一般監獄其實毫無意義，雖然有抑制魔力的設備，但對於S級的獵人來說等同無效，再加上千亨源家世顯赫，背後又有樂園公會的支持，一定會想盡方法替他減刑。沒想到協會竟然決定要中止獵人資格長達四年的時間，實為重判。

韓峨璘向不大明白獵人領域的鄭利善簡單說明。

「其實沒有什麼東西能真正限制S級，所以協會選擇讓他名譽掃地。他明明是S級卻被吊銷資格證，這件事會流傳全世界。」

鄭利善點頭表示明白，新聞的快訊接二連三，據說樂園公會召開緊急會議，討論對於千亨源的後續安排。

「千亨源失去接任會長的資格……」

「他們應該早料到會這樣子了。」

「斷尾求生的速度真快。」

羅建佑與奇株奕一搭一唱地討論，直到協會發表制裁前，樂園公會完全不吭聲，直到現在無法挽回後才改變態度。

樂園會長中斷次任會長的程序，解散千亨源所帶領的特攻隊。

由於千亨源被吊銷資格證，失去擔任會長的資格，相關涉案的獵人也受到處罰，因此避免擴大牽連乾脆解散整組隊伍。

不過羅建佑也分析，雖然樂園做出切割，卻沒有把千亨源踢出公會，畢竟韓國的S級獵人是極少數，也沒有其他能擔任會長的S級獵人。

如果就此放走千亨源將是莫大的損失，一個公會的影響力可說是取決於是否擁有S級的獵人。

不過隨著千亨源所帶領的特攻隊解散，則代表進入突擊戰的第三順位出現空缺，雖然目前皆在第一順位就清除副本，但進入權限具有相當的象徵意義，樂園需要盡快向協會呈報特攻隊名單。

「他們應該要傷腦筋了。」

奇株奕憤恨不平地說這是因果報應。

螢幕裡出現千亨源低頭進入樂園公會的模樣，周遭有數十名的記者圍上前，紛紛伸出麥克風爭先恐後地提問，但千亨源完全沒有回答問題，他走路的姿勢搖搖晃晃，看起來非常憔悴，眼神不安地晃動，看起來就像罹患恐慌症的人。

看著電視螢幕裡的那個人，奇株奕訝異地說。

「哇，我第一次看到他這麼狼狽。」

「親身接近死亡的人都會這樣……」

韓峨璘表情複雜，聲音細微得猶如喃喃自語，鄭利善好奇地轉過頭望向她，韓峨璘見狀搖搖頭，說著「沒事，你一輩子都不要知道比較好」，正當韓峨璘想伸手輕拍鄭利善的肩膀時，突然意識到自己還在副作用期間，馬上收手，鄭利善看著韓峨璘的動作，不禁笑了出來，腦海的問號也稍縱即逝。

四天後，第六輪副本的線索分析完畢。

鄭利善的副作用結束後又過了兩天，分析結果才出來，但Chord一點也不慌不忙，因為七輪副本只剩下兩個地點，因此他們同時朝兩方擬定戰略。

全體Chord獵人聚集在HN公會的辦公室，聽取第六輪副本的簡報，會議室正中央的桌邊坐著二十多名獵人，申智按在前方打開螢幕，開始報告。

「我們將這次所有的碎石拼湊完畢，發現那是一座『墓碑』。」

畫面顯示出約三十公分的墓碑，以迄今的經驗來看，線索的型態與材質和接下來的副本息息相關，如果線索是一座墓碑，那麼幾乎可以九成判定下一場副本的主題。

「墓碑用古希臘文寫著『在卡里亞安息吧』，卡里亞是古希臘的地區，代表城市是哈利卡那索斯。」

申智按跳轉螢幕，畫面顯出一棟龐大的建築物。

「在哈利卡納索斯當地，為了紀念波斯帝國的總督摩索拉斯，建造了一座摩索拉斯的陵墓，我們推斷第六輪副本將以此做為背景。」

這座陵墓從摩索拉斯總督生前就開始動工，他當時在波斯帝國的叛亂份子與波斯國王之間成為了居中的協調角色，負責擺平中央與民意的分歧，雖然其位階是總督，但實際的地位卻如同卡里亞的國王。

由於摩索拉斯相當熱愛希臘藝術，所以邀情希臘的藝術家替自己建造墓園，雖然竣工是在總督死亡之後，但這座雄偉又美麗的陵墓讓人們可以永世緬懷他的功績。

這座陵墓總面積一百二十五平方公尺，高五十公尺，擁有相當驚人的規模，據歷史記載，陵墓共有四層樓高，一樓是寬廣的長方形大理石基座，四個角落有騎乘馬匹的戰士，二樓是整棟建築的重心也就是墓室，三十六根鑲金的大理石柱圍繞在四周，中間還放置神話的雕像，二樓正中央有座用光滑的白色大理石牆建造出的房間就是摩索拉斯王的墓室。

第三樓則是以二十四階製成的金字塔，最上方的尖端用大理石華麗裝飾而成。整座陵墓不僅規模令人嘆為觀止，更以做工精緻的工藝躋身為世界七大奇蹟。

而摩索拉斯陵墓也是七大奇蹟中保存最久，直到十二世紀才因地震損壞的建築物，在當時還留有部分殘骸，但到了十五世紀，入侵此地的十字軍將陵墓的石材拿去修補要塞，因此現在僅留存基本的架構。

鄭利善專心盯著螢幕畫面，一旁的奇株奕則是瑟瑟發抖，恐慌地說：「看到線索是損壞的樣子就已經很不安了，結果竟然是塊墓碑……」

奇株奕臉色發白地說該不會自己的葬身之地就是那裡，羅建佑見狀安慰說道，會盡量不讓奇株奕進入墓室，奇株奕啜泣說那還真是謝了。

「這次的魔王會是什麼型態呢？」

「應該會從墓室出現吧，既然都是摩拉索斯的陵墓了，那麼魔王有很高的機率就是總督本身……」

可以聽到座席間傳出嘆息，但全體獵人仍專心聆聽，繼續開會討論，由於第二輪的巴比倫空中花園，魔王是頂樓的巨大樹木，所以也不能排除這次的魔王會以非人類的形態出現。

「首先，我認為攻打這次副本時，韓峨璘獵人請盡量不要發動地震能力。」

史賢凝視畫面朝韓峨璘如此說道。由於與魔王對戰的空間想必會在二樓，因此若是在那裡使用地震能力可能會造成樓層坍塌，眾人討論起是否要在進入陵墓前就使用隱藏能力，將寶劍召喚完畢再一舉進攻，但史賢抱持著保留態度。

「以首輪副本來說，物理攻擊對魔王起不了作用的……」

首輪副本時僅有五位主力戰將進入副本，他們似乎想起當時在金字塔內的苦戰，韓峨璘與羅建佑不由得搖頭，奇株奕更是擺出無奈的表情，鄭利善不明所以地看著他們五個人，然後與史賢四目相交。

鄭利善就坐在史賢旁邊，兩人的視線近距離地交會，那道鮮明的目光直直凝視著鄭利善，讓鄭利善內心掀起一陣不平靜的浪潮。

但史賢則是一如往常地講述當時的狀況。

「死人所施展的技能非常難對付。」

「……啊，是喔……」

「再加上那類的怪物比起使用物理性攻擊，更常使用詛咒魔法。」

雖然聽到死人二字，鄭利善有些愣了一下，但很快就點頭表示明白，面對史賢淡然的態度，讓鄭利善也變得平和以待，他不希望表現出過度敏感的樣子，因為現在談話的重點是副本裡的怪物。

「好一點的情況，是不死型的怪物會先好好地待在墳墓裡，然後才跳出來攻擊，雖然這樣就夠惱人了。」

「這種怪物的 **HP** 即使只剩一，還是會緊緊糾纏不放，唉……」

奇株奕無奈地說在金字塔遇見的怪物都是這種型態，此時申智按放大畫面一角，開口說道：「二樓墓室的柱子間擺放多座神話人物的雕像，因此目前預測次階怪物有極高的機率會與神對戰。」

「感覺在一樓會碰到騎馬的戰士……這麼說來，一樓會跟騎士對決，然後上二樓解決神級怪物，最後則是屍體或是鬼魂？」

韓峨璘擰起眉心，語氣煩躁。

Chord 的獵人陸續針對本次副本提出意見，由於他們在前一週就持續準備相關的對戰方案，現在正式逐一檢視討論，即使他們準備充裕，但這次可是不容小覷的對戰，所以大幅加長了討論的時間。

所幸距離副本發生還有一段時日，讓眾人能夠充分備戰。獵人們討論了整整三個小時，才悻悻然決定先休息一下。此時鄭利善還在專心研究修復圖，奇株奕默默來到他旁邊。

「修復師，我要去外頭買點吃的，你要不要一起去？」

奇株奕說附近新開了一間好吃的甜點咖啡廳，邀約鄭利善一同出去。

雖然鄭利善不知道喜歡現烤麵包的喜好什麼時候變成了喜歡甜點，但他還是點頭答應。

奇怪的是準備外出之際，韓峨璘與羅建佑朝奇株奕點點頭，鄭利善雖然對他們的眼神感到好奇，但很快就被奇株奕拉出辦公室。

乘坐電梯的時候，鄭利善發現公會的氣氛與平常截然不同。

「怎麼好像有點鬧哄哄的？發生什麼事了嗎？」

「啊，因為快要到公會的創立紀念日了。」

奇株奕指著大廳的花環說再過不久就是四十週年的紀念日，雖然還有一段時間，但這次舉辦得格外盛大，應該是目前為止最熱鬧的活動。

奇株奕突然左顧右盼，低聲向鄭利善說道：「副會長為了挽回形象，刻意把活動辦得熱鬧滾滾。還不是因為Chord持續成功清除七大奇蹟的副本，讓他的地位不保，因此他才著手主辦週年派對，想藉此挽回名聲。」

「原來如此……」

「想必也會叫我們出席，雖然隊長根本不把他放在眼裡。」

「……Chord也會參加嗎？」

「當然！我們也是HN公會旗下的獵人啊。」

看著鄭利善訝異的表情，奇株奕不自覺笑出聲，鄭利善見狀趕緊揮手解釋。

「我的意思是現在不是突擊戰期間嗎，我不知道特攻隊也許可參加這種活動，民眾不是對於獵人的動向都很敏感？會表示說副本都要開打了，怎麼還在出席活動……」

「原來修復師是擔心這個，沒事的，這本來就是重要的大型活動，而且因為我們一直順利打贏，除了第三輪以外，全都是一次就成功呢。」

一次清除S級副本原本就是極度困難的事情，奇株奕還強調他們甚至都在進入的十小時內清除完畢，已經登上世界記錄了。

「所以才會選擇舉辦大型活動，最近輿論都在討論Chord表現優異，HN公會卻沒有付出相對的待遇等等。因為上次成功清除第二輪副本時，副會長還在媒體前大放厥詞說會全方面支持Chord，但實際上什麼也沒做。」

奇株奕沒好氣地說大概會在活動頒發形式上的獎金或獎盃。

「雖然隊長跟副會長不和，但他們在這種公開場合不會起衝突，不過……前提是副會長不挑釁他。」

他們一邊聊著公會的事，一邊走出建築物外頭，今天的天氣晴朗，吹起徐徐微風，相當適合散步，鄭利善抬頭仰望上方的藍天。

天空一片清澈，幾朵白雲悠然飄過，雲朵間灑下燦爛的陽光。HN公會坐落在繁華的街道，因此路上有著不少的行人，只不過現在是眾人工作的時間，周遭還算平靜不吵雜。

鄭利善望著附近的咖啡廳，揣想新開的甜點店是哪一間，此時奇株奕默默問道：「那個……修復師，你有想要什麼東西嗎？」

「……嗯？」

「就、就是，我們清除完副本不是會得到很多獎金，修復師有什麼計畫嗎？或是從以前就很想買的東西？」

奇株奕看到鄭利善訝異的表情，急忙解釋，鄭利善明白後才發現自己從未想過這件事。

他知道戶頭有款項匯入，但沒有真正確認過，更沒有想過要怎麼運用這筆錢。以前那四年努力工作償還了大筆的負債，但他從沒有花錢奢侈一下的經驗，鄭利善也不知道自己是不是原本就沒有過多的物質渴望，因此從沒想過要買東西。

奇株奕看著有些迷惘的鄭利善，小心翼翼問道：「還是有想做的……事情？」

「……你怎麼突然好奇這個？」

「啊？沒有啦，因為我們不是表現得很好嗎！通常好不容易打完副本後我們就會慶祝一下，可能去度假之類的。」

奇株奕整個人慌慌張張地，補充說七輪副本也快要結束，獵人們已經陸續討論結束後要做些什麼，畢竟在突擊戰期間，除了公司活動以外不能隨意外出，大多數的人也快悶壞了。

奇株奕不死心地追問：「所以修復師沒有特別想做的嗎？像是突擊戰後想實現的事，或是需要什麼、想買什麼……」

鄭利善呆呆地眨動雙眼，凝視著奇株奕，然後撇向一旁，最後將視線落在地上。

鄭利善偶爾會這樣陷入沉默，每當此時他看上去就會毫無生氣，雖然平常也沒什麼活力，但每當這種時候他就會變成一座看來毫無情緒的無機體，臉上沒有一絲變化，感覺像是突然停止動作的娃娃。

每當這種奇怪的氣氛湧現，讓對方感受到距離時，鄭利善又會很快用若無其事的聲音開口反問。

「那麼奇株奕獵人在突擊戰結束後打算做什麼？」

「我、我嗎？嗯……我應該休息一下之後就會準備畢業作品了。」

這學期因為突擊戰的關係，幾乎無法到校上課，要趕上畢業生的進度絕非易事。

奇株奕嘆了一口氣，開始傾訴，要畢業的話必須策畫畢業作品，想必會相當忙碌，講到一半他突然抬頭興奮地說道：「對了，修復師！你會來我的畢展吧？我都還沒向修復師展現我的藝術魂耶！」

「畢展嗎？什麼時候？」

「下學期，應該是今年年底，十二月左右吧？」

奇株奕用滿心期待的眼神望向鄭利善，不過鄭利善沒有回答，以突擊戰的日程來看，大約半個月到一個月會打一次副本，以剩下兩場的情況來說，最晚上半年就會全數清除完畢。

鄭利善一言不發，僅是眨眨雙眼，奇株奕見狀語帶哀怨地說。

「應該不會副本打完，我們的關係就結束了吧？不會吧？」

由於他從未對於未來有過明確的計畫，鄭利善有些遲疑，藏起臉上的表情，回答到時再看時間而定。奇株奕面對不是肯定的回答，雖然有些失落，但很快就擺出燦爛的笑容，點頭說道：「那麼有空的時候一定要來！」

鄭利善僅是尷尬地以微笑代替回答。

他們抵達了甜點店，這間店面寬敞明亮，似乎正如奇株奕所說相當有名，一進店便能聞到香甜的滋味，即使是平日下午也有不少客人，鄭利善見狀戴起兜帽。

奇株奕開心地挑選甜點，一旁的鄭利善視線緊盯蛋糕，透明的玻璃櫃裡擺放了口味豐富的整塊蛋糕與精緻的切片蛋糕，眼見鄭利善看著蛋糕發楞的模樣，奇株奕開口問道：「修復師喜歡草莓蛋糕嗎？」

「啊……嗯，不討厭。」

鄭利善含糊過去，他沒發現自己盯著草莓蛋糕看了許久。

草莓蛋糕是幾個月前，他替姜勇俊所準備的最後一塊慶生蛋糕，明知道送蛋糕給已死的人只是自欺欺人的做法，但那時的他無法替他們紀念忌日，只能用生日代替。

面對突然湧上心頭的往事，心情有些複雜，但鄭利善熟稔地藏起心情，回問奇株奕：「那你喜歡草莓蛋糕嗎？」

「我都喜歡！如果要選一項的話，我會選巧克力吧？摩卡也不錯……」

奇株奕是個多話的人，只要向他提問就會自動講出許多回答，鄭利善專心聽著，一邊點頭，但奇株奕很快就發現自己容易單方面講得太開心，馬上用殷切的眼神望向鄭利善，並且問他喜歡的蛋糕口味。

「修復師喜歡怎樣的蛋糕？草莓？鮮奶油？巧克力？藍莓？」

「嗯……」

「啊，我差點忘了，你有想要的東西嗎？任何東西都好……」

鄭利善緩緩眨動眼皮，看著奇株奕奇怪的行為，他想起了一件事，這件事足以說明所有奇怪的徵兆。

或許這也是羅建佑跟韓峨璘朝奇株奕眼神示意的原因。

那雙淺褐色的眼珠輕微晃動，很快又恢復平靜，望向蛋糕櫃。

自從那件慘劇之後他從未想起，再加上去年的這個時候，他猶如死人般躺在床上，就這樣晃眼過去的那個日子……

「……」

鄭利善的生日快到了。

買完蛋糕回來的鄭利善，待在自己的辦公室繼續著手研究復原圖。史賢認為鄭利善的修復能力已經回到一定的水準，因此不用多加訓練，他只要在入副本前將復原圖完整記在腦海即可。

摩索拉斯王陵墓擁有四層構造，目前來看進攻的重點會是二樓，鄭利善思索著三、四樓是否也需要修復。若是不修復三樓可能造成屋頂坍塌，而四樓則是因為尖端上有雕像，是否需要修復到完好如缺的程度成了難以抉擇的問題。

他想起第三輪副本由於修復了宙斯的座椅，阻止了次階怪物的攻擊，那麼說不定四樓的雕像也藏有重要的關鍵，恰好位於頂端的雕像就是摩索拉斯總督及他的夫人搭乘馬車的模樣，看來也需要修復至最佳的狀態才行。

決定完修復程度的鄭利善，在寧靜的辦公室裡反覆鑽研圖紙，他必須要背誦至即使閉上眼睛也可以在腦海中繪製的程度，但摩索拉斯王陵墓是以其精巧的藝術建築而聞名，短時間內難以熟記。

雖然困難，至少要努力才行……不過不知道是否因為周遭太過安靜，或是因為剛才外出過，他有些昏昏欲睡，溫暖的陽光透過窗沿走進來，讓他感覺眼皮越來越沉重。

鄭利善從未在辦公室打過瞌睡，他盡可能地使自己保持清醒，但最後還是支撐不住，重重的眼皮就此闔上。

鄭利善就這樣平和地睡去，直到感覺到動靜才醒來，半夢半醒的他眨動雙眼，在視線清晰後發現眼前有一隻手。

「……唔？」

鄭利善輕輕靠著書桌上的手臂，就這樣睡著了，當他醒來時看到空中的那隻手，那隻手掌似乎替他遮掩灑進來的陽光，鄭利善呆望那隻手，然後緩緩將視線往上移，最後與對方四目相交。

史賢站在他的面前。

回神後，鄭利善嚇得直起上身，他沒料到有人會發現自己睡著了，原本放在桌上的手臂也因為驚嚇起身的動作，大力地撞擊了一下桌子。

現在的情況就像主管發現員工在睡覺，鄭利善相當慚愧地低著頭。頭髮似乎被手臂壓得到處亂翹，他下意識地壓平頭髮，然後又尷尬地趕緊將手疊放在書桌上，躊躇之下打算道歉時，史賢平靜地開口：「你很累嗎？」

「啊，沒有，只是……有點睏而已。」

「你認為我在這裡待了幾分鐘？」

「……」

鄭利善自責不該說自己睏，然後突然意識到史賢這番話的意思是他已經待了一段時間嗎？通常看到員工在睡覺不是會馬上叫醒，或是乾脆忽視嗎？

他想起史賢用手替他遮陽的畫面，覺得心跳加速，他反覆深呼吸，說服自己心跳加快是因為被嚇醒所導致。

「看來你覺得這裡很舒適。」

「對不起……」

「喔，這不是責備，我也沒有要諷刺你的意思。會這樣說是因為你剛到這裡時似乎很緊張，也很不自在。」

史賢的語氣相當柔和，讓鄭利善緩緩抬起頭，兩人在空中四目交接，史賢露出帶有弧度的笑容。

「因為第五次副本之前曾在這裡做過那些事，原本想說你會不會想遠離這間辦公室，但看來你待在這裡很自在。」

一次、兩次、三次，鄭利善遲鈍地眨眼，然後頓時明白史賢的意思，這座原本舒適的空間在這一刻突然變得一點也不自在了，偏偏史賢身後的那座沙發在此刻格外顯眼。

鄭利善不知道該做何表情，此時史賢伸出手，靠近他疊在桌上的手，鄭利善自動舉起手，他認為史賢要進行標記。

但史賢的臉上卻冒出困惑，他看著鄭利善乖乖將手放在自己手上的模樣，然後開口說道：「利善，我的副作用期間尚未結束。」

鄭利善有幾秒鐘的時間不明所以，然後瞬間震了一下，趕緊將手收回。史賢昨天才替朋友實行無效化，為期兩天的副作用尚未退去，因此史賢現在並非要放置標記，然而鄭利善卻習慣性地將手放在史賢的手裡。

鄭利善從剛才的不自在又加上現在的尷尬，他想快速將手抽離，不過史賢緊抓他的手，用若無其事的表情撫摸他的手腕，史賢一開始的目的就是要確認手腕的狀況。

「雖然有定時吃飯，但你還是很瘦，是因為在副作用期間沒辦法好好進食嗎……」

史賢不顧鄭利善現在混亂的心情，仔細端詳手腕，再來要鄭利善站起身子，鄭利善聽話地站起，雖然史賢的眼神相當冷靜，細心查看鄭利善的健康狀況，但史賢的手卻伸向鄭利善的髮絲。

鄭利善不知不覺緊張起來，盯著史賢泰然自若輕撫頭髮的樣子，鄭利善的視線落到一旁的手，史賢細直纖長的手映入眼簾。

「只要稍微修一下髮尾……」

史賢喃喃自語，然後將瀏海用手指撥鬆，往後一梳，再往旁邊撥弄。

鄭利善對於這些動作有點難為情，無論是那個稍微觸碰到額頭的手指觸感，或是髮梢間的搔癢感，都讓他難以適應。

鄭利善整個人僵硬不已，好不容易才開口問道：「你突然在做什麼？」

史賢恰好將手收回，順手將鄭利善凌亂的頭髮整理乾淨，但鄭利善卻感到萬分尷尬，趕緊甩了甩頭又將頭髮弄亂。史賢看到鄭利善的反應，露出微妙的表情，笑了起來。

「我在想要怎麼打扮你。」

「……什麼？」

頓時之間，鄭利善想起奇株奕不久前說過ＨＮ公會要舉辦創立四十週年的歡慶活動，而Chord也會出席。

史賢朝發楞的鄭利善輕輕一笑，並用手撫摸鄭利善常穿的連帽外套，開口說道：「我不喜歡我的人在外面被挑剔。」

▲

歡慶活動的當天，Chord早上先開了一個簡單的會議，約定好傍晚在活動開始前，大家於會場碰面。

鄭利善對於一早就人來人往的公司內部，以及人們臉上歡欣鼓舞的氣息感到陌生，他從未參加過這種大型活動，要說最類似的活動大概也只有國高中時的校慶。

但那時他身穿制服，今天他必須穿西裝，鄭利善從未穿過西裝，端正僵硬的衣服觸感讓他很不習慣，正當他想伸手摸頭髮時，很快又將手收回，因為早上史賢把他送去預約好的美髮店，修剪了頭髮也做好造型，他不敢破壞設計師的作品。

穿上幾天前量身訂做的西裝並非難事，但高級襯衫的觸感與西裝外套總讓他覺得無法適應，衣服的材質雖然舒適，不過卻像是穿了別人的衣服。

很快地，一輛車停在眼前，鄭利善沉澱躁動的心情，打開車門。

史賢理所當然地坐在後座，他原本看著平板電腦，察覺到鄭利善打開車門後，抬頭朝他望去，並露出滿意的笑容。

「很適合你。」

「啊……謝、謝謝。」

雖然鄭利善不想表現出結結巴巴的樣子，但一看到史賢的模樣讓他不自覺地聲音顫抖。因為這是他第一次看到史賢穿得如此端正。其實史賢平時也都穿著正式的襯衫，但今天卻換上一身乾淨俐落的三件式西裝。

白色襯衫上頭是整齊的領帶，搭配一件別緻的背心，再加上今天的史賢沒有穿著平時的那件大衣，而是套上與內裡相襯的西裝外衣，散發一股奇特的距離感。

一頭黑髮整齊地往後梳，清晰可見的臉龐讓人難以轉移視線，雖然他總是帶著笑臉，但內心自有盤算，然而不可否認的是史賢真的有著一張姣好的面容。

當鄭利善望著史賢時，他也凝視著鄭利善。鄭利善因為背心太過不方便，因此只穿了襯衫與外套，但史賢一眼就察覺異樣。

「為什麼沒有繫領帶？」

「啊，因為……」

「因為？」

「……我不知道怎麼打領帶……」

鄭利善一臉難為情，垂下雙眼，他從未穿過西裝，也只繫過學校制服上的簡便領帶，面對需要從頭開始的正式領帶，他根本一無所知。

即使看了影片，還是綁得歪七扭八，最後放棄。

史賢簡短問道鄭利善有沒有帶上領帶，他尷尬地自口袋掏出，下一秒史賢忽地靠近他，將上半身整個靠向鄭利善，整理他的領子，直接替鄭利善繫領帶。

「……」

史賢的臉就在眼前，鄭利善根本不敢呼吸。隨著手指的動作，空氣裡只有緞面領帶的摩擦聲，雖然隱約能聽見車輛的引擎聲，但鄭利善所有的聽覺與視覺全在史賢身上。

視線朝下的史賢，若無其事地繼續打領帶，短短幾秒鐘的時間對鄭利善來說度秒如年。

順利打完領帶後，史賢稍微退後身子，露出笑容，似乎說了句現在看起來好多了。但鄭利善只覺得聲音輕輕地從耳邊飄過去，整個人還在發怔，他最後只能盯著窗外，甚至忘記向史賢道謝。

這套衣服明明是量身訂做，但他卻覺得全身被勒緊，絲毫喘不過氣。

ＨＮ公會創立四十週年的歡慶活動相當盛大。

不僅邀請了其他公會，更請到許多知名人士與會，整座會場熱鬧不已。嘉賓彼此問候對談，歡騰活絡的聲響不絕於耳，鄭利善呆愣愣地環顧四周。

雖然知道史允江為了挽回地位，刻意將活動辦得有聲有色，但沒想到竟然會是如此盛大的規模。

他新奇地望著上方璀璨的水晶吊燈，Chord獵人也陸續到場，紛紛向他與史賢打招呼，大家全都用驚艷的神情望向鄭利善。

「天哪！修復師好帥氣！」

「哇，穿上量身訂做的西裝感覺變了一個人。」

「利善修復師平時穿著休閒服裝時就洋溢一種貴族的氣息，現在穿起西裝更是如此……而且髮型也整理過了呢。」

奇株奕、韓峨璘、羅建佑依序讚美鄭利善，他們也穿著正式服裝出席，鄭利善羞澀地回應道感覺每個人也煥然一新。奇株奕穿著棕色的格紋西裝，羅建佑是灰色調的西裝，韓峨璘則是一襲深藍色的正式服裝，無論是款式或色調都非常適合他們。

鄭利善原本還認為西裝太過不方便，想直接穿平常的連帽外套過來，假如他真的那麼做，便成了最格格不入的那個人。

雖然鄭利善不習慣，但這身西裝確實很適合他，別緻的版型貼合他纖細的身型，深黑色的外套襯托出白皙的膚色，將他特有的氣質嶄露無遺，再加上設計師修剪過那經常遮蓋雙眼的瀏海，往旁邊梳齊，突顯他精緻的臉龐。

申智按隨後來到會場，兩人在眼神示意後，申智按說道鄭利善今天看起來很不錯，她的語氣平淡，鄭利善在猶豫片刻後也稱讚申智按的服裝很適合她。申智按選擇了一套白色的西裝外衣，搭配深黑色的襯衫，徹底展現她獨特的魅力。

打完招呼後，申智按與史賢交談幾句，兩人移動至別處，獨留尷尬的鄭利善在原地，奇株奕見狀便拉著他往裡面走。

「這裡的東西也很好吃，看來這次的外燴團隊也經過嚴格的挑選。」

奇株奕似乎一到場就吃了些東西，不斷推薦食物。鄭利善一愣一愣地望向桌上的三層甜點架，韓峨璘此時端著三杯香檳過來，雖然鄭利善在腦裡閃過是否該以自己不喝酒來婉拒，但還是向她道謝，靜靜接過香檳杯。

「你們似乎很熟悉這種場合……」

「畢竟我們隸屬於大型公會，總會有幾次例行性的活動，雖然沒有每次都出席，但今天的規模真的有別於以往。」

「看來隊長也希望讓我們來轉換一下心情。」

聽見奇株奕這麼一說，韓峨璘則是露出微妙的表情，點頭同意，不過也低聲說道，雖然不能否定史賢的這份好意，但說不定更大的目的是要巧妙地壓制史允江。

光是看聚集在史允江與史賢身邊的人就不言而喻，在史賢抵達會場前所有的人都在HN副會長史允江身邊你一言我一語，但當連續成功清除韓國突擊戰的Chord隊長一出現，所有人爭先恐後擠上前，就連原本在跟史允江交談的人也不停瞥向史賢，然後轉移陣地走向史賢的身邊。

韓峨璘扭動頭部，要鄭利善往史賢的方向看去，笑著對他說。

「我不是說過，史賢真的是嘔心瀝血想要讓史允江輸得一塌糊塗。」

「原來出席這場活動也是計畫的一環……」

「說不定讓你打扮得光鮮亮麗也是因為這個理由，為了讓史允江被徹底冷落。」

「……嗯？」

韓峨璘看到鄭利善懵懵懂懂的樣子，笑得很開心，並說修復師很快就會明白，不要太緊張就好，還說史賢要她留在鄭利善身邊是有用意的，語畢後拍了拍鄭利善的肩膀，就在鄭利善更加茫然之際，緊接而來的發展馬上就讓他理解韓峨璘的意思。

「請問是鄭利善修復師對吧？」

「久仰大名了。」

人們紛紛朝鄭利善打招呼，不僅有其他大型公會的知名獵人，還有覺醒者本部的人員，大家對於幾週前鄭利善被綁架的事情感到擔憂，也將話題帶到鄭利善在修復技能上驚艷各方的表現。

雖然鄭利善自以前就是高知名度的修復師，但他從二十歲開始因為要還債所以被宏信公會限制行動，從未出席公開活動，過去一年則是完全消失在世人面前；現在因為與 Chord 一同參與韓國突擊戰而受到全世界的關注。

要說目前最炙手可熱的人就是鄭利善也不為過。

因此眾人把握機會想認識他，人潮逐漸往鄭利善靠攏，然後一旁的韓峨璘見狀馬上清清喉嚨，負責保護他。

「咳咳，這位是鄭利善修復師沒有錯，但他不是來接受採訪而是來享受這次的活動，請不要讓他感到不舒服。」

韓峨璘語氣堅決，這才讓現場的熱情稍微平息，畢竟沒有人敢得罪S級獵人，眾人紛紛面露可惜，雖然有人展現出不高興的態度，但韓峨璘馬上笑著問對方有哪裡不滿嗎，對方隨即否認，趕緊離去。

看到這副模樣，鄭利善終於理解她與史賢為什麼能相處無礙了。韓峨璘跟史賢有許多意外相似的部分，但假使告訴韓峨璘，想必她會露出厭惡的表情，因此鄭利善選擇放在心底。

「唉唷，這比我剛出道還誇張。」

「對啊，每吃一口馬卡龍就來一個人。」

一陣騷動之後，來找鄭利善的人好不容易才逐漸退去，由於韓峨璘銅牆鐵壁的防御在與會嘉賓中傳開，使得沒有人敢貿然打擾鄭利善。疲憊的韓峨璘嘆了一口氣，一旁的奇株奕則是興奮地看著韓峨璘負責當保鑣的樣子，韓峨璘一臉無奈看向奇株奕，他不僅不幫忙阻止人潮，還悠哉吃著一個又一個馬卡龍。

兩人講著講著看似又快要吵起來，一旁的鄭利善直到現在才稍微放鬆，他不擅長面對人們關注的視線，即使沒有對話，他還是覺得有些疲倦，奇株奕輕拍他的背部，表示關心，鄭利善舉起香檳杯，一口氣灌入，澆潤乾渴多時的喉嚨。

當他喝空杯中的液體，韓峨璘隨即又補上一杯，鄭利善突然想起韓峨璘剛才當保鑣的同時還不斷喝著一杯又一杯的香檳。他目前只喝了一杯，但韓峨璘大約乾了至少五杯左右，一旁的奇株奕說姐姐是從酒精裡自然發芽長大的，所以不用擔心。韓峨璘從旁聽到這句話，馬上打了好幾下奇株奕的背。

不久後，韓峨璘以前曾待過的公會成員過來找她，彼此熱絡地交談起來，不知不覺離鄭利善有些距離，雖然不時會用眼神察看鄭利善的狀況，但有別於一開場的混亂，現在已經沒有人會擅自接近他們，因此鄭利善也輕微用手勢告訴韓峨璘不用擔心他。

奇株奕則是依然沉浸在探索美食，鄭利善偶爾會品嘗他拿來的甜點，並啜飲幾口香檳，但是一道聲音突然鑽進耳朵。

「還玩得開心嗎？」

鄭利善抬起頭，往上看去，那道聲音有些高亢尖銳，聲音的主人是史允江，奇株奕嚇了一跳，用警戒的眼神看著他，這讓史允江覺得有些荒唐。

「怎麼？同一個公會的人至少可以聊幾句吧？」

雖然 Chord 儼然成為ＨＮ公會裡獨立運作的隊伍，但嚴格來說的確仍然隸屬於ＨＮ公會，奇株奕啞口無言，而鄭利善則是平靜地應對。

「副會長好，聽說這是您主辦的歡慶活動，看來為此費盡了心思，活動很精彩，氣氛也很棒，很多新奇的事物。」

史允江聽到這番話露出微妙的笑容，他或許心情不錯，還簡單問候了鄭利善的狀況，當時他也因鄭利善遭綁架的消息感到震驚，詢問他有沒有受傷。

「我在韓白醫院有很多認識的人，以後會囑咐他們更加注意維安作業。」

「謝謝副會長……」

鄭利善有些不情願地答謝，雖然他一點也不想再住院，但也無法保證會不會因為手指被割傷這種小事又被送進 VIP 病房。

「不過話說回來，你好像一直收到挖角的邀約……突擊戰結束後你有什麼打算嗎？」

對於這樣自然而然發展的對話，鄭利善陷入沉默，其實史允江口中的「挖角」正是這場宴會裡大家前來向鄭利善搭話的主因。

雖然鄭利善現在隸屬 Chord，與隊員一起清除連續副本，但其實 Chord 需要修復能力也僅因這次突擊戰的特性。因此許多人向他提案，希望能在突擊戰結束後邀請他加入公會，如果能正式與名聲享譽全球的Ｓ級修復師簽約，那麼該公會將大幅增加知名度，也會帶動股價上漲。

每當有人這樣邀請鄭利善時，一旁的奇株奕會嘟噥著竟然這麼快就將修復師當搖錢樹，韓峨璘則是替他說明，利善修復師會自己決定，但眼神間仍隱約流露出惋惜的神色。

鄭利善一直以來皆對這些提案的人保持沉默，但面對史允江直白的態度，他猶豫幾分後，好不容易開口回答：「……我還沒有思考這件事。」

「是因為專注在當前的突擊戰嗎？」

「對，還剩兩次S級副本。」

「謹慎行事雖然是優點，但事先規畫未來比較好，畢竟也快結束了。」

史允江露出和藹的笑容，眼鏡底下的眼神看起來是那樣柔和。鄭利善不禁心想，這一家子的人是不是都很擅長假笑，雖然不是假惺惺的笑容，但確實很適合這種公開場合。

「如果你願意，HN公會可以另組一隊修復團隊，你也知道HN公會有專門負責修復的修復師隊伍，他們負責統籌公會所有清除完畢的副本，HN公會承接的副本數量有別於一般，因此修復案也比外面的公司來得穩定，我還可以給你豐厚的待遇跟福利。」

史允江態度親切，繼續說道：「而且從影片裡可以看出你對進入副本有點恐懼。」

「……嗯？」

「畢竟你經歷過第二輪副本的事故，應當對副本懷有陰影，史賢絲毫不在乎這方面的事情，我就說他是個目光短淺的人，一點也沒有體諒之心，如果你需要任何協助隨時告訴我，我會替你安排不錯的諮商師。」

聽了史允江的這番話，鄭利善遲疑地眨動雙眼。他對於史允江講出格外合理的發言感到訝異，另一方面也對史允江直率邀約的舉動有些不知所措。

史允江還分析說這次突擊戰的主角就是鄭利善，因此只要突擊戰一結束，史允江便打算讓鄭利善加入自己的勢力之下。

但是鄭利善聽到要擔任修復師隊伍的隊長時，便緩緩移開視線，沒有特殊的反應，因為所謂的未來離他太過遙遠。

史允江語畢後露出微笑，朝他伸出手。

「我認為這是個不錯的選擇，我不要求你當場回覆，可以慎重考慮個幾天。」

雖然鄭利善一點也不想與之握手，但現在似乎得要握手才能結束這場對話，因此慢慢伸出手，就在兩人的手就要碰觸之際。

「你對別人的隊員還真是有興趣。」

鄭利善的手背突然貼上一陣體溫，史賢不知道什麼時候出現的，他站在鄭利善身後，用手包覆鄭利善的手腕與手背，阻止兩人握手。

史賢僅是站在鄭利善的身後，但感覺就像從後面抱住自己，讓鄭利善的背部肌肉有些緊繃，僵硬地一動也不動。

史賢滿臉笑容凝視著史允江，而史允江僅是勾起一邊嘴角說道：「身為副會長，關心旗下的覺醒者應該是天經地義的事情吧？」

「不必要的關心應該稱作過度干涉。」

「對那些被迫做出成果的人，應該是一種幫助。」

「私自判斷他人的狀態，然後強加自己的想法，則叫作多管閒事。」

「你……」

「在管別人之前，要不要先管好自己？」

史賢語氣平靜，露出溫和的笑容，史允江維持到現在的和藹可親瞬間消失，他擺起高傲的嘴臉，用諷刺的口吻回答：「是嗎？我倒要看看到底是誰不管好自己。」

最後史允江率先邁步離開，史賢這才鬆開手，鄭利善依然全身僵硬，好不容易才放鬆，正當他想抬頭朝史賢望去時，臉頰突然一陣溫熱。

剛剛握住的手現在捧著他的臉頰，鄭利善再次愣在原地，史賢則是用一如往常的冷靜語調說道：「你喝酒了？」

「啊？啊，對……喝了一點點……」

史賢明明只是問了句簡短的問題，但鄭利善卻有點語無倫次，即使史賢已經不再以剛才的姿勢貼在他的背上，不過他的身子仍像故障似地僵硬。此時史賢用大拇指輕輕撫過鄭利善的臉頰，一邊說道：「你的臉有點泛紅，感覺體溫也有點過熱。」

「我沒有喝很多，只喝了兩杯左右……」

「你還記得上次喝了兩杯之後就走路不穩吧？」

「……」

鄭利善突然有些討厭史賢驚人的記憶力。

正式的活動即將開始，會場上設有數十張圓桌，人們紛紛入座，為了防止動線混亂，桌上擺設名牌，Chord 的位置就在會場最靠近舞臺的地方。

Chord 全員聚集後一同入場，鄭利善對於場內的記者感到些許不自在，雖然明知這是大型公會所舉辦的年度盛會，理應有眾多記者參加，但他還是相當不適應，雙手扭扭捏捏，下意識想撫摸兜帽，但最後還是乖乖將手收起，畢竟今天穿的是正式西裝，沒有兜帽讓他掩飾自己了。

他盡可能地迴避鏡頭與記者，坐在史賢的旁邊，圓桌恰好能容納六人，Chord的主力戰將與鄭利善正好坐在同一桌。

「今年的記者好像比去年還多。」

「宴會辦得這麼風光，看來他是下定決心要鞏固自己的地位了。」

羅建佑左顧右盼，低聲感嘆場內的記者數量，奇株奕也從旁附和。現在是突擊戰的期間，他可以選擇依照往年的規模辦理或是乾脆盛大進行，而史允江選擇了後者，再加上打算一併慶祝Chord連續成功清除副本，因此當然要辦得讓人驚艷，當奇株奕講起他們的戰績時，得意地挺起下巴。

「我們連續五次清除完畢可是件不得了的事情。」

「這是把雙面刃，一旦下一場副本我們表現不好，就可以藉此一舉打擊我們。」

韓峨璘沒好氣地說，如果在這種盛大的活動結束後，Chord在第六輪副本吃了敗仗，那麼指責聲浪將會如海嘯般席捲而來，奇株奕失落地說沒想到還有這一招，韓峨璘直搖頭，唉聲嘆氣地說派系鬥爭就是這麼一回事。

但她很快就露出滿滿的笑容，以雀躍的口吻說道：「可是我們有利善修復師啊，所以第六輪副本一定也能平安無事。」

不知為何，鄭利善逐漸對於突擊戰感到一些壓力，但他不可能表露出來，只能表示會全力以赴。

此時史允江站在臺上，朗讀開場致詞。他朝眾人表達歡迎，說HN公會迎來了創立的四十週年慶，向在場嘉賓致上感激之意。

HN公會是韓國排名第一的公會，更是逐步邁向世界的大型公會，這樣頗具規模的公會在一年裡可達成的成果堪稱相當驚人，更別說這四十年以來的豐功偉業有多麼傲人，鄭利善再次意識到自己所屬的公會是個頂尖的公司，跟宏信公會是截然不同的兩個世界。

致詞結束後，史允江表示開放記者問答，後方的記者群一股腦地踴躍舉手，片刻後，史允江接受了一名記者的提問……

「隸屬於HN公會的Chord不斷成功清除在韓國發生的連續副本，距離Chord首次進入副本已經是好幾個月前的事情，為什麼還不見公會對Chord給予實質的獎勵呢？」

雖然這是眾所皆知的事情，但沒想到會有記者直接發問，一旁的奇株奕低聲發出驚呼，鄭利善則是專心地看著臺上的史允江，但史允江的神情絲毫沒有動搖，仍保持笑容回答該名記者。

「的確，以首場副本的時間點來說，直到現在第五輪副本結束後才獎勵成員確實有些晚了，但這是為了不讓Chord備感壓力才選擇這麼做。」

韓國的七輪突擊戰直到第二輪副本的前一週才正式公開消息，雖然Chord順利清除了首輪，但當時只是A級的副本，在對外公布第二輪將是S級副本之後引發了各界的擔憂聲浪，世界各國甚至還為韓國祈福，突擊戰的本身已經造成全國上下的動盪。

「如果在前期舉辦活動的話，我想會造成隊員們的負擔，畢竟，他們本來就是眾所矚目的隊伍。」

「您是認為要祝賀勝利還太早嗎？」

「我希望各位可以把公司的決定視為保護Chord的行為，他們是HN公會的特殊菁英團隊，同時也是韓國最精銳的一支隊伍，雖然我堅信他們可以順利完成任務，但身為HN公會的副會長，我有責任防止隊員承受過度的壓力，因此我希望他們能專心備戰。」

面對尖銳的問題，史允江仍然保持臉上的微笑。

「所以為了慎重起見，公司選擇在最盛大的活動祝賀他們，而我認為最適合的場合即是ＨＮ公會的創立紀念會。」

老實說鄭利善對史允江熟練的對答感到訝異，在那之後即使面對鋒利的問題，史允江仍然游刃有餘地答覆，從未脫口而出偏頗的字眼，雖然鄭利善很少見到史允江，再加上每次碰面幾乎都會與史賢針鋒相對，在他心底留下不好的印象；但現在看到史允江在臺上對答如流，讓人不禁心想副會長的位置可不是鬧著玩的。

提問的環節來到尾聲，史允江表示可以再接受最後一位的提問，那名被點到的記者在眾人的注目下開了口，不過鑽進耳朵的問題卻讓鄭利善所坐的餐桌陷入沉默。

記者：「會長已經入院第四年了，今天正好是創立四十週年，這應該是創立以來會長位置空缺最長的一次……請問會長的位置還會空缺多久，以及ＨＮ公會日後的經營方針又是什麼呢？」

奇株奕嚇得倒抽一口氣，趕緊摀住嘴巴，韓峨璘則是偷偷瞥向史賢，然後若無其事地閃避眼神，鄭利善對於這個問題感到相當不自在，一口氣喝光了桌上的香檳。每當會長的事情被提起時，他便會敏感起來，即使這件事根本沒有其他人知道，但他總會感到坐立難安。

當Chord的餐桌被沉默the籠罩，史賢僅是不發一語，面帶微笑盯著在臺上的史允江。

史允江沉默幾秒後……隨即掛上微笑，「首先，我認為會長位置出現空缺並非恰當的說法，因為會長，也就是我的父親，正在韓白醫院接受醫療團隊的精密治療當中，雖然公會大樓裡的會長辦公室確實是無人的狀態沒錯……」

那句「空缺的位置」其實可以直接略過，但史允江沒有錯失機會，反而幽默了一下，他整個人泰然自若，彷彿已經等候這則問題多時。

「我知道有許多人對於會長的缺席感到擔憂，而在經營層面我也投注百分之百的心力，讓公司裡外的全體人員持續對ＨＮ公會保持信心，自父親病倒以來，我以副會長的職位一肩扛起所有職責，不斷創造優異的成果，展現在社會大眾的面前，即使不知道父親何時會恢復健康，但我絕不會讓他對於公司的發展有所疑慮。」

史允江為了轉換氣氛，開始細數這四年以來公會的各項碩果，從他掌握公會所有權之後，公會的變化與新進獵人們、清除的副本數量以及成功清除的機率等等，還滔滔不絕講起營業收入。

自從史允江坐上副會長一職後，ＨＮ公會的藥水製造組便迎來專業化的轉型，成功締造高利潤，他同時運用這份經驗積極鼓勵其他部門，促進公司各個單位的技術成長，讓製造組的營業額連年增加，武器製造組與魔晶石加工組所達成的銷售額更是有目共睹。

聽著史允江的回答，鄭利善發自內心感到佩服，他並非對於公司的業績感到不可思議，而是史允江這個人，他能坐上副會長的位置絕非單純的運氣好，史允江面對棘手的情況仍能從容應對，熟練地掌握氣氛、鼓舞士氣，史允江也在經營與領導方面於許多學術單位取得了優秀的學位，確實將學經歷徹底發揮在帶領公會的突發狀況。

然後史允江提及公會依然專注在獵人的領域，他表示特攻隊首次進入副本就清除完畢的機率來到百分之七十，放眼望去是相當驚人的成功機率。

原本安靜的奇株奕聽到這裡突然抱怨了起來。

「那是因為我們啊……」

「Chord 剛好在四年前成立的，結果他把我們提升的整體成功率都歸於自己了。」

就連羅建佑也對史允江四兩撥千金的說話方式感到不滿，Chord的首次清除機率高達百分之九十，如果不將他們納入HN公會的績效，那麼公會特攻隊的成功率根本不會那麼高。

「雖然現在Chord專心面對七輪的突擊戰，但HN公會其他的一級特攻隊依舊持續清除其他的副本，這些成果皆是因為每一位獵人的努力才能得到的，我身為副會長會更加努力不懈，讓各位不會察覺會長位置的空缺，HN公會也會繼續致力於守護韓國全體人民的安全與和平。」

這段氣勢磅礴的演講結束後，HN公會的旗下獵人們紛紛起身拍手，還有人發出歡呼聲，其他公會的成員，則是對史允江稱讚不已，在這樣熱絡的氣氛下，唯有Chord陷入微妙的靜默。

史允江的演說精巧地讓自己的地位上升至會長的等級，他不是負責填補會長的空缺，而是大方展現有別於以往的卓越績效，讓人感覺他已經繼承會長的職位了。

但HN公會可以登上韓國第一名公會的理由卻是因為史賢。八年前，當時第一名的公會由於無法解決韓國首次的S級副本因此失去地位，是史賢負責清除完該副本，讓HN公會開始走上坦途。

並且公會戰績在四年前大幅躍進的因素也是史賢所帶領的Chord。

會長病倒後經營權落到史允江的手上，他奪走史賢所有的權力，甚至阻止他進入副本，就在史賢打算退出公會時，史允江才讓他自己組隊，之後史賢便培養Chord成為韓國最精銳的特攻隊。

正因為Chord隸屬於HN公會，使得獵人們渴望進入HN公會，進一步助長公會的影響力。換句話說，HN公會可以獲得大量的副本入場權，並且獲得民眾的信任與國際社會的注目全是因為 Chord 的存在。

但史允江卻正大光明把這些心血納為己有。語畢後，史允江為了表揚特攻隊的努力，點名了 Chord，正如奇株奕先前所料想，公司準備了形式上的獎牌與獎品。

Chord 324 的隊長史賢作為授獎代表來到臺上，站在史允江一側，史允江帶著微笑把水晶製的獎盃與玻璃盒遞給史賢。

「感謝你們對國家盡心盡力，同時替公會的成長付出極大的努力，為了表彰你們的辛勞，公司特地獻上這份禮物……」

玻璃盒內裝有刻印ＨＮ公會標誌的藥水與高等道具，透明的盒子讓人一目了然，這些藥水比市面販賣的藥水還要高階，昭告天下這些高檔的物品是特地為了今天所特製而成的。

韓峨璘看了失聲大笑，說竟然有人會把自己做的藥水當作獎品，奇株奕則是急忙低語要韓峨璘注意言行，畢竟，記者們最愛報導史允江與史賢的愛恨情仇，想必現在一定全神貫注在 Chord 的所有反應，但是韓峨璘根本不在乎外界的看法，朝奇株奕揮揮手，繼續觀看著這場鬧劇。

就在 Chord 的餐桌圍繞著微妙的氛圍時，史賢自史允江手中接過東西，低頭一望……然後露出俊俏的笑容。

「沒想到我會在這裡聽到『表彰』這個詞。」

史允江的表情頓時僵硬，他沒想到史賢竟然會對於一個看似自然的詞彙有意見，不由得皺起眉頭，但很快又恢復笑容，畢竟這是一個公開且眾目睽睽的場合，他相信史賢不會在這裡浪費彼此的時間。

史賢看到史允江露出要他趕緊下臺的眼神，輕微地歪著頭。

「如果你知道自己有幾兩重，我不會惹事；如果你還知道禮義廉恥怎麼寫，我便會閉上嘴巴，但是……」

「……什麼？」

「你的人生還真是輕鬆，只要動口隨便說幾句話就好。如果放任不管會被你說成是一種體諒的行為，而只要一有不合你意的行為就會被暗算，我終於知道為什麼副會長會專心在製作藥水跟賣東西了。」

史賢帶著微笑與史允江僵硬的面容相望，史允江緊咬嘴唇，好不容易才擠出笑容，能見嘴角的肌肉一顫一顫。

「我不進入副本是為了代替會長履行職務，現在能帶領公會的人只有我……」

「我沒有詢問你不進入副本的理由，真不知道為什麼要辯解，我是讚歎你能言善道，並且熱衷於研發產品讓公會的名聲更上一層樓了。」

「……」

「而且我擔心你剛才的最後一句話，是否對公會的高層有所失敬，不是才剛激昂地說要一起為HN公會努力嗎……」

史允江在回答史賢時，一不注意就把經營公司的職責講得全都歸功於自己，史賢緊抓這點，眼尾彎起弧度。

史允江已經成為獵人十五年，但實際進入副本的經驗卻不到十次，這件事像是史允江的把柄，總是如影隨形，其實作為一個獵人公會，要讓副本作戰經驗極少的人當上副會長根本是天方夜譚，要不是會長在背後默許，否則根本不可能發生，再加上當時史允江的外婆家幾乎占據HN公會的高層職位，因此才讓史允江破例坐上副會長一職。

其實一位不進入副本的獵人能白白享受公會名譽是一件非常狡猾的行為，獵人公會比起普通公司對於社會擁有更高的影響力，因此史允江想盡方法要在公會裡爭得一個位置，他雖然不斷強調自己優異的學歷，但其他的公會會長、副會長皆在獲得學位的同時也進入副本，這讓史允江在眾公會裡成為特殊的存在。

被狠狠抓住弱點的史允江氣得發抖，史賢則是拿起玻璃盒，心平氣和地端詳內容物。

「不過副會長要經營公會應該真的很繁忙，沒有多餘的心思照顧Chord，除了這些我們不需要的藥水之外，這裡的道具我們隊上的隊員也都已經有了。」

史賢把箱子放回史允江的演講臺上，然後點頭示意。

下一秒史賢轉過身，離開舞臺，全場陷入冰冷的寂靜。但是奇株奕與羅建佑最先打破沉默，開始拍手，Chord的其餘成員也紛紛加入，在場的眾人也面面相覷，陸續拍手致意，雖然史賢謝絕領受獎品，但現在是祝賀Chord的時間，鼓掌也是理所當然的事情。

史允江咬緊牙根，緊盯著史賢離開舞臺的背影，好不容易才控制好臉上的表情，畢竟活動尚未結束，前方還有一大群的記者，他深吸一口氣，極力掛上笑容，但卻藏不住顫抖的臉部肌肉。

雖有插曲，但活動依然繼續進行下去。

HN公會不僅表揚Chord的碩果，也授獎給其他特攻隊，獵人協會與覺醒者管理本部的人士也輪流上臺致詞。

這些例行的活動結束後，嘉賓們終於可以恣意享受派對的時光。大廳一旁的空間是記者禁止出入的場所，大家全都自在地移駕到那裡，有些隊員因為有要事在身，朝隊員們致意後先行離開，鄭利善發現有人離開後便朝史賢問道：「現在可以回去了嗎？」

在活動過程裡一直感到不自在的鄭利善，一發現可以離場時眼睛發出光芒，史賢覺得鄭利善的反應很逗趣，輕微笑了一下，鄭利善依舊不放棄又再度提問，史賢最後點頭回答道。

「協會的副會長說希望找我談談，談完後就可以回家了。」

史賢猶如哄孩子似地輕拍鄭利善的肩膀，然後離開位置。由於現在是會後派對，更換了不同種類的香檳，還增加了許多雞尾酒，韓峨璘因此整個人雀躍不已。

「雖然我討厭史允江，但這次的酒單真不錯，無論是餐食或飲料都很棒。」

「天哪，感覺姐姐要撲過去了，在她醜態百出前我要先閃人。」

一旁的奇株奕搖頭嘆息，鄭利善露出訝異的表情，奇株奕解釋道，一旦韓峨璘成為脫韁的野馬就會瘋狂灌酒……

「雖然不會到處嘔吐搗亂，但會一直逼人家喝酒，說這個東西很好趕快喝。」

「……就像剛才給我的這一杯嗎？」

「這種程度還好而已，等到她整個失去控制根本會直接灌食，但也不會對所有人都胡亂灌酒，感覺是對平常受她挨打的人才這樣？等等，可是為什麼我總是被打又被灌酒？」

「你不知道自己為什麼是倒楣鬼嗎？」

「我平常就很常被妳打了，為什麼連喝酒了還要繼續欺負我……」

韓峨璘無奈地搖頭，原本想說明理由，但看到奇株奕委屈的樣子又把話吞了回去，鄭利善在一邊看得哈哈大笑，奇株奕與韓峨璘聽見鄭利善的笑聲無不瞪大雙眼。

鄭利善很快就發現他們驚奇的表情，奇株奕與韓峨璘彼此對望，感到不可置信。

「修復師喝酒後會變得愛笑嗎？」

「這種喝醉方式真不錯，可以看到修復師珍貴的笑容。」

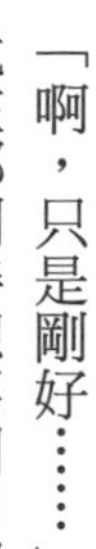

「啊，只是剛好……」

就在鄭利善想要開口解釋前，韓峨璘與奇株奕舉杯慶祝，玻璃杯發出清脆聲響，其實鄭利善很少喝酒，不知道自己酒後的習慣是什麼，朋友們只說過自己喝酒後會一直睡覺，所以他不曉得現在的笑容是因為醉意還是氣氛使然。

或許因為派對上供應的香檳與雞尾酒都很高級，再這樣的氣氛下韓峨璘與奇株奕你一言我一語地講著Chord的故事也很有趣，讓鄭利善在不知不覺中喝了一杯又一杯的酒。

他們共事了四年的時間，經歷的趣事何止一兩件，他們不斷分享那些在副本裡的戰鬥經過、偶爾跟其他公會的糾紛，以及在ＨＮ公會裡的種種過去。

在講故事的期間，Chord的獵人時而會聚在一起，時而會離開與其他公會的成員談天。像申智按在加入Chord前隸屬於泰信公會，因此她也與泰信公會的成員們對談，羅建佑之前曾在許多公會擔任治癒師，所以在派對中不停和各式各樣的人交談。

「羅建佑獵人似乎也很喜歡喝酒，感覺已經喝了十杯以上。」

「因為哥是治癒師啊，喝完就會解酒，繼續喝就繼續解酒。」

「這樣子啊……」

「既然會解酒，那我就不懂為什麼還要喝酒了。」

奇株奕替羅建佑回答，鄭利善暗自覺得這樣的體質很神奇，韓峨璘則是一臉不解既然無法享受醉意，那何必喝酒。這時史賢或許結束了與協會副會長的對話，朝他們走來，但有一個人向史賢搭話，即使鄭利善對於獵人的世界不大熟悉，但他能認出那名S級的獵人，與史賢搭話的人正是樂園公會的現任會長。

那名會長從幾年前就減少獵人的任務，準備退休，因此才打算培養千亨源成為會長，然後到恬靜的地方享受退休生活，但這個美好的計畫卻因為千亨源的蠻行而被破壞，當時會長在記者會上露出黯淡的神情，今天卻出現在這裡，甚至攔住史賢的去路。

鄭利善以為他要向史賢討公道，殊不知由於兩人很靠近 Chord 的餐桌，他們能聽見對話內容，會長竟然向史賢提出了驚人的提案。

「突擊戰結束後，你願意來樂園公會嗎？只要你點頭，我想把樂園交給你……」

韓峨璘跟奇株奕聽到內容後，陷入沉默，雖然樂園公會對於是否要逐出千亨源遲遲沒有回應，不過也因為他是S級的獵人，站在公會的立場無法輕易決定，但倘若他們挖角史賢，那麼將解決這個窘境。

如果史賢加入樂園公會，他們可以直接拋棄千亨源，再加上要是史賢坐上公會會長的大位，那麼極有可能打敗HN公會，躋身成為韓國第一名的公會，這對於現任的樂園會長是最棒的選擇。樂園的會長熟知史賢與史允江正在明爭暗奪會長之位，所以大力邀約他加入樂園，想藉以壓下HN公會的氣焰。

樂園公會的會長拉著史賢至一邊，繼續兩人的對談。桌邊的三個人直盯他們的背影。

「如果隊長去了樂園，Chord 要怎麼辦？」

「我想樂園的意思是集體挖角 Chord，通常特攻隊會跟著隊長移動……如果 Chord 加入樂園，他們不只拉高A級獵人的數量，又直接多了兩名S級獵人，當然是穩賺不賠。」

講到一半的韓峨璘突然笑了出來，然後搖搖頭。

「但我用一顆寶石賭他不可能答應，他努力了多久才得到現在這個局勢……」

韓峨璘接續說道，現在的一切順利地持續進行中，他不可能突然加入第三名的公會。奇株奕似乎隱約知道韓峨璘指的「局勢」是指何物，頻頻點頭同意。

鄭利善差點以為史賢會答應，突然覺得有點尷尬。史賢不惜修復會長的屍體，就是為了扳倒史允江，以韓峨璘的語氣來說，就是為了徹底讓史允江摔個狗吃屎，那麼史賢怎麼可能放棄這個大局，轉身投奔樂園。

就在鄭利善覺得有點羞愧時，奇株奕驕傲地說其實現在Chord擁有的影響力如同一座公會，假使可以持續清除突擊戰，那麼ＨＮ公會的名字直接改成Chord也不為過，奇株奕的音量逐漸提高，似乎有些醉意，韓峨璘看出奇株奕的神志恍惚，將他帶往牆邊的椅子休息。

就在韓峨璘帶走奇株奕時，史賢回到位置上。鄭利善呆望著史賢，猶豫該不該開口詢問他跟樂園會長的談話，不過史賢卻率先開口說道：「你因為想快點回家，所以鬧脾氣嗎？」

「……嗯？」

「不然怎麼喝那麼多酒？好像喝了四杯左右。」史賢輕撫鄭利善的臉頰，低聲說道。

雖然鄭利善並非酒醉就會臉紅的類型，但他確實已經喝醉，鄭利善眼皮低垂，雙頰發熱，就連反應也慢半拍。

在史賢確認鄭利善狀態的同時，鄭利善一句話也講不出來，他知道在史賢的眼中自己是個喝醉之人，但即使如此，還是支支吾吾地解釋沒有在鬧脾氣。他一想到史賢即使在別的地方與他人對話，仍然留神自己喝了幾杯時，就覺得內心翻騰不已。

他不明白史賢為什麼總要說讓自己陷入混亂的話，雖然史賢本身的觀察力就很敏銳，但鄭利善從某一刻開始，就經常想為史賢的行動付諸意義。

史賢帶著形同故障機器人般僵硬的鄭利善來到外頭，他們走過大廳，經過長長的走廊，沒有與任何人對到眼。

在安靜的空間裡，鄭利善幾乎被史賢拖著走，而且史賢還不斷指責他，史賢說正式宴會前鄭利善就已經喝了兩杯，剛才又喝了四杯，是否一點也不想保持清醒。鄭利善無法做出反駁，因為他走路已經搖搖晃晃，根本無法駁斥自己沒有喝醉。

站在原地的話還沒有問題，但只要踏出一步，便感覺整個世界會傾斜，他分不清楚是自己的身體在晃動，還是建築物的角度出現異樣。心知肚明自己真的喝醉的鄭利善，雖然知道史賢的指責是對的，還是不免感到委屈。

「你也喝不少啊……」

「利善，你好像總是忘記我是S級的獵人。」

聽見史賢冷靜的回答，鄭利善猛然想起韓峨璘說自己可以喝多也沒關係，是因為不容易醉所以可以大量的喝酒嗎？可是感覺韓峨璘原本就是喜歡喝酒的人……

「是因為等級較高，所以對酒精有相當的抗性嗎？」

「是因為解毒的能力較高，S級獵人似乎普遍都這樣。」

「我也是S級啊……」

「……」

對於鄭利善的嘟噥，史賢露出荒謬的眼神，鄭利善似乎覺得有些難為情，避開了史賢的視線。

「早知道該覺醒成為戰鬥類型的獵人才對。」

「感覺就算你是戰鬥型獵人也攻擊不了怪物，但人們總說幻想不可能的事物很有趣，如果你能因此感到開心，繼續幻想也不錯。」

史賢還說願意繼續聽鄭利善的幻想，鄭利善想要抬頭瞪他，但醉意湧現，使他的眼皮沉重，完全無法使勁瞪人，像極了溫順的小動物在反抗似地，史賢溫柔低頭回望他，最後鄭利善受不了，將頭別過去。

「……你是個出色的戰鬥系S級獵人，所以總有各式各樣的挖角邀約……」

雖然那道聲音極小，猶如自言自語，但是史賢隨即停下腳步，訝異地望向鄭利善。鄭利善注意到史賢的視線，急忙解釋是因為看到樂園會長向史賢提出邀約一事，史賢沉默片刻後發出像是嘆息的笑聲。

「你覺得我會去樂園公會嗎？我可是準備了四年呢。」

「……」

史賢繼續道：「而且，今天接到最多挖角邀約的應該是你，就連史允江也提出了不像話的邀約，不是嗎？」

他呆愣愣望著史賢，由於他們在進入會場後就分隔兩地，他以為史賢不知道史允江說了什麼。

鄭利善對於史賢清楚知道自己的一舉一動感到不知所措，就算人在遠方也注意著自己的動向，心想至此，鄭利善的雙頰紅了起來，他不知道喝醉後心跳是否也會加劇，彷彿連呼吸也失去既有的節奏。

「……那你覺得我會去其他地方嗎？」

作為一個不寄望未來的人，向他人提出這種問題其實有違邏輯，但鄭利善好奇史賢的回答，他在Chord的角色就是修復突擊戰裡崩塌的建築物，那當突擊戰結束後，就沒有必要留在Chord裡了。

雖然在一般副本裡會因為激烈的戰鬥造成路面毀損，但特地為此帶上非戰鬥類型的修復師是極度沒有效率的做法。那麼比起任何人都重視效率的史賢，還有理由在突擊戰結束後把他留在身邊嗎？

確切來說……鄭利善想知道史賢在乎他在契約結束後的動向嗎？

但鄭利善並不知道自己內心真正關切的問題，他不明白自己為何感到好奇，就只想要趕快聽見史賢的回答，一臉焦慮地望著史賢，鄭利善猜測起那張臉的細微表情，心急盯著史賢的嘴唇什麼時候才要動作。

正當史賢彎起嘴角的剎那，鄭利善感到心臟怦地一聲墜落。

「那你有想去的地方了嗎？」

「……什麼？」

史賢吐出的答案是那樣冷靜又單調，鄭利善感到心灰意冷，整顆心彷彿摔落谷底，即使墜落也因早已麻痺，絲毫沒有疼痛感，他被莫名的失落感包圍。

鄭利善搞不清楚這份心情的緣由，這股失落感太過龐大，他一句話也說不出口，不過史賢卻逕自開口。

「但我認為你應該沒有想去的地方，因為你仍然不習慣出現在大眾面前，所以你不會有想加入的公會，就連現在參加突擊戰，也是為了讓那些屍體真正死去。」

史賢朝發楞的鄭利善笑得很燦爛，他繼續一派輕鬆地分析，當初他為了招攬鄭利善就已經大費周章了，就算其他的公會提出再好的條件，想必也不會成為有效的誘因。

這道簡單又明瞭的分析完全符合史賢的個性，鄭利善被一道難以言喻的安心感包覆，不自覺大笑起來。

史賢用手輕輕捧起鄭利善的臉頰，不知是否因為醉意，鄭利善笑得格外開心，比起他偶爾淺淺一笑時還要更放鬆，史賢覺得很新奇，輕撫鄭利善的眼角。

「我想你在突擊戰結束後應該傾向先休息，你對於蜂擁而來的提案絲毫沒有反應……一般人至少會針對其中幾項與其他人討論，但你卻什麼都沒說，應該就是對那些提案一點也不心動。」

「……」

「非戰鬥類型的人對於突擊戰的壓力比其他人還大，所以我認為你想專注打完現在的戰役，之後再好好休息，或是可能因為以前的創傷休息得更久也說不定。」

鄭利善頓時被史賢的分析嚇了一跳，史賢深黑色的瞳孔近在眼前，史賢仍然捧著他的臉，因此兩個人的臉靠得很近，鄭利善好像被史賢的影子所圍困，恍恍惚惚地抬頭望著他。

史賢露出微笑，繼續說道：「所以等你休息結束後……在ＨＮ公會一起工作吧。」

「……啊？」

「那時候繼承公會會長的程序已經完成，我也把公司內部整頓得差不多了。」

鄭利善遲鈍地眨眼，史賢的計畫是等到突擊戰成功結束，他將讓會長真正死去，那時候大家便會對遺囑內容產生不滿，待輿論按照他的計畫沸騰，他就可以取代史允江，成為下任會長。

史賢繼續說，他也不想讓知道所有祕密的鄭利善去別的地方，造成祕密被揭穿的可能，同時史賢認為休息到一定程度後，鄭利善會自己想要重拾修復師的工作，等到那時再來談條件也不遲。

聽著史賢這番輕鬆的發言，鄭利善僅是輕微睜眼又閉眼，他不知道要怎麼回答，不知道是因為自己從未刻畫過未來而感到陌生，還是對於史賢的話感到開心，即使搞不清楚內心的情緒，不過鄭利善現在感受到一絲輕飄飄的喜悅。

他似乎浮在半空中，鄭利善納悶是因為喝醉了嗎？否則他不可能會有喜悅的感受，整個人好像氣球般浮在空中，胸口彷彿被羽毛騷動。

然後下一秒，史賢說出了他的名字。

「利善，等這些事情結束後，留在我這裡吧。」

心中的氣球似乎應聲爆炸，鄭利善震了一下，心臟撲通撲通地瘋狂跳躍，使得他必須大口呼氣。

「我會滿足你想要的一切。」

鄭利善感到頭暈目眩那句話與當初史賢找上他時說的話如出一轍，對於史賢始終如一的態度，讓鄭利善覺得萬般陌生，史賢的聲音在耳邊嗡嗡作響。

史賢當上會長後，若是能簽進S級的修復師，必定會擴展公會的影響力，因此現在史賢所說的每一句話也都在他的算計之內，鄭利善心知肚明，他微微張口，想要說些什麼……但鄭利善馬上轉身離開。

他幾乎用逃跑的速度離開史賢，在走廊上快走，直到剛才還有點模糊不清的視線已經恢復正常，現在搖搖晃晃的只有自己的內心，這讓鄭利善相當不敢置信。

史賢則是靜靜地跟在他身後，似乎覺得突然慌忙離開的鄭利善有些可笑，聲音還夾雜些許的笑意。

「出口不是那個方向喔，你打算去哪裡？」

一聽見這句話，鄭利善加快腳步，就在鄭利善幾乎跑過轉角時，史賢突然從前方的影子出現，他透過標記來到鄭利善的身邊。

鄭利善被史賢的瞬間移動嚇到，太過訝異的他嚇得往後退縮幾步，一下子突然重心不

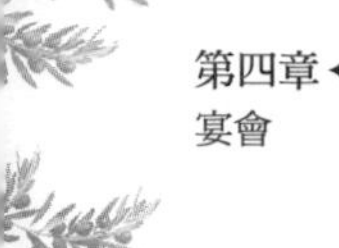

穩，眼看就要跌倒。史賢很自然地抱住他的腰，接住了他，就像將鄭利善擁入懷中。

鄭利善整個人埋在史賢胸口，絲毫無法呼吸，心臟瘋狂跳動，頭部彷彿隨時會爆炸，雖然他想說服自己是被史賢嚇到，但心跳卻不見停歇，不，千頭萬緒全都卡在喉間。

史賢向僵硬的鄭利善說道：「你想逃到哪裡呢？」

「啊，我、我……不是要逃，是、是想到有東西掉在大廳了。」

「明明就沒有，我就坐在你旁邊，怎麼可能沒看到。」

無法辯駁的鄭利善選擇閉上嘴巴，他全身顫抖，就連頭也抬不起來，他不得已只好選擇裝作喝醉的樣子，胡亂說可能因為喝太多酒神志不清，所以記錯了，就在此時……

史賢用手指稍微摸過鄭利善的耳垂。

「利善，你的耳朵變紅了。」

雖然只是輕微的接觸，但鄭利善現在被史賢抱著，光是觸碰耳朵就足以讓他全身緊繃，史賢溫柔地說越來越紅了，然後反覆摸著耳垂。鄭利善壓抑住翻攪的氣息，擠出可笑的辯解，他根本不明白自己的身體發生了什麼事卻執意辯解。

「大、大概是因為喝醉……所以發熱吧。」

不知所措到有些哽咽的聲音讓史賢淺淺一笑，隨著笑容吐出的氣息搔癢著耳朵，鄭利善不清楚現在臉上是什麼表情，但下意識知道不能讓史賢看到，因此將頭深深埋進胸口。

耳邊隱約能聽到史賢溫柔地說：「如果利善你這麼說，那就這樣吧。」

鄭利善想不起來自己是怎麼回家的。

當他好不容易冷靜時已經抵達公寓門前，他用最後一絲理性向史賢道別，史賢就住在隔壁，也就是說兩人在走廊上道別後回到各自的家中。

但當鄭利善正要關門時，門扉突然被抓住，他呆愣地望著門板上細長的手指，然後看向史賢的那張臉。正當他納悶不是已經道別了，為什麼史賢還會出現時，史賢打開門傾斜上半身靠向他。

「……」

面對逕自湊近的臉頰，鄭利善如同大腦故障的人，動彈不得。然後對史賢接下來的行動倒抽了一口氣，因為史賢正替他解領帶。細長的食指熟練地解開領帶，鄭利善慌亂之下問道：「你、你在幹麼……」

「既然你不知道怎麼繫領帶，應該也不會解開。」

「這、這種事我知道。」

鄭利善想揮手拒絕史賢，但就在鄭利善動作猶豫的時候，史賢已經解開領帶，還掛上漂亮的笑容，鄭利善望著那道笑容發楞，史賢溫柔地說。

「可是利善，我之前也說過……」

那道聲音猶如喃喃自語般：「你真的很不會說謊。」

史賢輕輕用手搔過鄭利善的耳垂，並且笑著轉身離開。

門板慢慢闔上，碰的一聲。直到門完全關上好一陣子後，鄭利善仍然杵在原地許久，無法動彈。

✦ 第五章 ✦

毒藥

公會創立週年活動後，時間過得飛快。

Chord休息一天過後便集中火力準備副本，目前猜測這次會碰上三回合的戰役，必須做好萬全準備。他們將在一樓遇見騎士，然後與二樓墓室附近的神像對戰，而最終的魔王推估是墓室裡的屍體，他們盡可能計算所有可能性，進行相關準備。

成員們購入可以抵抗詛咒技能的道具，也準備好可以增強法術威力的道具，雖然這次的陵墓沒有遭受過火災攻擊，因此分析應該可以使用火攻，但他們也考慮或許會像第四輪副本的特殊情況，魔法攻擊可能會受到阻擋，因此帶上照明石。

當眾人各自忙於備戰時，鄭利善也認真背誦復原圖，雖是希臘的建築風格，與先前的神殿有些雷同之處，但仍有許多細節需要細心鑽研。

Chord獵人都知道鄭利善習慣在個人的辦公室研究復原圖，但他們也察覺自從派對後鄭利善有些異狀，感覺更刻意地躲在資料堆內，如果有人主動向他搭話，他還會嚇一大跳。

再加上鄭利善以前總是跟史賢一同上班，但最近都提早獨自抵達公司，每次正式會議結束後，就會馬上回到辦公室。不過光從這些異狀很難斷定究竟發生了什麼事，畢竟也無從得知原因，因此獵人們認為或許鄭利善只是認真在備戰罷了，沒有多想。

另一方面，鄭利善也知道獵人們的困惑，但他別無他法，因為他不知道該如何撫平內心的混亂，這是一年多以來，不是，應該說這是他出生以來第一次感受到前所未有的矛盾心情，所以他只能選擇讓自己埋首工作。

在第六輪副本發生的三天前，辦公室出現一陣騷動。

Chord獵人在訓練的途中發生意外，造成一名獵人受傷，由於距離副本所剩的時間不多，眾人陷入慌張的狀態，所幸傷勢並不嚴重，不過傷到腿部，導致該名獵人難以自由行動。Chord的治癒師率先替他治療，再移動至公會的恢復室，因為即使由治癒師當場進行治療也無法恢復至百分之百，待在辦公室的鄭利善聽見外頭的騷動後出來察看發生了什麼事。

「一切都還好嗎？」

「呵呵，不用太擔心，大概三天後就好得差不多了，雖然在副本裡需要留意一下，但客觀來說因為他不是魔法師，所以不會造成太大的戰力損失。」

鄭利善露出擔心的神情，羅建佑搖搖頭安慰他，第六輪副本的作戰關鍵是魔法傷害，因此以物理傷害為主的獵人受傷的話，對於整體戰力的影響較低。

「是喔，因為聽到有獵人受傷，我有點擔心……」

「他是A級的獵人，很快就會康復了，他比較擔心隊長知道後會怎麼樣。」

羅建佑笑著說鄭利善還不熟悉獵人的恢復速度，並且接續說現在史賢去了趟獵人協會，回來後就會知道獵人受傷的事情，到時候整間辦公室的氣氛就會凍結如冰，羅建佑邊說邊發抖，看來和那位獵人一同受訓的所有人都會被訓斥，這讓鄭利善感到有些訝異，好奇地問道：「不過不是對戰力沒有影響嗎？」

「嗯，話雖如此……但還是會讓隊長的計畫出現變動，隊長很不喜歡計畫發生變化，畢竟副本內已經有許多突發狀況了，而現在還沒進去就發生了。」

一聽到羅建佑這麼說，鄭利善隨即點頭明白，史賢是盡可能計算所有變數的人，現在距離副本發生只有短短幾天，更不容許意外發生。

大部分的獵人都前往恢復室，辦公室變得有些安靜，羅建佑說自己需要過去一趟。獨自留在辦公室大廳的鄭利善呆呆地望著窗外，或許因為這裡的樓層很高，所以可以一目了然市容。鄭利善頓時好奇HN公會的修復師辦公室會在幾樓，想到這裡他突然全身一震，不明白自己為什麼突然有這個念頭。

他甩甩頭，想拋開腦中的想法，正當他起身回辦公室時，有人靠近他。

「鄭利善修復師，副會長找您。」

那是史允江的個人祕書，鄭利善不知道史允江突然找自己的原因，回問祕書有什麼事，但是祕書只是不斷重複副會長有事找您，最後鄭利善只好乖乖跟著對方走，畢竟他也沒有理由拒絕已經找上門的祕書。

首次踏入的副會長室非常陌生。

雖然之前曾在藥水製作組所使用的五十五樓見過史允江，但這是他第一次來到位於五十九樓的副會長辦公室，六十樓便是這棟建築室的最高層，也就是會長室，鄭利善跟隨祕書的指示進入辦公室。

這座充滿古典氣息的辦公室與史允江相當吻合，史允江站在放有「副會長史允江」名牌的書桌前，一見到鄭利善馬上向他問候，並且邀請他坐在咖啡色的沙發上。Chord 辦公室的色調主要以黑白作為設計主軸，以金色系作為點綴，與史允江的辦公室截然不同。

鄭利善環顧四周，史允江把一只茶杯放在他面前的桌子上，鄭利善開口問道：「找我有什麼事？」

「修復師才剛坐下沒幾分鐘就切入正題，我只是想以副會長的身分與旗下的覺醒者喝杯茶、聊聊天而已。」瞧見鄭利善充滿警戒的眼神，史允江露出笑容，繼續說身為管理公會的人，需要傾聽所有覺醒者的意見，這樣才能帶領公會邁向更好的發展，史允江還伸手示意鄭利善可以喝口茶。

「這是我親自沖的茶，希望你喜歡。」

高級的陶瓷杯中裝著淺褐色的茶湯，鄭利善凝視熱茶冒出的蒸氣，抬頭望向史允江，用眼神示意盡快講明找他來的目的，史允江看出鄭利善的心思，露出微笑的笑容，坐在鄭利善的對面，並且翹起二郎腿。

「你加入ＨＮ公會有一陣子了，有什麼需要幫忙的地方嗎？」

「……沒有，謝謝副會長。」

「你只在Chord工作可能不大清楚，隸屬於ＨＮ公會的覺醒者擁有許多員工福利，如果你需要的話可以提供住宿、公務車，購買結盟公會的產品也有優惠。」

史允江面帶微笑地說，只要在外面拿出ＨＮ公會的名片，就能得到豐厚的待遇。鄭利善突然想起史賢給他的那張名片，上頭ＨＮ公會的字樣小得難以辨識，既然史賢想當公會會長，那麼為什麼把公會名字印得那麼小？因為想要把ＨＮ公會的勢力從Chord裡頭移除嗎？

鄭利善的思緒沉浸在史賢身上，聽不見史允江滔滔不絕炫耀ＨＮ公會的優渥福利，就在史允江講出「修復組」時，他這才把視線移回史允江身上。

「我想繼續跟你討論那天在會場上所提到的事情，但那時候因為史賢突然出現，中斷了我們的對話。」

「喔……」

「假如你願意的話，先設立修復組怎麼樣，雖然你身為Ｓ級修復師，可以獨立修復建築物，但如果損害範圍較大，你會需要投注更多的體力，因此你可以選擇修復重要的建築物，其餘的修復交由組員就好，這樣更有效率。」

史允江似乎已對修復組有詳細的計畫，對於細部內容侃侃而談，屆時將由鄭利善擔任組長，並且由他親自挑選組員，目前可以先從ＨＮ公會旗下的修復師進行篩選，說著並遞出一張名單。

「這支隊伍由你命名，如果沒有想法，我再推薦你幾個不錯的名字。」

鄭利善懵懵懂懂地接過名單，史允江露出微笑。史賢所帶領的 Chord 324 是由史賢親自命名……鄭利善嘴唇顫抖，總覺得口乾舌燥，他啜了一口有些冷卻的茶湯，微溫的液體溜進喉嚨。

鄭利善對於未來絲毫沒有任何規畫，這是理所當然的事情，他因為朋友的死亡遭受莫大的衝擊，受困於隨之而來的失落感與自我厭惡，喪失生存意志，會答應參與這次突擊戰也是因為這個原因，他礙於修復能力的制約無法傷害自己，所以他打算在接受史賢的無效化後自殺，若要說鄭利善對於未來的想法，也就只有這項了。

然而鄭利善卻提出一個奇怪的問題。

「……修復師們的辦公室在哪一樓？」

「嗯？修復師在八樓。」

「是喔……」

鄭利善不明白自己感到落寞的原因，不知道為什麼腦裡第一個想法是距離 Chord 的四十二樓真遙遠。他仍然覺得口渴難耐，再度喝了一口茶。史允江凝視著他，笑著說道：「不滿意嗎？如果你想要更高的樓層，我可以跟其他組別協議，讓你換過去，雖然無法保證，但我會盡力交涉看看。」

鄭利善不知該作何答覆，緊抿嘴唇，即使門窗緊閉，但好像有陣冷風搔過耳邊，然後，很奇怪的是他竟然頭痛了起來。

難道是因為他明明對於未來毫無寄望，但卻好奇修復師使用的辦公室位置嗎？這種口是心非是否非常可笑。史允江打量著鄭利善的每一絲表情變化，緩緩開口。

「不過，鄭利善修復師。」

「……是的？」

「你記得加入ＨＮ公會，應該是說當時加入Chord的時候，最先去了哪裡嗎？」

面對史允江突如其來的問題，鄭利善露出訝異的神情。史允江把身體往後深埋在沙發，雙眼直視鄭利善，眼神似乎帶著一絲威嚴，鄭利善遲緩地眨動雙眼，史允江現在的態度與剛才有點不同，應該是說截然不同。

漆黑的瞳孔透出銳利的眼神，緊盯鄭利善，史允江勾起微笑說道：「如果你忘記了，那由我來告訴你，你當時去了趟韓白醫院。」

「……」

「然後自從那天開始，會長，也就是我的父親，他的脈搏就趨於穩定。」

空氣頓時詭譎扭曲，先前的氣氛還帶些微妙的尷尬與古典裝潢之下特有的暖意，但現在瞬間凍結，冰冷又沉重的空氣使人難以呼吸。

韓白醫院，公會會長。

聽到這些詞彙的瞬間，鄭利善的心臟撲通撲通地大力跳動，雖然緩慢但某種顯著的震幅敲擊胸口，他感到萬分窒息，鄭利善那雙淺褐色的瞳孔只能呆望著史允江。

「我沒說過我在韓白醫院有很多眼線嗎？為了搞清楚史賢那天帶了誰到醫院雖然花了一點時間，但我還是找出來了，據他們說是個把兜帽戴得很緊的人，而自從那天之後，史賢身邊有那種特徵的人也只有你了。」

「……」

「父親的生命徵象原本持續減弱，甚至好幾週之前醫生還說可能活不過一個月，但在史賢跟你去了一趟病房之後，父親的脈搏就逐漸穩定了。」

史允江站起身邊走動邊講，甚至不時發出奇怪的聲音，整張臉眉頭深鎖。

他繼續說道會長雖然生命徵象穩定，但無法正常對話，最後他們將會長綁在床上，還照了腦波照片，但找不到任何奇怪的部分……

「所以我認為父親會變成這樣跟你有關，差別只在於你做了什麼，或是親眼目睹史賢做了什麼。」

看到鄭利善閉口不語，史允江以嘲諷的口氣問道：「你不想說究竟發生什麼嗎？好吧，你跟史賢有可能做了某種交易，也可能被威脅要保守祕密。」

「……我，我不知道副會長在說什麼。」

「真可笑，竟然想裝作不知情，不管你們進行了何種交易或是受到威脅，反正你跟史賢一定做了什麼，否則消失一整年的修復師，甚至還在第二次大型副本失去所有朋友而導致精神不正常的人，怎麼可能答應參加突擊戰。你在副本裡也曾經出現恐慌症狀，你一定也知道自己不適合進入副本，但依你仍然執意進入的情況來看，我想應該是達成了某種交易。」

史允江說一個既沒有家人也沒有朋友的人，沒有什麼值得拿來威脅的事物，所以應該是交易，他自行認同自己的說法，邊說邊點頭。

一針見血的話淹沒了鄭利善，他只能愣在原地，大腦完全無法思考，不知道該做何反應。但奇怪的是他並非因為史允江的話感到害怕，也不是恐懼祕密被揭穿，總感覺頭好痛，剛才細微的痛楚變得更明顯。

鄭利善疼得稍微皺起眉毛，史允江見狀開口說了句「終於有效果了」。鄭利善不明白這句話的意思，但史允江的聲音像在辦公室裡盤旋的回聲，鄭利善轉動眼珠，只見史允江對著他露出微笑。

那道笑容彷彿勝券在握，彷彿找到了能翻轉至今為止讓他陷入窘境的殺手鐧。

「那杯茶有毒。」

「……」

「假使不說實話，你會死。那是我親手調製的毒，巧妙地計算過魔力的劑量，因此其他人不會發現這種毒，一旦發作就連治癒師的治療也沒有用。」

史允江表示只有他才有解毒劑，那道聲音在耳邊嗡嗡作響。雖然很短暫，但鄭利善露出非常遲鈍的表情，他整個人像洩了氣的皮球般呆望史允江，然後低頭望向桌上的茶杯，杯底的茶湯幾乎見底。

鄭利善緩緩握住茶杯，史允江看起來氣勢凌人，應該並非在說謊。鄭利善納悶自己是怎麼喝下毒藥的？他有整整一年都無法傷害自己，現在竟然喝了毒藥，是因為他不知情，所以才有效嗎？也對，如果走在路上被車撞的話，應該也會傷重身亡吧。

鄭利善握著茶杯裡僅存的溫度，不，應該是說握住早已完全冷卻的陶瓷杯，開口問道：

「真的是可以致人於死地的毒藥嗎？」

「沒錯，雖然治癒師可以救人，但相對地也很清楚怎麼殺人。」

史允江緩緩回答，鄭利善像是在咀嚼他的答案般，沉默不語……

然後，露出一抹淺笑。

「……」

史允江看到那個笑容馬上臉色大變，明明說這是致命的毒藥，但鄭利善卻在笑，像個虛脫、喪失一切的人似地。鄭利善的臉上瞬間閃過滿溢的情感，又在轉瞬間消失。

他完全無法理解鄭利善的反應，史允江生平第一次看到聽見死亡威脅後還笑得出來的人，還是鄭利善認為他是在開玩笑所以裝模作樣嗎？

史允江臉色難看，語氣冷酷地說：「你應該已經開始頭痛了，那就是中毒的症狀，頭痛會一直持續，二十小時後會吐血，四十小時後你就會死。」

四十小時……鄭利善聽到所剩的時間，陷入思考，他喃喃自語，完全沒有驚恐的神色，史允江的眉頭皺得更深，猶如怒瞪般盯著鄭利善，他原以為鄭利善是個很好操控的人，殊不知其反應完全超出預料。

「你好像以為我在開玩笑，隨便你，反正二十小時後你就會再次思考我說的話。」

史允江打開門，示意要鄭利善離開。

鄭利善似乎不想放下茶杯，反覆撫摸杯身，最後才緩緩放下杯子，走出辦公室，離開的前一刻他轉頭望向辦公室的時鐘，時針指著中午十二點。

窗外的天空像是要降下傾盆大雨般地陰暗。

鄭利善獨自走出長廊，搭乘電梯，他按下四十二樓的按鍵，愣愣地望著數字變動，雖然頭隱隱發痛，但已經習慣了，所以看上去沒有大礙，視線一片清晰，步伐也沒有搖晃。

在密閉的空間裡，鄭利善僅是遲鈍地眨眼，在電梯下樓的期間，他沒有表現出任何異狀，靜靜地站在原地。

「……」

自己真的吃下毒藥了嗎？

史允江是個擅長製作藥水的人，說不定真的會調製特別的毒藥，他為了威脅鄭利善還特地精準掌控時間，用盡A級的能力製作出毒藥。想到讓他傾注全力的東西竟然是製作毒藥，讓鄭利善不免感到有些可惜。現在將死的人是鄭利善，但他還有心思替他人感到惋惜。

他知道Chord的人全都討厭史允江，史賢稱史允江是個被剝奪感洗腦的人，韓峨璘也說他是個幼稚的人，據他們的言詞來看，感覺史允江就是個毫無能力，只知道死抓副會長一職的人；但從創立四十週年的活動上來看，史允江不是那樣的人，是個聰明到足以讓鄭利善感到訝異的人。

但他會為了揭穿會長的死訊而不擇手段嗎？不過為什麼選擇現在？是因為在活動會場提到會長的病情？還是因為被史賢公開嘲諷所以不甘心？史允江深信只要會長死亡他便能繼承會長大位，或許在會長病重前他就曾親耳聽到會長這麼吩咐。

所以他特地選在Chord因為突擊戰而忙碌，史賢聚精會神在副本上的這個時間點乘機展開繼承的工作嗎？的確是個不錯的計謀。

電梯抵達後發出提示聲響，停在四十二樓的電梯門緩緩打開，那道熟悉的字樣映入眼簾，金色的石板上頭刻著優雅的Chord 324，就算每天上下班都能看到，但這道字樣對他來說還是格外陌生，他一步一步離開電梯，往辦公室走去。

原本全都聚集在恢復室的獵人們似乎全都回來了，辦公室又變得吵吵鬧鬧，鄭利善原本打算安靜地從旁經過，但韓峨璘卻發現了他。

「咦？利善修復師，你剛才出去了嗎？」

「……啊？」

「你怎麼在發呆，很累嗎？聽說你最近都鑽研資料，不要太累了，也要注意身體。」

韓峨璘沒有打算問出鄭利善剛才去了哪裡，她輕拍鄭利善的背部，幾天前她在活動上說過修復師會將剩下的副本清除完畢，大概是怕自己的話會帶給鄭利善壓力，希望鄭利善不要太過勉強，羅建佑見狀也說道：「對啊，修復師辦公室全是資料，每天都在埋頭苦讀，不要累壞身體了喔，還是修復師你要吃點漢藥補身子。」

「我有維他命，修復師要來一點嗎？」

奇株奕也過來搭話，甚至連申智按也趨前關心鄭利善的身體狀況。

「如果疲憊的話可以回家休息，要不要替你安排司機？」

由於副本只剩四天，申智按表示維持身體狀態是首要關鍵，因此想馬上替鄭利善叫輛車回家，但是鄭利善表明自己沒事，Chord 的人認為非戰鬥屬性的鄭利善身子很弱，他說了好幾次真的沒事後，才順利回到自己的辦公室。

最後，鄭利善獨自坐在辦公室內。

前幾天他都躲在資料堆裡，現在的他靠在辦公室的大沙發，靜靜看著辦公室內部，在他走出電梯後頭痛感就消失了，現在也沒有不舒服的感覺。被眾人噓寒問暖一番後，現在的心情他難以名狀，發呆的表情是因為頭痛嗎？毒藥的藥效開始起作用了？鄭利善只覺得腦袋一片混亂。

如果喝下去的那杯茶真的摻了毒，生命將在四十小時後結束的話……

「……」

鄭利善反覆睜眼閉眼的動作，現在的他就像一枚故障的娃娃，失去活人的生氣，他雖然本就是一個外表毫無血色、沒有活力的人，但奇怪的是他同時也被生命的制約緊緊束縛。

鄭利善在烏雲密布的天空下陷入深思，假如史允江的威脅屬實，那麼自己會在副本發生前的凌晨死去，凌晨時分他基本上會自己在家，說不定會在沉睡中死去。

不過……鄭利善的生命裡還有兩位尚未真正安息的朋友。

如果他真的死了，他們該怎麼辦？史賢會直接結束他們的生命嗎？史賢會在毫無利益的情況下，心甘情願承受無效化的副作用嗎？心想至此，鄭利善沒有信心，他的思緒困在四十小時後會在半夜死去的這件事上，整幅畫面在他腦中格外鮮明。

直到那瞬間鄭利善才明白一件事，當他聽到史允江下毒後那瞬間的情緒是什麼，在那虛脫感後，還有一道難以言喻的情緒。

過往這一年裡，那錯綜複雜、綑綁住他的情緒，以非常醜陋的方式呈現的……暢快感。

「啊……」

鄭利善視線低垂，無聲地笑了，就不知是這副身軀終於可以邁向了結的笑容，還是畏懼自己的真實情緒而發出的嘲笑呢？

▲

隔天早上，鄭利善睜開雙眼。

昨天的頭痛若有似無，最近鄭利善埋頭研究資料，所以無法區分是因為毒素還是過度使用腦力所導致，但昨晚躺在床上時，幾乎沒有痛感，這讓鄭利善認為史允江僅是耍嘴皮子威脅他而已。

不免感到有點被耍的鄭利善，走進浴室準備上班，就在他一如往常站在鏡子前想要拿起牙刷時……

嘩啦，鼻孔裡流出鼻血。

「……」

淺褐色的瞳孔凝視鏡子，那張流鼻血的面孔看來格外陌生，鄭利善直視那副模樣，溫熱的液體流過嘴唇，鼻子有些刺痛。

是因為太過疲憊嗎？先前也曾流過幾次鼻血，他把頭往前低下，但另一邊的鼻孔也流出鮮血，他想要止血但鮮紅的液體卻血流不止，滴到地板。

他嘗試了好一陣子才順利止血，鄭利善為了擦拭血跡，用了許多衛生紙，似乎因為消耗太多體力，他整個人跌坐在床上，虛弱地拿起手機。

不知道算不算失血過多，他感覺視線模糊，好不容易才打完訊息，告訴史賢今天有些疲倦，下午才會進公司。最近這幾天他的訊息內容都是會提早出門，結果今天好像變成了偷懶的人。

不久後，鄭利善收到許可的訊息，望了一眼手機後他馬上昏厥似地倒在床上，但他突然想起什麼，打開手機畫面。

AM 8:40。

這是史允江所說的第二十個小時。

雖然的確如他所說身體有出血的狀況，但鄭利善體力不支昏睡過去，無法多做思考，他因為失血過多，整個人昏昏沉沉。

就在他再次睜開眼時，手機不斷大肆作響，意識朦朧的他還沒來得及確認來電顯示就接通電話。

「喂……」低沉的聲音似乎讓對方有些慌張，倉皇地回答「喔，喂、喂？」接著對方小心翼翼地說：「修復師你還好嗎？今天……很疲憊嗎？」

是奇株奕，鄭利善吃力地挪動身子，調整好姿勢後，呼了一口氣。

他沒想到自己會以大字形倒在床上直接睡去，覺得有些可笑，他發出輕微的笑聲，說自己沒事，但奇株奕卻更加擔憂地說。

「但聲音聽起來不大好啊……」

「啊，因為我剛醒來，剛才有好好休息，所以恢復了不少。」

鄭利善下意識地摸摸鼻尖，幸好在他昏睡的期間沒有流鼻血，同時也感覺自己睡了許久，不適感減輕許多，好像整個白天都在睡覺……

鄭利善心想至此，著急地確認時間，PM 1:20。

「……等等，我竟然睡到現在嗎？」

「好、好像是吧。」

「……」

「有好好休息最重要啊！我上學的時候也經常睡過頭，錯過第一節課，睡到下午才起來。修復師知道這是一種奇怪的法則嗎，如果錯過九點的課，就會一路睡到十二點，這叫做上午課程法則。」聽到奇株奕莫名其妙的言論，鄭利善笑了出來。奇株奕似乎沒想到能讓鄭利善發笑，又補充了幾句笑話，然後謹慎地問道：「那麼修復師……你下午會進辦公室嗎？」

「啊，當然會，我現在準備一下。」

「真的嗎？那我聯絡司機，你大概幾點會到？」

奇株奕似乎有點心急，這樣的態度讓鄭利善有點困惑，他聽到電話另一端似乎有些騷動，彷彿是Chord的人在對話。在言談之中鄭利善聽到「會議」兩字，隨即驚慌地問道：

「下午要開會嗎？」

「啊，對！大家說會等你抵達再開會……」

奇株奕似乎與其他人在討論，因此慢了一些才回應，但鄭利善聽到開會一詞馬上跳了起來。他都已經上午請假了，不可以缺席會議，他說會盡快做好準備，盡量在兩點抵達，然後馬上奔去浴室。

地板上還有些未擦拭乾淨的血跡，但鄭利善沒有時間理會。

雖然這份遲到的心情相當久違，但他一點都不懷念，鄭利善急忙整理儀容，著裝完畢後衝出家門，急忙搭上車後瞄了一眼手機，現在已經快要兩點鐘。

腦裡短暫地閃過史允江的威脅，但現在絲毫沒有流一滴血，因此他認為早上的鼻血大概是因為近日太過勞累所致，雖然這跟以前流過的血量完全無法相比……

「……」

他不知不覺抵達公會，在搭乘電梯時，他左思右想是否該告訴史賢跟史允江的對話內容？他反覆思索或許該把史允江已經懷疑會長病情的事情告訴他，但最後還是沒有行動。

一方面認為現在距離副本只剩不到幾天，他不想引起無謂的紛爭，確切來說他也不相信自己真的吃進了毒素，所以把史允江的威脅當作耳邊風，畢竟過往一年裡他嘗試過無數次想傷害自己，卻都失敗收場，而他的沉默也有另一個原因……那股自私的解脫感讓他不得不陷入沉默，這就是他昨天恍神一整天的理由。

雖然他不相信史允江，但也不敢妄自斷言，如果史允江所言屬實，想必會影響突擊戰，那麼隊員們該怎麼辦呢，鄭利善帶著五味雜陳的心抵達四十二樓，他打算等會議結束後再考慮是否要告訴史賢。

就在鄭利善走過轉角，正要朝向辦公室時。

「哇！」

面前傳來一陣拉炮的聲音，感覺有四、五支拉炮同時響起，他顫了一下身子，緩緩抬起頭，他因為沉浸在思緒裡，一路上都低著頭。

「生日快樂，利善修復師！」

「生日快樂！」

Chord 辦公室的玻璃外門完全敞開，Chord 全體獵人都來到走廊上，站在正中央的奇株奕拿著一塊巧克力蛋糕，他表示直到最後還是不知道鄭利善喜歡什麼口味，所以用抽籤的方式決定，最後正好選到了巧克力口味，鄭利善呆望著笑得很燦爛的奇株奕。

在看到蛋糕的瞬間，鄭利善才發覺今天是五月二十六日，也就是他的生日。

他這才明白奇株奕特地打給自己，追問幾點會到辦公室，以及電話另一端騷動的原因，說有會議也是為了讓鄭利善趕緊到公司而撒的謊。

鄭利善根本想不起來去年的生日是怎麼度過的，而今年竟然收到了這樣的慶祝。

「……」

現在的自己開心嗎？去年沒有過生日的理由是什麼？是因為沒有人替他慶祝嗎？還是他並非值得被祝賀生日的人？腦裡突然浮現大量的問號，雖然內心的另一頭大喊現在不是想這些事情的時候了，但他感覺自己頭痛欲裂，好像被千萬項問題所淹沒。

鄭利善的視線突然望向獵人們的後方，史賢對於這種吵雜的情況似乎不大滿意，但也僅是靜靜地坐在辦公室的椅子上看著眾人，在那道冷靜的視線裡，鄭利善想起說不定史賢也記得自己的生日，這讓他內心攪動不息。

不，並不是單純的攪動而已……

「趕快吹蠟燭吧！」

就在奇株奕雀躍的聲音落下的瞬間，鄭利善摀住嘴巴，他吸了口氣後急忙用雙手摀住嘴巴，羅建佑笑著說修復師是不是太過感動了，韓峨璘還在一旁用鬆了一口氣的語調說，他們很辛苦地準備了禮物。

不過，所有人的聲音似乎都僅是擦肩而過，鄭利善極力地摀住嘴巴。

下一秒，一切都爆發了。

「嗚噁——」

鄭利善發出哀號，然後吐出大量的血液。

血從他的指間噴出，血液顏色呈現深紅色，不斷湧出。

雖然他用盡全力忍住，最後還是無法抵擋作嘔感，鮮血沿著下巴滴在地上。

鄭利善呆望著鮮血淋漓的手，緩緩抬起頭。

所有人在剎那間停止動作，史賢的臉龐映入眼簾，大步走向他，史賢的表情帶著令人陌生的驚訝與憤怒，因為史賢從未擺出這副表情。

鄭利善的視線越過那張臉，落在辦公室的時鐘。下午兩點，如果史允江沒有說謊，那麼現在距離自己死去只剩十四小時。

——這一切就這樣結束了嗎？

——終於嗎？

鄭利善浮現最後一道想法，然後往一旁暈過去，在場的人全都發出高喊，但一切聲響彷彿沉進海底，嗡嗡嗡地。雖然史賢透過影子移動，在倒地的前一秒抓住了他，鄭利善可以感

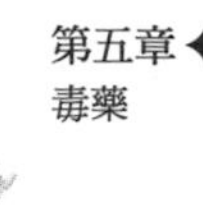

覺得到兩人一同跌落地板的動作，還能隱約聽到史賢的呼喊聲，但他無法做出任何反應。

世界彷彿停電一般，他的視野也瞬間陷入漆黑。

鄭利善往海底深處直直墜落。

他像個被綁在巨石上的人，不斷地往下墜落，頭部彷彿一塊塊碎裂，然後硬是被胡亂拼湊，他感到口渴難耐，喉嚨隨時都會被撕裂。頓時眼前出現一絲細微的光源，疼痛感似乎又稍微平緩，整個人的狀態起起伏伏，好像在漆黑的大海間看到水面上的太陽，猶如無法伸手觸碰的幻覺，稍縱即逝。

雖然他越沉越深，脖子被緊緊勒住，但鄭利善沒有掙扎。

他在這般苦痛的海中感受到一股卑鄙的解脫，好幾個月以前的記憶、當時的感受，全都離自己好遠、好遠。

就這樣下去的話，是否可以真正擺脫了呢，不，即使無法擺脫，他也期望能與這一切錯綜複雜的情緒一同被埋沒，如果能這樣有多好……

沉溺在想法中的鄭利善，突然感覺有手抓住自己，原以為是巨石將自己往下拉，結果發現是一雙黏稠濕滑的手將他往下拉，鄭利善往下一看。

他望見朋友的臉龐。

鄭利善吸了一口氣，僵直在原地，那團漆黑又濃稠的物體確實是朋友，他抬頭往前一看，又看到另外幾位朋友，而且正是他尚未進行無效化的那兩位朋友，那兩人緊緊抓住他，即使過去這幾個月只見過四次，但朋友們的臉清晰不已。

那雙失去焦點的空洞雙眼以及面無表情的面容直挺挺盯著他。

那是由他所造，畢生絕對無法忘懷的模樣。

他們不發一語，僅是張合嘴巴。鄭利善看到他們後絲毫無法呼吸，眼神滿是驚恐，內心備受譴責，雖然他曾自私地想逃跑，但在這條逃跑之路的底端仍然與他們相遇，極深的罪惡感與自我厭惡感讓鄭利善感覺脖子緊緊被勒住。

他分不清楚是朋友們掐住他的脖子，還是他親手勒住自己，當他扭動掙脫好不容易大口吸氣的瞬間。

「……哼啊！」

眼睛突然睜開，原本堵在喉間的氣頓時呼出，明亮的光線進入他的視線。

「醒、醒來了！」

宛如哭喊般的叫喚聲嗡嗡響起，鄭利善一一識別眼前的每一項事物，白色的天花板、上半部為不透明玻璃的窗戶、好幾張椅子、床鋪……雖然有點凌亂，但這裡似乎是恢復室。

獵人們圍繞著他，大家都帶著擔憂與驚恐的神情望向他，羅建佑已經滿頭大汗，看他手持法杖的樣子，看來剛才施放了多次的治癒技能，地上灑落一堆藥水的瓶罐。

「呼……雖然好不容易止血，但這應該僅能短暫維持。」

他隱約聽到羅建佑嚴肅地說道，由於動員Chord所有治癒系的魔法師共同發動技能才得以暫緩出血，但只要幾分鐘過後又會再次內出血……

史賢走向虛弱的鄭利善，握住他的手臂，冷酷地發問。現在史賢的表情僵硬不已，與暈倒前看到的表情截然不同，那時候史賢的一切情緒全都寫在臉上，但現在眼前的他絲毫沒有一點溫度。

「鄭利善，你吃了什麼？」

「……什麼？」

「會一次吐這麼多血不會是身體出問題，你也不可能獨自進入副本受到怪物的詛咒，更沒有機會不小心碰到受詛咒的道具，況且你的身體外部也沒有魔法殘留的痕跡，那就代表你吃進不該吃的東西了。」

史賢嚴厲地質問鄭利善，韓峨璘聽到後擔心地說修復師才剛甦醒，不要逼迫他。但是史賢的視線沒有動搖，緊盯鄭利善。鄭利善被那道視線的冰冷所包圍，與史賢漆黑的瞳孔對視時，他相信，如果自己就這樣死去，那麼朋友將會永遠受困在那間房子裡，況且史賢相當厭惡計畫好的事情超出掌握之中。

早上所流的鼻血，被鄭利善視為只是過度疲倦，但現在看來真的是因為史允江的毒藥所致。昨天他一點也不相信史允江的威脅，確切來說是不相信自己會親口喝下毒藥，所以保持沉默。另一方面，他其實更自私地希望自己可以就這樣徹底死去，畢竟他在過去一年內已經失敗了數十、數百次。

不過就在死亡的面前，鄭利善想起了朋友們。

即使他曾認為只要死去就可以一了百了，自這一切解脫，但他有義務使每位朋友安心閉上雙眼，他親手讓他們成為死不了的存在，那麼也不能先從這個世界解脫。

就算要死，也絕非現在。

罪惡感如狗鍊般勒住頸子，鄭利善痛恨想從鍊條中釋放的自己，因為那全是他一手造就的結果。

「可、可以先請大家離開嗎……」

鄭利善艱難地擠出話語，史賢已經察覺到異狀，不可能繼續隱瞞下去。史允江的威脅雖是針對鄭利善，但追根溯源也是由於史賢與史允江的嫌隙而誘發的事件，鄭利善現在必須告訴史賢，史允江已經察覺到會長的狀態。即使他因為失血過多，無法完整表達，同時也頭暈目眩，但他看得出來史賢的表情越來越僵硬。

史賢得知一切後發出一陣苦笑，然後隨即帶著鄭利善走向副會長室。每當被史賢抓住手臂時，鄭利善都不覺得疼痛，但這次卻能感受到手腕強大的壓迫感。

看到鄭利善搖搖晃晃被抓出門外的樣子，原本在恢復室外探頭探腦的獵人雖然各個面露驚慌，但鄭利善無法回答他們的疑問。

五十九樓，史賢來到副會長室，哐地一聲大力打開門，裡頭的史允江似乎已經等候多時，從容不迫地坐在椅上。

「真慢才來。」

「你終於失去理智了嗎？」

史賢雖然一進門劈頭就質問他，但史允江聞風不動，反而認為史賢的舉止很可笑，嘴角勾起弧度抬頭望向他，然後瞥向另一邊的鄭利善。雖然鄭利善現在沒有繼續吐血，不過衣服上血跡斑斑，再加上那副蒼白的面孔，在在顯現出鄭利善毒素生效的狀態。

「雖然你是非戰鬥系的覺醒者，但身體還真差呢，昨天看你一副自信滿滿的樣子，還以為有多厲害……」

「廢話少說，交出解毒劑。」

「為什麼？」

「……什麼？」

「之前還對我送你的東西嗤之以鼻，現在想要我的藥水了嗎？」

史允江咧開嘴笑了。他似乎對於史賢公開謝絕藥水的舉止記恨在心，史允江十指交叉，抬起下巴說道：「鄭利善還沒回答我的問題，我為什麼要交出解毒劑。」

「……」

「你這樣盯著我要幹麼？還是你想要置我於死地？不過怎麼辦呢，全世界只有我知道解毒劑在哪裡，也只有我會製作。」

整個空間充滿駭人的寒氣，不僅僅因為兩人針鋒相對的氣氛，而是史賢發動能力時所散發的冷冽氣息，辦公室裡所有物品的影子全都漆黑無比，不時擺動，但史允江毫不在乎，他踢了一下腳邊的影子，用鄙夷的口氣說道：「我為了要當上公會會長可是花費了好幾年的時間，為什麼要被你這種毛頭小子牽制？我都讓你留在ＨＮ公會，甚至給你一支隊伍了，就應該乖乖聽話才對。別掙扎了，趕快說出你對會長做了什麼事。」

「沒想到你會用這種方式表明自己有多想除掉會長。」

「你又多高尚？你不也是對他的屍體動了手腳，藉此拖延時間嗎？明明就是一個早該斷氣的人，你一定做了什麼事情讓他延長壽命，滿手骯髒的人是你，不是我。」

史允江眼神如火，注視史賢。

「威脅是沒有用的，我勸你別動歪腦筋，因為就算我死了，直到聽到答案前我不會交出解毒劑。」

「……」

「而且你最好看看自己的處境，現在威脅你的人是我，不是你。」

史允江用下巴指向臉色沉重的史賢一側，鄭利善不知不覺中已經跪倒在地，被抓住手腕的他雖想極力支撐自己，但他感覺天旋地轉，最後連雙腿也失去力氣。

當史賢鬆開手後，鄭利善的手咚地一聲掉落在地板，還不停喘著粗氣，鄭利善彷彿隨時停止呼吸都不奇怪，史賢低頭看著他，史允江見狀親切地說道：「那麼我現在可以問鄭利善願不願意開口了吧？」

史允江的語氣傲慢，史賢稍微低頭看向自己的手，上一秒還握住的手，應該殘留些許的溫度才對，但如今充滿冰冷，手邊醞釀著黑色的氤氳，隨時都能召喚短刃，但他最後還是放棄了。

從史允江的行為來看，打從一開始就是針對史賢，那麼相對地也做好失去性命的準備，所以史賢無法威脅史允江的生命……

是覺得如果做不成會長，甘願丟了這條命嗎？史賢的視線往下墜，鄭利善癱倒在地上，氣息紊亂。

「……鄭利善。」

史賢低聲呼喊他，鄭利善大口喘氣，吃力地抬起頭。那張臉失去血色，眼神甚至難以對焦，但史賢仍從那道眼神看出鄭利善的想法，即使他快要失去意識，也心知肚明自己已經在死亡的邊緣了，但是鄭利善仍然在乎史賢的反應。

雖然史賢的確是唯一可以讓鄭利善的朋友們安心死去的人，他明白鄭利善的堅持，但還是無法全然理解。當一個人已經全身無力、痛苦至極，卻絲毫沒有表現出求饒的意圖，這讓史賢感到困惑。一般人處在這樣的情況下根本不會在乎史賢是否同意，而是會一股腦地將真相告訴史允江，求他放自己一條活路，然而鄭利善卻選擇閉口不語。

「……」

是因為朋友比自己的生命重要？還是覺得如果徹底保守祕密直到最後一刻，史賢就會當作賠償，替鄭利善送走朋友？史賢覺得鄭利善一連串的反應有某個地方非常不合理。

鄭利善的目光讓史賢覺得鬱悶不已，他最後嘆了口氣，望向史允江。

「由我來說吧。」

「我拒絕，你要我怎麼相信你的話？」

「……」

「讓鄭利善自己說，將死的人不可能說謊。」

史賢的眼神逐漸黯淡無光，史允江露出得意的笑容，彷彿已經取得最後勝利，整張臉洋洋得意。

之後鄭利善與史允江一同坐在昨天的沙發上，只不過經過了一天的時間而已，現在的史允江看來意氣風發，而鄭利善則是毫無血色，身體不聽使喚地顫抖。

然而史允江不直接正中紅心地問，而是不停繞圈子，從鄭利善第一次是在什麼情況下認識史賢，史賢又是怎麼接近他，要求他做什麼等等。鄭利善的狀態明顯越來越差，但史允江卻刻意拖延時間，鄭利善硬撐著隨時都會倒下的身子，吃力地回答問題。

史允江似乎很享受史賢僵硬的表情，泰然自若地問著不相干的問題，繞了一大圈後才終於問道：「好吧，那麼……你跟史賢去醫院的時候，看到了什麼？」

「會、會長躺在床上……那時候已經斷氣了。」

「什麼？」

聽到回答的史允江，臉部表情瞬間凝重，此時鄭利善開始咳血，Chord的治癒師雖然短暫止血，但看來已經逐漸失去效用，鮮血再次湧出。但是史允江一點也不在乎，繼續質問鄭利善，情緒激動得彷彿雙眼都要跳出來。

「什麼時候死的？所以在那裡發生了什麼？」

「一個禮拜前，嘔，就過世了……所以我用、用了……修復能力。」

鄭利善忍住鮮血，費勁說話，但史允江吃驚地不斷重複問題，雖然知道吐著鮮血所說的話不會有假，同時史賢僵硬的表情也顯示出鄭利善沒有說謊，但他不敢置信自己聽到了什麼，最後發出幾聲乾笑。

沒想到S級修復師可以讓死去的人再次活動，即使不是正常的狀態，但現在會長的心臟的確如活人般跳動，甚至可以走動……

史允江撫過頭髮，笑了一陣，然後詫異地問道：「所以你真的對會長的屍體施加了修復技，使他能恢復行動？」

「對……只要在死亡一週內都可以……」

「那可以恢復原狀嗎？」

「不行……沒辦法恢復。」

「那你怎麼知道可以使屍體再次動起來？」

「因為朋友……」

站在鄭利善身後的史賢摀住他的嘴，鄭利善因為太過痛苦，差點無意識地講出朋友們的事情，鄭利善被瘋狂湧上的問題弄得神志不清，一心只想趕快結束這一切。

史賢望著手上濕滑的血液，感到很不舒服，皺起眉心。

「你已經得到想要的答案了，現在交出解毒劑。」

史允江聽到史賢這麼一說，突然忍不住大笑。

「你在說什麼，你都還沒解決會長的事呢。」

「那個你自己想辦法……」

「你選擇這樣做，不就是知道無論我做什麼都殺不死他嗎！」

史允江突然高聲吶喊，說自己嘗試那麼多次都失敗的理由就是因為史賢的伎倆，然後史允江發狂似地大笑。史賢的表情出現細微的變化，看來史允江多次想除掉會長，但被施加修復技的活死人是無論如何都殺不死的，因此史允江才會使出這一招卑鄙之技。

一心想殺死會長的史允江以及修復會長心臟的史賢，兩人的視線在空中交會，史允江的雙眼布滿血絲，憤怒與無力一覽無遺，史賢則是選擇一言不發。

他打算只讓鄭利善講出實情，然後避開後續的解法，因為無論史允江怎麼掙扎都殺不死活死人，因此史賢假裝不知道解決方法，畢竟眼前的當務之急是鄭利善的中毒狀態，他得先揭露部分真實的資訊得到解毒劑後再隨機應變。

但是早已實驗過各種方法的史允江，兩眼直瞪史賢，強壓怒火地說：「既然鄭利善都說他無法恢復修復技，那麼負責解決的人一定是你。你不可能沒有計算到這一點就讓會長呈現活死人的狀態，想必是留他一口氣，直到需要時再殺死他。」

史允江扭動嘴角，笑了起來。

「所以我要親眼目睹會長斷氣的樣子，才會交出解毒劑。」

史賢佇立在原地，下一秒感覺到鄭利善往旁邊一倒。

他由於不斷吐血，最後終於支撐不住，失去意識，鄭利善臉部朝下倒在沙發內，看起來就像一具已經死去的屍體。

猶如史賢每次看到他，就像看到屍體那樣。

「……」

史賢的視線望向辦公室的時鐘，時針超過下午六點，據鄭利善所說，距離他的死期只剩不到十個小時。

還是乾脆輸掉這局呢？

史賢的瞳孔覆蓋更深一層的黑，剛才因為摀住鄭利善的嘴，手上沾染的血水逐漸凝固，他緩緩開合自己的手……然後注視史允江。

整間辦公室被既冷冽又詭異的寂靜所壟罩。

直到鄭利善生日的當天上午為止，史賢還感到很愜意。

所有的事情都在軌道上順利推動，雖然第六輪副本近在眼前，獵人們在訓練途中出了差錯造成受傷，但傷勢不嚴重，不會妨礙作戰計畫，所以他並沒有放在心上，受傷的獵人也表明會在副本裡多加注意，因此史賢沒有責怪對方。

雖然習慣看他臉色的隊員們有些訝異，但史賢確實自從四十週年活動後，對許多事的反應變得柔和許多。

當時在會場上雖然記者公開提到會長的病情，使得現場一陣尷尬，但一待突擊戰結束，他便能展開繼承會長的計畫，所以此時適當提及會長一職的空缺也算個不錯的時機。

他也很滿意自己把鄭利善打理得讓人眼睛為之一亮，依計畫在會場上吸引大家的注意，並且分散眾人對史允江的目光。

所有的進展全按照史賢的安排有條不紊地進行。

「大、大概是因為喝醉……所以發熱吧。」

當天晚上鄭利善最後的反應也讓他很滿意，鄭利善大多數的時間都呈現有氣無力的狀態，只要一不注意就會陷入失去朋友的負面情緒裡無法自拔，所以對鄭利善近日的變化，史賢相當自豪。

他也知道鄭利善很在乎自己的每個言行舉止，甚至只要兩人對眼，鄭利善便會輕微地受驚嚇，史賢不知道鄭利善是否察覺過這些反應，但史賢也在不知不覺中選擇觀察鄭利善的反應，雖然有時會做出超乎想像的行為，但不會讓人討厭，因為這代表鄭利善越來越能為自己所用了。

第三輪副本時，由於鄭利善因為不安而造成神殿倒塌，史賢為了不再發生第二次，因此相當細心注重每個細節，再這樣的過程裡他也越來越了解鄭利善。或許因為跟活死人長住了一段時間，鄭利善很難抵擋人體的溫度，也難以直視人類清晰的瞳孔。

並且鄭利善看似總與他人保持距離，但又無法抗拒靠近他的人，最後仍享受與他人共處的時光，鄭利善曾說雖然現在的房子很大，但並不代表就要派人去陪他，但就結果來看，只要鄭利善與隊員們共處時就不會想東想西。

鄭利善的精神狀態已經逐漸趨於穩定，當初為了杜絕他深陷創傷，使用了強烈的手段，但意外地有效，能力曾經只在百分之七十左右徘徊的他，現在已經可以來到百分之八十甚至百分之九十。

在這種情況下，鄭利善行動時皆會注意他的一舉一動，這讓史賢感到很滿意，如此一來大幅降低他曝光會長祕密的機率，同時也代表鄭利善不可能以此威脅他，史賢認為照這樣來說應該能在第六輪副本看到鄭利善的能力恢復至百分之百。

史賢也隱約察覺到鄭利善對自己投射的情感，但他沒有賦予特殊的意義，因為鄭利善對於情感部分相當遲鈍，就連他本人也不清楚自己的情緒狀態，因此史賢打算維持現狀直到修復能力完全到達顛峰，畢竟鄭利善的情感狀態也並非史賢需要負責的領域，所以他選擇不過問也不疏離，維持恰到好處的相處距離。

只要鄭利善不因為過往的創傷而情緒不穩就好了，如此想的史賢不甚在乎週年活動當天到處閃避自己的鄭利善，他選擇不刻意跟在鄭利善的身邊，但也不讓他人有機可乘。而且鄭利善似乎也怕史賢會找上自己，所以無論是三餐飲食或睡覺時間全都乖乖遵守，這讓史賢沒有必要時時注意他。

只是鄭利善偶爾會偷瞄自己，會被自己嚇到的模樣很有趣，雖然一點也不想對鄭利善的情感負起責任，但著實挺有趣的，即使那份情感似乎有點不對勁，但史賢也不抗拒地接受了鄭利善單方面的情感投射。

看到一個幾乎面無表情的人變成這樣，相當搞笑，再加上這是因為自己造成的，這讓史賢更加欣然接受。

幾天前也是如此，他看到在辦公室裡睡著的鄭利善，就用手遮住灑在臉上的陽光，鄭利善適應這座環境的樣子讓他很得意，看見鄭利善因為自己的影子睡得更加安穩的臉龐，又讓他感到有點好笑。

史賢心中的感受似乎能歸類在滿足，不過他也認為非常有意思，他就僅是享受這份愉悅感罷了。

因此當獵人們提議要替鄭利善慶祝生日時，他便爽快答應，雖然不喜歡可能使辦公室吵雜又髒亂的行為，但他好奇鄭利善的反應，所以一口就答應。

一開始靠近鄭利善的確不大容易，不過最後仍然被自己所操控，只要等待鄭利善的能力恢復至百分之百，他當上公會會長後就可以將鄭利善納入公會，史賢如此打算，但是……

「生日快樂，利善修復師！」

「生日快樂！」

生日當天早上，鄭利善用簡訊告訴他會晚點上班，下午當他接過蛋糕時擺出了呆滯的神情，即使在場的人都認為鄭利善是嚇著了，但史賢知道並非如此，當鄭利善顯露那種表情時，就是他被過往傷痛絆住腳的時刻。

史賢心想，或許鄭利善只是又習慣性地想到從前與朋友們過生日的回憶，應該很快就能被眾人的吵雜聲拉回現實，畢竟鄭利善最近很愛笑，這次應該也很快就會掛上笑容，然而下一秒……

「嗚噁——」

他突然吐了一地的血，鮮血自摀住嘴唇的手指間滲出，就在Chord獵人們愣在原地的同時，鄭利善本人的臉上卻沒有任何表情，而且那也是史賢唯一無法理解的表情。

有時候鄭利善的臉上會浮現那個未知的面容，每當問到關於未來的規畫時他便會露出那個表情，然後轉移視線，但是史賢原本不在意，只認為大概又是陷入憂鬱之中罷了，一點也沒有放在心上，反正如今鄭利善已經是個容易掌控的人，這點表情又怎樣。

而鄭利善卻在口吐鮮血的同時又再度擺出那張臉。

在他失去意識的前一刻，視線撇向了時鐘。鄭利善明明看到了史賢，但那雙眼神只是下意識地望向靠近自己的人而已，鄭利善真正想確認的是壁上的時鐘，史賢對於鄭利善轉移視線的行為非常介意，他不明白原因何在，這項行為形成一股巨大的不悅感在心中燃燒。

剎那間，整座辦公室陷入空前的混亂，所有治癒師集中在一起使出治癒技，卻無法止血，甚至連治癒藥水也起不了作用。這種突發性的大量出血一看就知道並非身體不適，而是被下了咒語，在場沒有一個人找得出原因，更尋不著任何一絲魔法的痕跡。

隨著血液不斷湧出，原本就已經很蒼白的鄭利善，臉色更加難看，史賢的心也整個翻騰不已。

在大量出血之前必定會有細微的徵兆，但鄭利善卻隻字未提，這讓史賢相當憤怒，鄭利善竟然忽視異常的跡象，使自己陷入危險，史賢抓狂得不得了，他想要馬上喚醒鄭利善，當場質問他。

史賢試圖釐清問題的癥結點。

是因為鄭利善最近都待在辦公室，所以就算標記技能失去效用，史賢也沒有多想，才造就這個局面嗎？是他疏忽了任何一個微小的可能而釀成災禍嗎？

鄭利善昏迷了三個小時，在這段難熬的過程裡，史賢的心情從困惑逐漸轉為鬱悶，他不知道是因為找不到原因而難受，還是眼睜睜看著鄭利善逐漸死去比較窒息難耐。

距離下一場副本只剩兩天，但鄭利善卻大量出血陷入昏迷，第四輪副本前也是類似的情況，那時候鄭利善因為噩夢所以哭泣，史賢在看到他流淚時感到無比憤怒，彷彿所有替鄭利善所設想的行為都功虧一簣。史賢每次只要看到鄭利善哭就覺得很煩躁，因為那些眼淚是鄭利善仍然被過去所絆住的證據。

但是史賢現在看著鄭利善即使被治癒技圍繞仍然出血不止的模樣，心情無法言喻。

「……」

這是他第一次希望鄭利善倒不如擺出哭哭啼啼的樣子還比較好。

▲

最後史允江知道會長被施加修復技一事。

雖然史允江似乎仍不知道史賢的隱藏技能，但他知道史賢可以中止會長那非正常人的生命跡象。史賢坐在昏倒在椅子上的鄭利善身邊，低頭望著他。

如果史賢乖乖替會長施行無效化，那麼遺囑便會公開，史允江會順理成章成為ＨＮ公會的會長。繼任大型公會的會長需要會長本人以及高層過半數的同意，遺囑已經代表會長的意願，最近剛落幕的四十週年紀念活動非常成功，目前高層也對史允江抱持支持的態度，況且自從他當上副會長後就積極鋪路，朝向會長大位的目標邁進，如果順利的話，繼承的程序說不定幾天內就會完成。

史賢短暫閃過要不要替鄭利善施加無效化，但他不確定這樣對鄭利善是否有益，如果鄭利善所喝的毒藥並非完全由史允江所製，而是參雜其他毒物的話，那麼無效化將一無是處，再加上五分鐘後無效化就會消失，鄭利善會再次恢復中毒狀態。

那麼真的只剩讓會長斷氣的這條路嗎？對史賢而言，這可是準備了長達四年的計畫，好不容易走到這一步了……雖然他用了錯誤的方法爭取時間，但沒想到事情會演變成這樣。

「……」

還是乾脆拋下鄭利善？

只要會長的心臟繼續跳動，他可以盡可能拖延時間，雖然史允江得知鄭利善的修復技，但如果鄭利善就此死亡，史允江也沒有任何證據可以證明這項交易。就算動用醫療團隊檢查會長的身體，也找不到任何可疑之處，實際上而言，如果史允江聲稱屍體被下了修復技能，全天下沒有人會相信他，揚言屍體會因為修復技而恢復心跳、活動四肢的這件事聽起來太過超乎常理。

因此大部分的人不會相信史允江，這件事一旦公諸媒體，便會引起大眾的討論，那麼將能爭取到多餘的時間進行其他方案的預備。史賢開始設想如果拋下鄭利善該怎麼做，雖然少了鄭利善，副本的難度會提高，但至少他們還是訓練有素的特種隊伍，不至於完全處於劣勢，那麼假設能拖延時間直到七輪副本都打完再讓會長死去的話……

「嗚噁。」鄭利善突然又虛弱地咳了一口血。

史賢盯著鄭利善嘴邊的紅色液體，他腦裡快速盤算的那些想法突然全都被抹去，比起腦裡一片空白，更接近有人倒入一桶墨汁使得所有計畫全都混濁不清，是鄭利善的鮮血覆蓋了一切的計畫嗎？

不過是一點人類的血，究竟憑什麼。

「……鄭利善。」

史賢低聲呼喊他的名字，即使知道失去意識的人不會回答，即使知道這是個毫無意義的行為，但史賢仍然喊出他的名字。那雙漆黑的瞳孔凝視鄭利善，窗外天色昏暗，距離鄭利善的死期已經所剩無幾。

史賢納悶自己到底忽略了什麼？

他陷入思緒的深處，鄭利善明明已經全然納為己用，為什麼如今卻從手指間的細縫溜了出去。史賢感覺自己從一開始所掌握的鄭利善就僅是座海市蜃樓，一點也不真實。

原來史賢當初就握住了無法掌握的東西，他誤判自己能一如往常地掌控所有。

史賢慢慢起身，靠近鄭利善的一側，伸手擦拭嘴角已經半乾的血跡，他靜靜看著怎樣都無法抹去的血漬。

「你為什麼擺出那張臉？」

「……」

「吐了那麼多血，為什麼不直接跟史允江坦承？這可是攸關你的性命，不然可以求我能否說出真話啊，如果我一句話也不說，難道你要沉默到死去嗎？」

「……」

「還是你原本打算就此死去？」

真是個毫無意義的、不，應該是說根本沒用的行為，史賢明知跟昏迷的人講話是無效的自言自語，但他仍然不斷逼問已昏迷的鄭利善，他抓住鄭利善的臉龐，捧著他歪倒的頭顱，低聲質問，雖然一開始很像在發脾氣或是追問一般的語氣，但奇怪的是史賢越來越沒有力氣，不知道是對於自己的行為感到無言，還是他已經如同鄭利善般失去全身的力氣。

「……」

史賢垂下視線，他不知道自己是因為聽不到回答感到煩躁，還是看著鄭利善持續好幾個小時不斷出血而感到鬱悶，如果不是這兩種情況，那麼究竟是……

他不明白最後鄭利善的那道視線是什麼意思，當鄭利善要告訴史允江事實之前，鄭利善瞳孔裡的那股感情究竟為何。

明明自己什麼也搞不清楚，那為什麼現在所感受的情緒不僅是煩悶……

更是一種堵在喉間裡的情緒。

史賢緩緩拿起手機，PM 23:31，距離鄭利善的死期還有四個小時，望了一眼時間後，史賢撥出電話給某人，對方似乎等候多時，馬上就接通來電，但彼此都沒有說話。

在長長的沉默後，史賢低沉說道：「……醫院見。」

鄭利善仍然困在黑暗的沼澤間。

雖然意識模糊，但疼痛的感覺不斷折磨他，喉嚨像是長滿尖刺，內臟彷彿被狠狠刨挖，全身上下淨是苦楚，他首次經歷這種程度的痛苦，令他蜷縮起身子。

如果可以完全失去意識該有多好，但他仍留有一絲清醒，足以讓他徹底感受這份煎熬，鄭利善殷切希望可以盡快脫離這片苦海。

就在下一秒，一股清涼溫順的液體流入喉嚨，那看似毫無盡頭的乾渴在液體的滋潤下獲得舒緩。一開始鄭利善難以順利吞嚥，幾乎全灑在嘴唇邊，然後似乎有人捧著他的頭部，讓他處在較舒服的姿勢，並且耐心地從唇齒間倒入液體。

鄭利善喝完後稍微恢復了意識，但他仍處在漆黑之中，僅能依稀感覺到身邊有人，他緩慢地想睜開眼皮，對方用手遮住他的雙眼，從那隻手的溫度中鄭利善隱約知道對方是誰，但他一句話也沒說，對方也依然沉默。

對方就這樣離去了，鄭利善想朝逐漸離去的溫度伸出手，但他忍住內心的衝動，他只是恢復了些許的意識，全身依然沒有力氣。

鄭利善在幾乎一天後才完全恢復意識。

他由於失血過多，昏睡了好幾個小時，他明明昏倒前所看到的空間是史允江的辦公室，但卻在家裡的床上醒來。鄭利善艱難地坐起身子，第一件事就是察看時間，PM 08:23，鄭利善直盯時鐘的數字，多希望自己看錯了。

「……」

他真的昏迷了一整天，雖然先前也會因為副作用而休養一週的時間，但沒想到會以這種方式花掉一天。

他輕嘆一口氣，將臉埋在手心，他不知道是否該慶幸自己在副本前一天醒來。

身體雖然已經恢復原狀，但嘴裡還有揮之不去的血水味，他起身先走向浴室梳洗。當冷水觸碰臉頰時這才慢慢恢復理智，逐步回想起昨天的事情。他一早在家流鼻血，下午在公司吐了一地的鮮血，在那之後的事情都猶如碎片般散落混雜。

他似乎約略記得在史允江的辦公室與他談話，鄭利善直到那時候才真的相信自己被下毒了，所以根本沒時間思考史賢會有什麼反應。

鄭利善知道史賢長期監視知道會長祕密的自己，他深怕如果透露隻字片語，將難以想像朋友們的下場，所以一直拒絕回答史允江，雖然這牽扯到自己的性命，但鄭利善也試想過史賢可能會拋下自己，如果史賢為了顧全大局選擇拋棄自己的話，那麼他的犧牲可能足以換來朋友的安息，鄭利善在辦公室時快速地這樣想過。

但史賢卻指示鄭利善可以說出祕密，在那之後的記憶又變得很模糊，然後在半夜的時候史賢好像有出現，餵他喝下解毒劑……

「……啊。」

鄭利善想到這裡，迅速走出浴室找尋手機，頭髮上未擦乾的水滴掉落在螢幕上，他焦急地用衣袖隨意擦去，最後慌慌張張跑到客廳打開電視。

既然現在自己還活著，難道代表事情已經如史允江所想的發展了嗎？

鄭利善眼神透露出不安，急忙轉到新聞頻道，畫面上顯示今日的頭條新聞，或許是因為新聞主播一整天都在播報類似的快訊，聲音聽起來格外僵硬，鄭利善聽著內容，雙眼緊追影片底下的文章。

HN副會長史允江，準備正式接任會長一職？

根據消息指出，臥病在床四年時間的HN公會會長於二十七日凌晨於韓白醫院逝世，今日上午舉行了告別式，中午時分對外公開會長的遺囑，正式宣布將由大兒子史允江接任會長一職。

該消息一出引起全國上下一片嘩然，史允江與史賢長年來爭奪會長大位已是眾所皆知的事情，雖然有些人認為以這種方式畫下句點有點無趣，但大部分的人卻心生不滿，認為史賢才是最適任的人選。

很多人認為史允江只是A級的獵人，而且進入副本的次數不到十次，沒有資格擔任獵人公會的會長。再加上現在是突擊戰的期間，史賢需要率領第一順位的特攻隊，確保民眾的安危，因此不是討論繼承人選的好時機，如果因為分心處理兄弟鬩牆的政治戰，造成進攻失敗，其影響的範圍可是足以毀滅韓國首都。

新聞畫面裡史允江身穿黑色的喪服語帶真摯地說。

「我向各位保證會盡快穩定公會內部，確保Chord可以集中精神處理副本。」

鄭利善用顫抖的手指確認手機裡的網路新聞，大型媒體全都對史允江接任會長表達正面的態度，由於史允江已經帶領公會四年的時間，確切證明了他的經營能力，因此新聞內容紛紛期待他繼任後HN公會能得到進一步的發展。

鄭利善微微皺起眉心，盯著入口網站的頭條新聞，以常理來說一定會有新聞媒體提及史賢，但現在卻看不到任何講述史賢的內容，鄭利善忽然想起韓峨璘曾說史允江擅於操控媒體，在第四輪副本結束後有許多網路媒體大肆報導Chord的不和論，當時就是為了抵制Chord水漲船高的名聲才施加的小把戲。

現在唯一提到Chord的新聞唯有關於副本的消息，由於明天就是第六輪副本發生的日子，如今卻傳出會長突然的死訊與繼位人選的紛擾，讓各方對於Chord明天是否會出戰感到好奇。Chrod截至目前為止都還沒有發表公開聲明，大眾的疑慮也湧進獵人協會，而協會方面則在幾個小時前表示尚未與Chord討論關於第六輪副本的相關事宜。

鄭利善覺得眼前一片漆黑，這跟昨天中毒的症狀不一樣，而是因為目前的局勢讓他感到非常無力，他接著打開手機簡訊，大致瀏覽了昏迷這段期間的訊息，全都是Chord獵人傳來的文字，每個人都很擔心他的狀態。

他猶豫片刻後，按下通話鍵，在撥通後沒幾秒對方隨即接起電話，似乎是急忙之下接起，話筒傳來碰碰碰的聲響。

「利善修復師！你還好嗎？沒事了吧！對不對？」

「啊，現在好多了……抱歉讓你們擔心了。」

電話那頭急躁又擔憂的人是韓峨璘，她是最了解史允江與史賢之間關係的人，為了確實理解現在的狀況，鄭利善選擇打電話給她。在韓峨璘瘋狂逼問鄭利善的身體狀況後，鄭利善才有空檔切入主題。

「那個……可以麻煩妳告訴我，在我昏倒後發生了什麼事嗎？因為我才剛醒來……」

接下來是一陣沉默，雖然鄭利善看不到她的表情，但想必露出非常為難的臉色，持續一段時間的沉默後，韓峨璘嘆了口氣，開口說明：「唉……首先我，應該是說我們所有人都是今天早上才知道的，一看到新聞報導會長的死訊後，即使還搞不清楚狀況，但也大概知道現在的情況非常不妙……」

韓峨璘說昨天自從史賢把鄭利善帶去副會長辦公室後便沒有回來，Chord的獵人雖然不安，但仍然相信史賢會一如往常地擺平一切。

結果一早醒來就得知新聞的頭條內容，即使在告別式有看到史賢的身影，但來不及找他問個清楚，史賢雖是會長的直系親屬，但並沒有一直待在告別式會場，很快就離開，韓峨璘還嘆了一大口氣。

「奇株奕有趁機問史賢你的狀況，但史賢只說了句你沒有死就匆匆離開……總之，修復師你會吐血應該跟史允江脫不了關係吧？不然你不可能突然大量內出血，史賢還把你帶去他的辦公室，然後隔天會長就死了。」

「呃，這個……我……」

「應該是有關係的，我不是要追問事情的原委，如果不方便的話可以不用勉強，反正一定是史允江做了什麼豬狗不如的事情。」

韓峨璘不悅地咂嘴，一邊辱罵一邊說史允江從以前就會使出幼稚的招數，現在竟然用這麼陰險的手段，還說以前在鄭利善面前都很克制自己不要口出惡言，現在的她氣得顧不了那麼多，不斷破口大罵。

她激動地說怎麼可以對非戰鬥類型的人下手，既然沒有能力進入副本，就應當乖乖在外頭做藥水就好，結果現在竟然親手製毒。

「應該要把那傢伙的手砍斷才行。」

鄭利善不知所措地聽著韓峨璘的辱罵，他已經很久沒有聽過這麼赤裸的罵人方式，也對於韓峨璘擔心自己的行為感到很微妙，他想起昨天在眾人面前吐血倒地的場景，再次向她道歉，很不好意思自己讓大家擔心了。韓峨璘驚恐地說修復師根本不需要為此道歉。

就在彼此的氣氛稍微和緩後，鄭利善再次問到既然今天 Chord 沒有開會……

「那麼……明天的副本，Chord 也會如期進入嗎？」

「……嗯？利善修復師的身體狀況應該不適合進副本吧？」

「啊，不、不是的，我的意思是……史賢有沒有針對副本跟大家說些什麼……」

鄭利善會這麼問不僅因為網路新聞的風向，因為史賢傾注心血在副本就是為了在會長大位爭奪戰中得到優勢，但現在局勢大變，鄭利善不知道史賢會怎麼打算，再加上既然會長已死，那就代表有一件事非常值得鄭利善憂慮。

言下之意就是史賢使用了無效化的隱藏能力，那麼……

「嗯……其實我剛剛才接到通知，那個……」

「如果妳想說關於副作用的事情，這個我知道。」

「咦？修復師怎麼知道？嗯，算了，知道也好。他跟我說進場的時候正好是副作用的期間，所以可能不利於進攻，要我多擔待一點。」

會長在今日凌晨左右斷氣，然後第六輪副本預計明日下午會開啟入口。史賢的副作用是第一個二十四小時無法使用能力，接下來的隔天則是只能使用百分之五十的能力，代表能力會受限整整兩天。

目前為止的副本都是傍晚左右會開啟，即使是最晚開啟的第四輪副本也是晚上十點左右就能進入了。

如此一來，代表史賢將在副作用期間進入副本，鄭利善原本擔心史賢會不會棄權，但看來他沒有這個打算。

「雖然我不知道史賢的隱藏能力是什麼，但應該跟這次的事情有關連，我也是第一次聽到有這種副作用，而且我也不敢多問，因為他聽起來……」

「……聽起來很生氣嗎？」

「對……老實說不可能心平氣和吧？畢竟這是他準備四年的計畫，如今卻變成這個局面……反正我先告訴所有Chord的成員，明天要把皮繃緊一點。」

聽見韓峨璘的這番話，鄭利善的臉色逐漸沉重。韓峨璘說如果不好好處理怪物，就要等著被隊長處理掉了，雖然韓峨璘想要轉換氣氛，但鄭利善越聽越感到事態嚴重。

結束這段不短的通話後，鄭利善握住手機好一陣子，韓峨璘在道別時說了句幸好修復師被救活了，然而鄭利善不知道自己被救活是不是真的值得慶幸。

躊躇許久後，鄭利善來到史賢的家門前。

明明就住在隔壁，只要走幾步路便能抵達，但他可是經過百般猶豫才真的站在史賢的家門口，鄭利善內心掙扎許久才按下門鈴。史賢會在家嗎？會不會在外面？他暗自盼望史賢外出，結果門卻應聲打開。

「……」

史賢打開門，從上往下俯視鄭利善。他身穿白色襯衫及深黑色的西裝褲，看來正是早上出門的服裝，只是頸部沒有領帶，鈕扣也解開了兩顆，史賢整個人看起來相當疲憊又敏感。

史賢沒有開口問鄭利善為何找上自己，就只是用一雙漆黑的瞳孔凝視他，鄭利善覺得快要喘不過氣，好不容易才開口。

「對不起……」

「對不起什麼？」

「……因為我的關係，導致整個計畫生變，害你拱手將會長位置讓了出去……」

鄭利善支支吾吾地講話，史賢則是一語不發，直盯鄭利善，然後用冰冷的語調要鄭利善進來家裡，鄭利善一開始還以為自己聽錯，直到史賢完全將大門敞開，獨自走進屋內後，他這才慢吞吞地踏進房子。

史賢經常過去鄭利善家，但鄭利善卻從未進過史賢的家，雖然嚴格來說鄭利善所居住的那戶也算是史賢的房子……

鄭利善轉動眼珠，不敢貿然出聲，靜靜跟在史賢身後，直到史賢用眼神示意叫他坐在沙發上，鄭利善才敢小心翼翼地坐在沒有靠背的單人沙發椅，史賢則是坐在他的斜對面，這裡的裝潢跟鄭利善家裡一模一樣，只差在方向不同，然而卻讓人格外陌生。

客廳沒有一盞電燈是開啟的，唯獨打開了電視畫面，新聞持續報導史允江接任會長的消息，正當鄭利善的視線往電視而去時，史賢切掉了電視的電源，現在能照亮屋裡的光源唯有矮桌上的小燈。

矮桌上有一瓶洋酒與酒杯，酒杯卻是乾的，鄭利善瞄了一眼，小聲問道：「……你喝酒了嗎？」

「沒有。」

「……」

「雖然我拿了酒，但喝酒不會使心情變好，就算醉了也會馬上清醒，所以毫無意義。」

絲毫沒有高低起伏的聲音讓鄭利善很不自在，他在這座漆黑的空間裡左顧右盼，最後再度低頭道歉。

「對不起……」

「到底在對不起什麼？」

「就是……事情因為我變成這樣的局面，再加上你因為施加了無效化，明天進入副本時還是副作用的期間，這全都是因為我……」

「鄭利善，你是來為這件事情道歉的嗎？」

史賢突然打斷他，鋒利的問題讓鄭利善有點反應不過來，史賢的表情變得更加冰冷，鄭利善不知道該如何回應，支支吾吾想找出應當道歉的事情，但在他擠出話語前，史賢率先開了口：「是因為史允江那傢伙對你下毒，他用這種幼稚的威脅方式才會變成這樣的，為什麼是由你來道歉？再說你應該道歉的部分根本不是這件事。」

「……啊？」

「為什麼一開始沒有告訴我？」

「啊，因為……」

「你服毒到隔天早上已經過了二十個小時，為什麼在這段期間一句話也不說？甚至到辦公室吐血時已經是二十六個小時，在那之前勢必會有徵兆出現，但是你卻選擇沉默。」

史賢的語氣嚴厲如冰，鄭利善在猶豫過後開口說明。

「我認為史允江可能只是騙人，我……沒想到他真的會向人下毒，畢竟距離副本只剩幾天的時間，我不想讓你分心，雖然早上有流鼻血，但以前也有過類似的經驗，所以我沒有放在心上，對不起，是我判斷錯誤……」

「別再道歉了，聽了很煩。」

「……」

「到底為什麼是你先道歉？難道不是應該感謝我救了你嗎？」

聽到這句猶如諷刺般的問題，鄭利善有些慌張。就事實而言，史賢選擇計畫被破壞，為的就是換取鄭利善的解毒劑，然而鄭利善在醒來後絲毫沒有慶幸自己活下來，雖然感受到必須對朋友們的生命負起全責的責任感，但卻對自己被救活的這件事置身事外。

鄭利善滿腦子只擔心別人的事情，他在猶豫片刻後朝史賢說道：「謝謝……」

史賢雙眼緊盯鄭利善，而鄭利善深怕自己沒有傳達正確的意思，急忙補充了一大堆感謝的原因，就在他好不容易講完後，史賢問了一句話。

一句遲來的問題。

「你為什麼來我家？」

「要道歉，同時也要謝謝你……」

「既然兩者都已經講完，那麼你可以走了。」

「……」

「出去吧。」

面對毫無感情的逐客令，鄭利善緊閉雙唇，他雙手放置在膝蓋上望著史賢，然而史賢完全沒有繼續對話的意願，逕自拿起桌上的洋酒，將酒杯斟滿，然後一口喝下，鄭利善光聞味道就知道這瓶酒有多濃烈。

鄭利善直到史賢把那瓶洋酒喝至一半前都靜靜坐在原位，最後史賢呼出一口氣問道：

「你還有什麼想說的？」

「……如果你有想說的話，我願意聽。」

「什麼？」

「啊，我的意思是……講點話應該會讓心情好一點。」

鄭利善語氣怯懦，史賢的臉上閃過訝異的神情，似乎沒料到鄭利善會這麼說，他嘴唇緊閉片刻……馬上放鬆了臉部表情，或許因為一瞬間喝太多酒，看上去有些醉意。

「你現在……認為我很生氣，為了讓我消氣，也就是說為了想讓我心情可以好一點，所以才來我家嗎？」

「……嗯，確切來說……是的。」

「可是我現在看到你就覺得很煩，你打算怎麼辦？」

「……」

「明明兩天前看到你還覺得很有趣，現在卻讓人一肚子火。」

史賢喃喃自語，一邊朝鄭利善伸出手，鄭利善雖然震了一下身子，但仍然坐在原位。史賢粗魯地用手抓住他的下巴，前後搖晃，然後緩緩捧住臉頰，按壓眼角。

雖然不知從何時開始，但鄭利善注意到自己已經習慣史賢的這項動作，他沒有反抗，任由史賢的手在臉頰上遊走。

史賢用與剛才截然不同的溫柔聲音問他：「你那時候應該身體很不舒服，為什麼不哭？」

「……啊？」

「你不是吐了很多血嗎？那麼身體所承受的痛苦，應該足以到背叛我，直接跟史允江告密吧。」

「不是所有的不舒服都會哭……」

鄭利善有點摸不著頭緒，但史賢又出言否定了他，史賢說既然不舒服，就應該哭喪著臉求饒才對。鄭利善不明白史賢到底在說什麼，以前史賢看到他哭都表現出一副不耐煩的樣子，然而現在卻執著於他為什麼不哭。

鄭利善一臉困惑地望向史賢，整座客廳僅有微弱的光線支撐，那道視線在漆黑之中和史賢的目光相遇。

在微妙的寂靜中，史賢笑了起來，鄭利善沒想到自己的這次拜訪可以看到這副笑容，讓鄭利善看得出神，但就在這一秒。

「你想死嗎？」

「……什麼？」

「你一心想尋死，但卻被救了回來，是不是感到很可惜？」

史賢看著呆愣的鄭利善，嘴角勾起笑容，這與史賢先前的微笑不同，而是皮笑肉不笑的空洞微笑，如今更接近所謂的嘲笑。

「你還要處理屍體，我是指那兩名朋友，但你卻沒有要史允江饒你一命，難道打算拋下他們？自己先逃跑？你最終還是厭煩這項重擔了？」

緩緩地，相當緩慢地，鄭利善眨動眼皮，刺穿空氣的這番話沒有隨風而去，反而硬生生刻在腦海，即使鄭利善真有此想，但從他人的嘴巴裡說出口是完全不同的感受，鄭利善靜靜接受這份可怕的衝擊。

史賢繼續嘲笑不發一語的鄭利善。在史賢感到生氣時，似乎有層遮蓋情緒的布幕消失了，話語沒有阻礙地傾瀉而出。

「你沒有自殺的勇氣，所以當他人威脅要殺你時就欣然接受？」

「……」

「所以才不告訴我嗎？你說認為史允江在耍人，但這聽起來太過牽強了吧，你一早流的鼻血一定也非幾滴出血而已。」

「我……」

「你真的很不適合說謊，但是……」

史賢突然大嘆一口氣，他的態度急轉，收起了鄙視他人的嘴臉，彷彿像是以茫然的表情直視面前的一堵高牆，史賢望向鄭利善，雙眼視線矇矓，鄭利善也直愣愣地望向他，史賢輕聲呢喃。

「我不知道事情的真相究竟是什麼。」

細微的嗓音在耳邊墜落，鄭利善沒想到史賢會說出「我不知道」。

史賢又繼續彷彿自言自語般地說，他原以為鄭利善已經跟過去切斷關係，徹底甩開原點，但結果一切似乎只是錯覺。

史賢講著不知道究竟是責怪還是自嘲的話，鄭利善僅是望著他。

史賢的大拇指擦拭過他的眼角，與先前每次確認他的狀態時相同。

「昨天你正在生死的關頭，隨時都會斷氣，不斷地吐血。」

「……」

「回答我，鄭利善。」

「……嗯？」

面對突然要求回答，鄭利善有些驚慌，他以為史賢要他再說一次道謝，這才吞吞吐吐地說了謝謝，但史賢的目光沒有離開鄭利善，好像在眼前的鄭利善是個陌生人，他盯著鄭利善好一陣子。

突然，一道冰冷的話冒出來。

「鄭利善，每次當你擺出那副很像屍體的表情，我都覺得很難受。」

「啊……對不起……」

雖然鄭利善不明白像屍體的表情是什麼，但還是趕緊道歉，因為這是史賢第一次果斷表達自己的情緒，同時這種時刻也讓鄭利善感到陌生，所以鄭利善判斷現在需要按照史賢的意思做才行，總比趕他出門好。

聽到道歉後，史賢彎起嘴角，挖苦似地說。

「嘴上說著道歉，但表情還是不變，既然是為了讓我開心才過來的，至少要努力換個表情吧？」

「嗯，因為……我不知道像屍體的表情是什麼……」

「那你笑一個看看。」

聽到這突如其來的要求，鄭利善露出微妙的表情。史賢的臉呈現一副懶洋洋的模樣，歪頭盯著鄭利善，然後喃喃自語說鄭利善笑起來的樣子很有趣。

明明只是自言自語，但史賢的語氣聽起來格外溫柔。

最後鄭利善尷尬地勾起嘴角，擠出能稱得上笑容的表情，雖然盡了最大的努力，但史賢卻冷漠地吐出感想。

「你真的很不會演戲。」

鄭利善開始覺得有點委屈，這一切因為他變成這個局面，因此背負著些微的罪惡感，如果他可以早點告訴史賢，那麼至少可以讓史賢熬過副作用後才進入副本。但他當時為了不想破壞史賢的心情，所以選擇獨自面對。

然而史賢現在對鄭利善時而催促時而諷刺，有時候又擺出一臉茫然的表情凝視著他。對鄭利善而言，這是他第一次看到史賢如此直白坦露情緒，雖然很陌生但還是聽話坐在沙發上，不過史賢卻突然要他笑一個，然後又說笑起來很尷尬。

因此鄭利善有點委屈，不，是非常委屈，如果史賢真的很不開心，他打算就此離開的剎那間，突然感受到嘴唇的壓迫感，史賢用手按住他的唇邊。

「……唔？」

史賢將下垂的嘴角往上抬，一下子又往兩邊拉，然後又往下扯，很像在與鄭利善鬧著玩，這讓他不知做何反應，只能愣愣地望著史賢，而史賢即使意識到鄭利善的視線也不在乎，甚至用手指按住嘴唇的正中央。

力道大得有點發疼，就在鄭利善反應過來前，手指轉動了方向想要往嘴巴裡伸，鄭利善嚇得往後縮，但史賢迅速抓住他的下巴，那道漆黑色的瞳孔直視鄭利善。

「鄭利善。」

「……」

「回答我。」

「……嗯？」

由於手指壓在嘴唇的正中央，使得鄭利善無法好好說話，但史賢卻在這種狀態下要求鄭利善回應他的呼喊，鄭利善奮力擠出回應。史賢靜靜盯著鄭利善，確切來說是用大拇指移動嘴唇，確認鄭利善呼吸的模樣。

「鄭利善。」

再一次的呼喊，史賢湊上前。

「……啊？」

那雙黑色的瞳孔督促他回答，正當鄭利善開口的瞬間，一道陌生的觸感覆蓋嘴唇，雖然是第一次的觸感，但不知怎麼地，卻是令人熟悉的溫度，他早在之前就習慣的那道溫度，鄭利善被這份怪奇的違和感包圍，嚇得全身為之一顫。

史賢用手捧住鄭利善的臉頰以及側邊的頭髮，然後吻得更深。

鄭利善原本準備要張口回答，而史賢趁機吻上去，並且伸入舌頭與鄭利善的舌頭在口中交纏，發出黏乎乎的聲音，這個吻來得又急又讓人窒息。

史賢傾斜上身，緊緊捧著鄭利善的臉，慢一拍才瞭解事態的鄭利善雖想推開史賢，他卻吻得更深。舌尖在口腔內探索前進，舔過稚嫩的每一處，甚至還用牙齒輕咬下嘴唇。鄭利善幾乎要失去理智，史賢緊抓著他的頭部，讓他動彈不得，他嚇得連呼吸也忘記了。

他感到眼前一片模糊，不知道是因為缺乏氧氣所以頭痛，還是由於無法理解眼前的突發狀況而出現故障，鄭利善被史賢緊緊束縛，只能不斷發抖，但最後他因為快要缺氧，開始扭動掙扎。

「哈嗯，快、快不能呼……」

史賢感受到鄭利善奮力扭動頭部，認為他想掙脫，因此更加緊抓鄭利善的後腦杓。但鄭利善在唇齒的縫隙間好不容易才說出快要喘不過氣，史賢這才稍微鬆開手，輕柔地撫摸鄭利善的後頸，使他放鬆，然後順勢以手托住鄭利善的頸部，再次往深處探入濕滑的舌頭。

雖然史賢調整速度讓鄭利善得以正常呼吸，但他的吻一樣又急又快，鄭利善不知該如何是好，不知道是氣息間的酒氣，還是殘留在口腔內部的苦澀酒液，鄭利善感覺自己似乎也有點醉了。

他稍微睜開雙眼，迎接自己的是那道漆黑色的瞳孔，他無從得知這雙目光的情緒，光是對眼就足以讓他渾身發顫，只好趕緊閉上雙眼。不過閉上眼睛後觸感似乎更加敏感，鄭利善被發燙的吻弄得頭暈目眩，嘴唇周遭被水氣浸潤，散發熱氣。

史賢不知不覺已經整個貼在鄭利善的面前，鄭利善用哀求般的手勢緊抓住他的肩膀，顫抖的手在襯衫上不知所措，最後只能胡亂抓著布料的某一處。而每當鄭利善想掙扎時，史賢便會親得更加火熱，他用舌頭捲起鄭利善的舌尖，甚至碰觸下方敏感的黏膜，有時突然猛力吸吮，有時會探弄深處的嫩柔，挑逗神經，鄭利善在換氣的空檔發出呻吟聲，迴盪整座空間，他感覺自己全身肌肉緊繃。

原本托住頭部的手移動到側面，擾亂鄭利善的髮絲，指尖的觸碰讓全身感官相當鮮明，他不知道是不是連頭部也有敏感帶，還是因為身體處於緊繃狀態，導致史賢觸碰到的每一處都能讓鄭利善渾身顫慄，史賢的指尖撫過耳垂，鄭利善本人就算看不到自己，也知道現在耳朵已經紅得發燙。

由於史賢的手在髮絲間遊走，搔癢感讓鄭利善快要承受不住，不斷蜷縮身子，最後……他要面對不斷往後退縮的後果。

「……」

當鄭利善的背碰觸到沙發時，他驚恐地瞪大眼睛。他被吻得頭暈目眩，沒有注意到自己不斷往後倒，雖然這是單人沒有靠背的沙發，卻寬大到可以完全躺下也沒有問題，鄭利善一下子忘記呼吸，史賢用手支撐在鄭利善的肩邊，完全覆蓋他。

鄭利善整個人呈現僵直的狀態，一句話也說不出口，下一秒突然感受到頭髮的觸感，史賢一臉稀鬆平常地整理鄭利善凌亂的頭髮，好像剛才什麼事都沒發生過，非常平和地盯著頭髮與食指交纏的樣子。

史賢一派輕鬆地玩弄鄭利善的頭髮，然後開口說道：「利善。」

「啊、啊？」

「你要待到什麼時候？」

聽到這個問題，鄭利善發怔，史賢的語氣像是相當單純地提出問題，鄭利善愣了幾秒後這才面紅耳赤地急忙從旁起身，那道問句聽起來像是逐客令，他瞬間感到尷尬無比。

「我、我、我先離開了。」

鄭利善結結巴巴地告辭，匆忙跑到玄關，猶如逃亡似地想要趕快打開大門，這個家的構造明明跟自己家裡一樣，但在門鎖前還是嘗試了好幾次才找到開門鍵。

鄭利善在一片混亂之下終於成功打開門，就在他安心的剎那，門突然被闔上。

「……」

史賢此時已經來到身後，抓住門把重重將門關上。鄭利善望著史賢覆蓋自己的手，緩緩轉過身，目光往上而去，他們兩人靠得很近，使得鄭利善需要完全抬頭才能看到史賢，玄關的感應燈已經開啟，但鄭利善卻被困在史賢的影子裡。

「你現在要走了？」

「啊，對、對啊，時間不早了，你也該休、休息……」

鄭利善知道自己語無倫次，但無法冷靜，心臟急速跳動，再加上不敢置信剛才與史賢所發生的事情，腦子一片混亂。況且一看到史賢，令他馬上想起唇邊殘留的餘溫，這讓鄭利善非常想哭。

他胡亂地找話搪塞，說明天就是副本，應該要早點休息才對，但史賢不吭聲，靜靜聽著……然後低頭，臉上不知為何帶著一絲不悅的神情，使得鄭利善不敢輕舉妄動。

「你想睡了？」

「……啊？確、確實有點想睡……」

「你不是才剛醒來沒多久？」

「……」

鄭利善喪失可以反駁的藉口，垂下視線，他的手仍然被史賢握住，像是被銬上手銬般，史賢彷彿困住他。

鄭利善瞥了一眼玄關的角落，再次抬頭望向史賢，史賢與他對望，低聲說道：「是你說要來讓我心情變好的。」

「……」

「我的心情還是一團亂。」

聽到這番冷淡的話，鄭利善有點委屈，剛才還執意要他走，現在又擺出那副冷漠的表情，鄭利善緊閉雙唇，躊躇之下開口：「剛剛是你先親我的，結果現在卻說不開心，那要我怎麼樣。」

「我不是那個意思，是指你為什麼要逃跑。」

「……啊？」

「之前看你逃跑很有趣，但今天卻一點也不快樂。」

直率的言語讓鄭利善有點慌亂，他知道當史賢心情不好時不喜歡講話，那麼既然現在他的心情很差……

鄭利善遲鈍地楞在原地，史賢開口說道：「為什麼只有一次？我為了讓你開心，可是犧牲了三次以上。」

這些詞彙進入耳朵後瞬間變得奇形怪狀又鮮明無比，好像大力地砸在腦袋上，鄭利善的臉頰，那原本就已經很紅的臉，現在儼然成為熊熊大火般地脹紅。

他皺起眉心，感到萬般羞恥，史賢用大拇指撫過赤紅的側臉，彷彿在安慰他，史賢緩低下頭，輕輕靠上額頭。

「你記得吧？」

本來就被困在影子的鄭利善，現在感覺自己也被那道漆黑的視線所迷惑，目光離開不了那雙黑暗，明明喝酒的人是史賢，但似乎醉的人是鄭利善，他感到氣息紊亂。

觀察鄭利善一切反應的史賢露出溫柔的微笑。

「所以要公平才行。」

史賢傾斜頭部，再次吻了上去，當史賢的臉湊近時，鄭利善抓住他的肩膀，雖然無法推開，但從動作可以看得出來鄭利善的倉皇，史賢緩緩盯著鄭利善，兩人鼻子幾乎靠在一起，鄭利善滿臉通紅，支支吾吾地說：「所、所以……如果這樣做的話，會讓你開心嗎？」

「不知道，我打算先嘗試看看。」

史賢從未在衝動之下做決定，但自從剛才看到鄭利善尷尬的笑容後便喪失判斷力，他不知道自己為什麼要這麼做，純粹跟隨腦海的意志，他想撫摸鄭利善的嘴唇，當鄭利善鼻腔的氣息觸碰手部皮膚時，剎那間他就親了上去。

直到昨天為止都還在鬼門關前徘徊的人，現在的呼吸異常急躁，那發抖的手與身體、兩人幾乎要抱在一起的距離、發燙的體溫，在在顯示出鄭利善的驚慌，史賢現在想用盡一切方法得到他的氣息與溫度。

因此史賢很滿意鄭利善現在的表情，他勾起美麗的微笑說道：「首先，現在只要你打開嘴巴，我應該就會開心一點。」

史賢似乎懶得繼續說話，湊近了嘴唇，鄭利善不知道該怎麼阻止他，也不知道自己是否真的想要阻止他，在幾經掙扎後緊緊閉上雙眼。他想說服自己這是回報史賢，但總有股不知名情緒在胃裡翻騰。

他感覺心臟大力地緊縮著。

（未完待續）

〔特別收錄〕

紙上訪談第二彈，各種有趣的裡設定大公開

Q1：請問寫作對您而言的意義是什麼？

A1：我原本認為寫作就像口渴的人獨自挖井飲水而已，結果卻挖到與世界連接的通道。沒想到盡全力喜歡一件事，竟然可以在臺灣以這部作品與大家見面，我想這件事將成為最光榮又不可思議的人生旅程。

Q2：除了兩位攻受主角外，這部作品裡面也有許多充滿魅力的配角，構思這些配角的時候，有沒有特別注意些什麼？以及最喜歡哪個配角呢？

A2：小說的重要配角就是Chord的成員們，當初的構想是寫出「盡可能協助史賢發揮能力」的人，例如韓峨璘可以操控土地、奇株奕點火製造影子、羅建佑則是加乘速度、申智按可以近身攻擊加防禦。
我很喜歡這些角色，若要選出一位的話，應該是韓峨璘！
我喜歡她每次直率又幽默的發言。

Q3：這部作品裡，有幾段是仿造網友留言的模式，一開始看到覺得非常有趣，想問老師當初怎麼會做這樣的設定？實際撰寫時，有沒有遇到什麼困難？這些留言到底是怎麼有靈感想到

的？

A3：留言的部分一開始寫得不是很理想，需要身邊的朋友替我修正，而且還被罵說我真的一點也不懂網路世界（大笑），對方甚至替我寫了幾句，所以在寫小說的過程，我很認真研究X以及YouTube的留言方式。

Q4：走在這條創作路上時，老師曾遇過最大的困難或阻礙是什麼？後來又是怎麼讓自己走過這些的呢？

A4：小說連載的時候會收到許多留言，因此能接收到不一樣的意見，畢竟不是每個人的喜好皆相同，雖然知道自己的作品不可能做到人人皆愛，但收到幾次嚴厲的指教後，心情還是會受影響……

那時才明白窩在自己的世界裡寫稿是多麼快樂的事情，一旦公開後會變得患得患失，不過即使如此，我也不願放棄。有好一陣子悶著頭寫作，不將作品公開，直到心情調適完畢後才公開，幸好讀者們都很喜歡，我感到很慶幸。

我認為正因為當時在恐懼的面前沒有輕易放棄，才有今天得以在臺灣出版紙本書的美好機會，為了迎接更多的幸運，我決定用更勇敢的姿態面對生活（笑）

Q5：覺醒者都會有自己的隱藏能力和限制，想問老師當初怎麼會有這個設定？以及又是如何為每個角色安排呢？不得不說，隱藏能力的副作用是把東西變成石頭這點，真的很有趣。

A5：如果鄭利善的人生經歷發生在我的身上，那麼我應該真的會很想了結生命，但主角不能這麼快死……需要一個明確的限制，所以我讓他擁有無法傷害人體的制約，同時也讓其他覺醒者擁有相對的制約。
雖然這是一種使用能力的副作用，但也造就了許多有趣的插曲（例如韓峨璘的副作用）……韓峨璘的技能是使用寶石，能在場上閃閃發亮，所以我讓她的副作用就是所及之處都變成石頭。
雖然這讓她很難受，但寫書的過程很開心（笑）。

Q6：想請問老師，在針對世界觀或角色，有沒有什麼小說沒提到的裡設定？或者是被您忍痛修改掉的設定？

A6：雖然有很多細微的設定，但由於與小說的劇情較無相關，所以最後沒有收錄！舉例來說像鄭利善小時候曾學過鋼琴，史賢童年時期曾在會長家裡養過狗，而他在知道那隻狗生病的消息後，還請假回家。
以及當奇株奕聽到史賢的邀約，嚇得把手中的牛奶打翻。
還有一次在大學期間，奇株奕藉 Chord 的名義翹課，結果被史賢逮到，被痛罵一頓（Chord 怎麼可能讓奇株奕獵人整天玩樂呢 >>）然後他哭喪著臉向教授道歉。

（未完待續）

i小說 069

太陽的痕跡2

國家圖書館出版品預行編目（CIP）資料

太陽的痕跡– A trace of the wonder / 도해늘著 ;
莫莉譯. -- 初版. -- 臺北市 : 愛呦文創有限公司,
2024.07-
冊 ; 公分. -- (i小說 ; 69-)
譯自 : 해의 흔적
ISBN 978-626-98197-8-2(第2冊 : 平裝)

862.57 113005447

愛呦文創

原書書名	해의 흔적（A trace of the wonder）
作者	도해늘（Dohaeneul）
譯者	莫莉
人物繪圖	HIBIKI-響
背景繪圖	Zorya
責任編輯	高章敏
特約編輯	羅婷婷
文字校對	劉綺文
版權	Yuvia Hsiang、Panny Yang
行銷企劃	羅婷婷
發行人	高章敏
出版	愛呦文創有限公司
地址	10691台北市忠孝東路四段59號10-2樓
電話	（886）2-25287229
郵電信箱	iyao.service@gmail.com
愛呦粉絲團	https://www.facebook.com/iyao.book
總經銷	聯合發行股份有限公司
電話	（886）2-29178022
地址	231新北市新店區寶橋路235巷6弄6號2樓
美術設計	廖婉禎
內頁排版	陳佩君
印刷	沐春行銷創意有限公司
初版一刷	2024年7月
定價	360元
ISBN	978-626-98197-8-2

愛呦文創